반걸음을 위한 현존의 요구

반걸음을 위한 현존의 요구

초판 1쇄 발행 • 2015년 1월 30일

지은이 • 염무웅
펴낸이 • 황규관
책임편집 • 황규관
편집 • 엄기수 황하나
디자인 • 정하연

펴낸곳 • 도서출판 삶창
출판등록 • 2010년 11월 30일 제2010-000168호
주소 • 121-809 서울시 마포구 대흥동 252-1번지 302호
전화 • 02-848-3097 팩스 • 02-848-3094
홈페이지 • www.samchang.or.kr

종이 • 대현지류
인쇄제작 • 스크린그래픽

ⓒ염무웅, 2015
ISBN 978-89-6655-047-0 03810

* 이 도서의 국립중앙도서관 출판예정도서목록(CIP)은 서지정보유통지원시스템 홈페이지
  (http://seoji.nl.go.kr)와 국가자료공동목록시스템(http://www.nl.go.kr/kolisnet)에서
  이용하실 수 있습니다. (CIP제어번호: CIP2015001731)

염무웅
산문집

반걸음을 위한
현존의 요구

삶창

나날의 어둠을
견디며

: 머리말을 대신하여

내가 대학을 나온 1964년, 인문계 졸업생이 얻을 수 있는 직장이란 고작 중등학교 교사거나 출판사 직원 정도였다. 어언 50여 년 전인데, 다행히 나는 그런대로 괜찮은 출판사에 들어갈 수 있었다. 하지만 거기서 받는 월급 가지고는 총각 한 사람 살아가는 것도 넉넉지 않았다. 통계에 따르면 그때 우리나라는 2800만 인구에 1인당 국민소득은 103달러였다. 그로부터 10년이 지나 1974년이 되자, 박정희 정부의 경제개발계획 덕분인지 국민소득은 560달러로 뛰고 인구도 3470만으로 늘어났다. 그 10년 사이 나 자신은 결혼을 해서 두 아이의 아빠가 되고 어느 여자대학 교수가 되는 행운도 누리게 되었다.

하지만 그 시절의 나라 형편을 그런 숫자로 표현할 수는 없을 것이다. 국민소득 얼마라는 건 인터넷을 찾아보고 안 사실인데, 지금도 내게는 GNP, GDP, GNI의 차이에 관한 설명이 사뭇 헷갈린다. 어쨌거나 분명한 것은 국민소득 액수를 근거로 지금보다 그때 사람들이 더 불행하게 또는 더 막막하게 살았다고 판단할 수는 없다는 사실이다. 물론 박 정권의 강압통치와 이에 대한 민중들의 저항으로 세상은 조용하지 않았다. 그래도 내 주위의 분위기는 별로 위축되어 있지 않았다. 살림은 쪼들려도 마음은 활기가 있었다고 할까. 박정희가 선전한 "하면 된다" 사상은 박정희 반대진영의 심성에도 효력을 발휘했던 셈이다. 어떻게 그럴 수 있었을까. 젊어서 그랬는지, 세상물정에 어두워서 그랬는지, 또는 내 기억장치에 오류가 있는 것인지, 분간이 안 간다. 어쨌든 산업화와 민주화의 동시적 성공이라고 찬양되는 그 격동의 시대를 밀고 나간 동력은—지배의 동력이든 저항의 동력이든—불안이나 절망 같은 부정적 에너지가 아니라 희망이나 낙관 같은 긍정적 에너지였다고 나는 믿고 있다.

그로부터 다시 40년이 흘러 2010년대가 되었다. 50년 전에 비하면 인구는 겨우 1.8배 는 데 반해 소득은 무려 254배나 뛰어, 자타가 공인하는 선진국 문턱까지 왔다. 하지만 거듭 말하거니와 그런 외형적 지표가 우리 일상생활의 실감과 무관하다는 데는 군소리가 필요 없다. 최근 간행된 『당신은 중산층입니까』라는 책에 따르면, 소득 5천 달러 정도이던 1988년에는 60~70% 정도의 국민이 자신을 중산층이라고 여겼는데 소득이 두 배, 즉 1만 달러로 늘어난 1990년대 중반에는 42% 정도가 그렇게 느꼈고, 2만6천 달러인 최근에는 겨우 20.2%만이 자신을 중산층으로 여긴다고 한다. 자기 현실에 대한 만족감의 정도가 국민소득의 증가에 정확히 반비례하는 이 불가사의한 통계를 어떻게 해석해야 하나.

출산율·이혼율·자살률 등 삶의 질을 말해주는 지표에서 우리나라가 OECD국가들 중 최악이라는 건 웬만큼 알려진 사실이다. 반도체, 휴대폰, 조선, 자동차 같은 분야의 산업생산이 첨단을 달리고 있고 무역규모가 세계 10위권에 육박한다는데, 어째서 사람들의 행복지수는 거꾸로 곤두박질인가. 깊이 생각해보지 않더라도, 또 전문가의 이론적 분석을 빌리지 않더라도 우리의 상식은 이미 본능적으로 깨닫고 있다. 국민소득의 총량이 아무리 늘어나더라도 다수 국민이 분배에서 소외된다면 그들 몸의 감각에 실제로 닥치는 것은 상대적 빈곤과 심리적 박탈감일 수밖에 없다고. 다시 말해 행복감의 저하는 당면한 최대 현실인 양극화의 필연적 산물인 것이다. 국가부채 1117조, 가계부채 1040조, 대기성 부동자금 757조, 10대 재벌그룹 사내유보금 517조, 2014년도 정부예산 358조라고 하는 최근의 통계는 우리 앞에 실존하는 빈부격차의 심연이 얼마나 까마득한 것인지 단적으로 증명한다. 그러므로 화려하게 포장된 대한민국 성공신화의 표면을 한 꺼풀 벗기면 그 안에는 식민지 백성처럼 시달리며 살아가는 비정규직 노동자 600만의 암울한 현재가 있고, 죽음 같은 경쟁의 그물을 통과해야 하는 젊은이들의 거부된 미래가 있으며, 불평등의 금성철벽 안에 포로처럼 잡혀 있는 서민들의 하루하루가 있는 것이다. 범죄적 방법이 아니고서는 그 누구도 이 참혹함에서 탈출하지 못한다!

물론 이것이 한국의 현실에만 해당되는 이야기는 아니다. 자본주의가 발달할수록 소수 부유층에 자본이 집중되고 분배구조가 불평등해진다는 것은 20여 개국 3백여 년의 통계자료를 분석한 토마 피케티의 논증인데, 이 논증을 믿는다면 한국은 오히려 불평등 대열에 아주 늦게 참가한 셈이다. 다만, 유럽의 선발 국가들은 자본주의의 역사가 오랜 만큼 사회적 모순을 완화하는 기술도 발전하여 한국처럼 과격한 양상을 나타내지 않을 뿐이라고 말할 수 있다. 어떻든 이제 전 지구적 차원

에서나 일국적 차원에서나 거의 모든 인류가 물질적으로뿐만 아니라 정
신적으로도 점점 더 피폐한 삶으로 내몰리고 있고, 우리는 매일처럼 숨
막히는 현실을 살고 있다.

결국 우리는 묻는다. 인류에게 미래가 있는가, 그러나 이 무서운 질
문조차 이제는 절박함이 희석되어 상투적인 것으로 들리게 되었다. 그
런데 문제는 이 질문의 발원지가 단순히 경제만이 아니라는 데 있다. 기
후, 식량, 자원, 인구, 핵 등 어느 영역에서 출발하든 당면의 위기는 근
본적이고 치명적인 차원에 도달하고 만다는 것이 문제다. 이 책에도 소
개했지만, 핵발전을 하고 난 다음에 나오는 폐연료(즉 사용후핵연료)는 냉
각수조에서 충분히 식힌 다음 10만년 이상 안전한 곳에 보관되어야 하
는데, 그런 보관기술을 개발한 나라는 아직 없다고 한다. 오직 핀란드
만이 얼어붙은 삼림지대에 지하 500미터까지 암반을 파고 내려가 핵폐
기물을 저장하는 시설을 만들기 위한 공사를 진행하고 있다. '온칼로
프로젝트'라고 불리는 것이 그것인데, 덴마크의 미카엘 매센 감독이 만
든 다큐영화(Into Eternity, 2010)는 공사현장의 음산한 장면들 사이사이
에 방사능안전청 고위관리를 포함한 관련전문가들의 좌담을 곁들여,
이것이 다만 핵폐기물 보관문제에 그치는 것이 아니라 인류의 생존가능
성 자체에 관련된 문제임을 우울하게 진단하고 있다. 전문가들 중 한
사람은 이렇게 말한다.

"오늘의 문명이 50년, 100년 후까지는 지금의 모양대로 존속하겠지만
300년, 500년 후에는 어떻게 될지 장담할 수 없다. 따라서 그보다 훨씬 더
오랜 세월이 지나 지금 만들고 있는 핵폐기물 지하저장소가 우연히 발견되

었을 때, 그 미래의 인간들에게 이 저장소의 치명적 위험성을 알려줄 방법이 있을지는 의문이다. 왜냐하면 그 미래의 인간들은 외모와 감각, 지능과 언어 등 모든 면에서 오늘의 인간과 전혀 달라져 있을 것이기 때문이다."

현생인류의 등장이 3만 년 전쯤이고 현 인류문명의 발생이 1만 년 전쯤으로 소급할 뿐이라는 데에 생각이 미치면 10만 년이라는 시간은 인간에게는 거의 지질학적 단위에 가깝다. 그러나 그렇게 긴 시간은커녕 50년, 100년 정도의 짧은 시간 뒤에조차 인간들의 삶이 지금의 모양대로 지구상에 존속한다고 믿을 수 있을까. 상상할 수 없이 악화된 약육강식의 아수라장 속에서 끔찍한 고통을 겪고 있지는 않을까. 지금보다 더 나은 세계를 바라는 사람들의 염원도 절실하고 더 나은 세계를 위한 뜻있는 이들의 헌신과 투쟁도 눈물겹지만, 그러나 나 같은 비관주의자의 눈에는 파국으로 가는 기차를 되돌릴 만큼 인류의 지혜와 역량이 집결하고 있는 것 같아 보이지 않는다.

하지만 물론 미래에 대한 확신이 없다고 해서 오늘을 아무렇게나 살아도 되는 것은 아니다. 우주질서에 작용하는 내재적 원리 또는 절대적 섭리를 믿고 그 영원성의 신앙에 따라 살고자 하는 사람들이야 그 확실하게 주어진 방식대로 살면 되는 것이지만, 유전적·환경적으로 그런 신앙을 가질 수 없도록 설계된 사람들에게도 신앙인 못지않은 삶의 기율이 없을 수는 없다. 기댈 것도 믿을 것도 없기에 오히려 더욱 강인한 윤리적 결심을 요구하는 것이 범인들의 일상생활일 수도 있다는 것이 내 생각이다. 농사를 짓거나 장사를 하거나 글을 쓰거나 그림을 그리거나, 그 모든 생존활동은 본질적으로 동일한 윤리성을 기반으로 한다. 그러므로 이 세계의 타락과 불의를 보고 그것들을 향해 부단히 시비 걸 마음이 일어나는 것은 미래에 대한 큰 확신 때문이 아니라 현존의 작은 요구들 때문이다. 진실과 정의를 향해 반걸음이라도 나가고 있다고 자신을 설득하지 않고서는 평범한 삶의 지탱도 어렵다. 책 제목을 무어라고 지을까 고심하면서 떠오른 생각들을 두서없이 적어 보았다.

이 책의 1부와 2부는 2012년 1월부터 2013년 11월까지 『다산포럼』에 연재한 독서칼럼이고, 3부와 4부는 2012년 10월부터 2014년 5월까지 『한겨레』에 발표한 기명칼럼이다. 알다시피 2012년은 총선과 대선이 치러진 정치적 전환의 해였다. 이명박 5년으로 나라가 거덜나는 게 아닌지 걱정했던 많은 국민들이 기대한 것은 당연히 방향전환이었다. 그런데 박근혜 2년 현재 목격중인 것은 이명박의 계승과 심화이다. 과감한 '진보'의 약속들이 모두 당선만을 위한 속임수임이 드러났기에 배신감은 더 뼈저리다. 쓰린 가슴으로 이 과정을 견디며 쓴 칼럼들이므로 어쩔 수 없이 겹치는 내용이 생겼을 것이다. 찬바람이 불고, 세월호 참사의 진실이 밝혀지기도 전에, 설상가상처럼, 쌍용차 해고노동자들 뒤통수를 내려치는 대법원 망치소리를 듣는다. 한 해가 이렇게 가는구나.

꼬리 잘린 도마뱀처럼
황망히 사라지는 가을을 본다.
머리털 희끗해진 지 오래인 아내에게
왜 점점 겨울이 길어지느냐고 불평하면서.

염무웅 적음

차례

제1부

대한민국 정체성의 뿌리

2013년체제론의 행방

제18대 대통령 선거일이 80여 일 앞으로 다가왔다. 오랫동안 뜸을 들이던 안철수 교수가 지난주 출마를 공식화함으로써 주요 후보의 윤곽이 드러났고, 이렇게 되자 정국은 사실상 선거전에 돌입한 셈이 되었다. 지금은 박근혜·문재인·안철수 세 후보 모두 조심스러운 탐색의 발걸음을 떼놓기 시작한 터라, 이번 대선이 1987년 12월처럼 허탈한 결과에 이를지 아니면 2002년 12월처럼 대세론을 뒤엎는 기적을 만들어낼지, 예측을 불허한다. 각 언론기관들이 발표하는 여론조사도 새로운 이슈가 생길 때마다 지지도가 출렁이는 양상을 보이고 있다. 어떻든 이제 분명해진 사실은 야권 후보가 가시화되는 것을 계기로 여당 후보의 안정적 우위가 허물어졌다는 것이다.

그런데 탐색전이란 게 원래 그런 건지 모르지만, 내가 생각하기에는 후보들마다 주로 책잡히지 않을 세부적 정책들을 내놓는 데 주력할 뿐이고 올해 선거를 통해 구성될 새 정부의 근본 성격과 국가발전의 기본 방향에 대해 원대한 구상을 제시하지는 않고 있다는 느낌이다. 그런 점에서 지난번 다루었던 백낙청 교수의 『2013년체제 만들기』(창비, 2012)를 다시 한 번 상기해볼 필요가 있다. 그 책에 개진된 백 교수의 문제의식은 1987년 6월항쟁의 결과로 이룩된 우리 사회의 개혁체제 즉 '87년체제'가 직선제 개헌과 6·15선언의 도출 같은 중대한 성과에도 불구하고 노무현 정부 후반부터 말기 증상을 드러내기 시작하여 결국 이명박 정부와 같은 퇴행적 결과에 이르렀다는 것이다. 그 퇴행을 결정적으로 바로잡을 기회가 바로 금년의 총선·대선인 바, 단순히 1987년 또는 2000년의 성과로 복귀하는 것을 목표해서는 그런 단기적 목표의 달성도 기대하기 어렵고, 따라서 그것들을 획기적으로 뛰어넘는 담대한 원願을 설정함으로써만 87년체제를 극복하고 나아가 한반도 현실의 전면적 비약을 달성할 수 있다는 것이 그의 논지였다. 그리고 그렇게 크게 업그레이드될 한반도 현실의 모습을 백 교수는 '2013년체제'라고 부른 바 있다.

그러나 '2013년체제'론의 호소력은 아쉽게도 4·11총선의 패배로 급격하게 소진되었다고 생각된다. 앞으로의 대선전을 더 지켜봐야 드러나겠지만, 적어도 지금까지는 '2013년체제'라는 용어도 또 그 용어에 함축된 정치적 구상도 오늘의 공론장에서 핵심 쟁점의 지위를 잃었다고 여겨진다. 총선 승리를 발판으로 추진될 예정이었던 개혁의 프로젝트가 첫 단추부터 어긋나버렸다는 것이 정직한 판단일 것이다. 백 교수 자신도 총선결과를 '잘못 예측한' 데 따른 자기반성을 겸하여 변화된 정치정세에 대응하는 개혁진영의 자세에 관해 좀더 근본적인 성찰을 시도하고 있고, 그것이 '변혁적 중도주의'에 대한 새로운 검토로 나타났었다. (「2013년 체제와 변혁적 중도주의」, 『창작과비평』 2012년 가을호 참조) 하지만 변혁이나 중도와 같은 '추상 수준이 높은 개념'을 매개로 진행된 일종의 내부적 성찰이 일반 대중과의 소통에 한계를 가지는 것은 피할 수 없는 노릇일 것이다.

우리가 갖고 싶은 나라

생각건대 현시점에서 핵심적인 것은 '2013년체제'라는 개념의 시효 자체나 '변혁적 중도주의'라는 용어의 현실적합성 자체에 있는 것은 아닐 것이다. 물론 이론가에게는 개념의 선택이 사고의 정밀성을 가늠하는 가장 중요한 척도의 하나이다. 따라서 현실을 설명하고 대안을 모색하는 수준 높은 이론작업이 대중적 호응 여부를 떠나 이 세상 어느 일각에서는 반드시 이루어지고 있어야 한다. 그러나 그에 못지않게 중요한 것은 그런 작업과의 연결을 잃지 않으면서도 다수 국민들 가슴속에 꿈과 희망을 불러일으키고 국가현실의 근본적 개선을 견인할 수 있는 간명한 실천적 언어가 제시되는 일일 것이다.

이렇게 적고 보니 떠오르는 말씀이 있다. 그것은 김구 선생의 『백범일지』(1947) 맨 뒤에 붙은 「나의 소원」이라는 글이다. 다들 아는 유명한 문장이지만, 그래도 한 대목 음미해보기로 하자.

나는 어떠한 의미로든지 독재정치를 배격한다. 나는 우리 동포를 향하여서 부르짖는다. 결코 독재정치가 아니되도록 조심하라고. 우리 동포 각 개인이 십분의 언론자유를 누려서 국민 전체의 의견대로 되는 정치를 하는 나라를 건설하자고. 일부 당파나 어떤 한 계급의 철학으로 다른 다수를 강제함이 없고, 또 현재의 우리들의 이론으로 우리 자손의 사상과 신앙의 자유를 속박함이 없는 나라, 천지와 같이 넓고 자유로운 나라, 그러면서도 사랑의 덕과 법의 질서가 우주 자연의 법칙과 같이 준수되는 나라가 되도록 우리나라를 건설하자고. (백범학술원 총서② 『백범일지』, 나남 2004 재판, p. 441)

그림처럼 아름다운 나라의 모습이 가슴 뭉클하게 다가온다. 사람에 따라서는 여기 묘사된 국가상國家像이 지나치게 막연하고 단지 이상에 치우쳐 있다고 비판할지 모른다. 그러나 우리는 백범이 이 글을 썼던 1947년의 구체적 상황으로 돌아가서 생각할 필요가 있다. 알다시피 백범은 그때까지 70평생 오로지 독립투쟁에 매진했고 대한민국 임시정부의 법통을 간고하게 지켜왔다. 하지만 안타깝게도 그는 해방 후 외국 군대가 점령한 조국땅에 빈손으로 돌아올 수밖에 없었다. 게다가 우여곡절 끝에 1947년쯤에 이르면 남한에서는 임시정부의 집권가능성이 사라지고 한반도 전체로서는 민주·자주·통일정부의 수립이 사실상 무산된 상태였다. 이 과정에는 백범 자신의 정치적 오류도 일정하게 관련되어 있다고 보는 것이 정당할 것이다. 위의 문장은 바로 남북분단의 비극이 확실해진 상황에서 씌어진 것인데, 놀라운 것은 그럼에도 불구하고 이 글의 어조가 조금도 절망적이지 않다는 점이다. 오히려 이 글은 노년의 가장이 자손들을 모아놓고 유언을 들려주듯 담담하고 지혜롭다. 그로부터 65년의 세월을 뛰어넘어 지금도 이 글이 깊은 울림을 주는 것은 '우리가 갖고 싶은 나라'에 대한 백범의 소망이 그의 가식 없는 애국심의 발로로서 여전히 유효하기 때문이다.

언제부턴가 일부 사람들은 애국이란 말 대신 국가관이란 말을 쓰고 있다. 과거 군사독재 시절에 민주화운동 관련자들이 정보기관에 잡혀가면 수사관들로부터 흔히 "국가관이 의심스럽다"는 욕을 먹었다. 정보-수사기관 종사자들은 때로는 무고한 사람을 고문해서 터무니없는 공안사건을 날조하면서도 그들 스스로는 국가관을 가지고 일한다는 자부심을 갖고 있었다. 그들의 입장에서 보자면 자신들은 국가안보를 위해 헌신하는 반면에, 자유니 민주주의니 떠드는 사람들은 안보를 해친다는 것이었다. 그런데 민주화 이후 잠적한 듯했던 이 낱말이 다시 공론의 자리에 등장하고 있다. 가령, 근자에 박근혜 새누리당 후보는 몇몇 통합진보당 국회의원을 겨냥하여 "국가관이 의심스러운 사람은 국회의원 노릇을 해선 안 된다"고 주장하기도 했고, 바로 엊그제는 "국가관이 투철한 사람이 정치를 해야 한다"고 말하기도 했다. 대체 국가관이란 어떤 내용을 가진 개념인가. 이때 국가란 '대한민국'을 가리킬 텐데, 언필칭 국가관을 입에 담는 사람들은 이 대한민국을 어떤 나라로 생각하고 있고 대한민국의 헌법적 토대가 어떤 역사적 과정을 통해 형성되었다고 알고 있는가.

민주헌정의 뿌리에 대한 두 갈래의 탐색

공교롭게도 지난 8월 아주 비슷한 제목의 책 두 권이 거의 동시에 출간되었다. 김육훈의 『민주공화국 대한민국의 탄생』(휴머니스트, 2012)과 서희경의 『대한민국 헌법의 탄생』(창비, 2012)이 그 책들이다. 서로 약속이나 한 듯이 '대한민국의 탄생'을 역사적으로 추적해보려는 공통의 문제의식을 가지고 있다. 전자는 부제가 '우리 민주주의는 언제, 어떻게 시작되었나'이고 후자는 '한국 헌정사, 만민공동회에서 제헌까지'이다. 이 부제에서 알 수 있듯이 전자는 구한말부터 대한민국 탄생까지의 한국 근대사에서 민주공화국의 이념이 어떻게 발생·발전해왔는가를 더듬고 있고, 후자는 같은 기간에 공화주의 이념과 운동들이 어떤 내부적 갈등과 이론적 조정을 거쳐 어떻게 실제의 헌법조항으로 구현되어왔는가를 추구하고 있다. 그런 점에서 두 책은 각각의 방식으로 대한민국의 정체성을 탐색한 자매편 같은 느낌을 준다. (이하 『민주공화국 대한민국의 탄생』은 『민주』로, 『대한민국 헌법의 탄생』은 『헌법』으로 약칭한다.)

이렇게 두 책은 언뜻 보기에 공통의 문제의식을 바탕에 깔고 있으나 조금 깊이 들여다보면 아주 다른 종류의 저작이다. 가장 중요한 차이점은 한마디로 『민주』가 대중적인 교양서임에 비해 『헌법』은 본격적인 연구서라는 점이다.

『민주』는 처음부터 독립적인 연구나 독창적인 이론 구성을 염두에 두지 않았다. 많은 자료를 인용하고는 있지만 굳이 원문대로 옮겨서 가독성을 떨어트리지 않았고, 대체로 출전을 밝히고는 있으나 학술논문에서와 같은 까다로움을 부리지 않았다. 저자의 목적이 계몽적인 교양서였던 만큼 이것은 옳은 방침이었다고 생각된다. 하지만 집필에 참고했던 선행 업적의 목록을 제시하지 않은 것은 유감이다. 더 깊은 지식을 얻고자 하는 독자들을 위해서도 필요하지만, 무엇보다 타인의 선행 연구에 의존한 부분과 자신의 고유한 생각을 나타낸 부분을 독자들이 구별할 수 있도록 배려하는 것은 대중적인 교양서의 경우에도 저서의 신뢰성을 위한 필수적인 장치였다고 믿어지는 것이다.

반면에 『헌법』은 정통적인 학술서이다. 문외한이 함부로 얘기해서는 망발이 되겠지만, 이 책은 우선 '제1장 서론'만 읽어보더라도 마치 X레이로 촬영한 신체 내부 뼈조직의 사진이 생명체의 구성원리를 밝히는 데 기여하듯 대한민국이라는 국가체제의 형성과 그것의 작동에 헌법 제정의 진화 과정이 어떻게 뼈대 노릇을 했는지 이해하게 만든다. 이 책은 이렇게 고도의 전문성으로 무장되어 있으면서도 끊임없이 일반 독자들의 현실감각을 자극하고 오늘 우리 삶의 객관적 조건에 대해 질문하도록 만든다. "헌법의 외양은 딱딱한 법조문일 뿐이지만, 그것이 탄생하고 지속되는 과정은 생생한 역사의 현장에서 이루어진다. 그만큼 헌법은 다채로운 의미를 지닌 산 생명체이다."(헌법, p.32) ─헌법(연구)에 관한 이런 관점이 전편에서 관철됨으로써 이 책은 어떤 무미건조한 연구 소재도 유능한 연구자를 만나면 연구실을 벗어나 만인에게 살아 있는 지식과 깨달음을 주게 된다는 것을 입증하고 있다. 다시 한 번 내 분수에 넘치는 소리를 한다면 명저의 반열에 들 만한 업적이라고 생각한다.

대한민국이라는 나라 이름

"대한민국은 민주공화국이다" ─이것이 우리 헌법 제1조라는 것은 모르는 사람이 없다. 그러나 민주공화국이라는 게 어떤 내용을 갖는 개

넘인지, 또 대한민국이 그 국호에 걸맞는 나라인지 제대로 아는 사람은 드물다. 많은 사람들이 "한국인이 민주주의를 해방 후 처음 알았고, 한국의 민주주의는 미국식 민주주의를 이식하였다"(민주, p.12)고 알고 있다. 김육훈과 서희경은 공히 이 선입견의 잘못을 바로잡는 데서 논의를 시작한다. 그들에 의하면 이미 19세기 말에 민주정치의 개념이 알려지기 시작했고 군민동치君民同治, 또는 君民共治와 입헌군주제의 내용도 당시에 벌써 얼마간 소개되었다. 다시 말하면 민주공화국의 이념은 미국식 민주주의의 도입보다 적어도 반세기 이상 소급하는 자생적 기원을 갖는다는 것이다. 물론 이때 '자생적'이라는 것은 자신의 내적 요구에 입각하여 외부세계에서 배웠을 수 있다는 뜻이지 자기발명적이라는 뜻인 것은 아니다.

김육훈은 민주주의의 자생적 기원을 추적하기 위해 1883년 미국에 보빙사報聘使란 이름의 사절단으로 파견되었던 홍영식의 일화부터 시작하여 갑신정변, 갑오개혁과 동학혁명, 독립협회와 독립신문, 삼일운동과 대한민국임시정부에 이르는 과정을 차례로 점검한다. 이 과정을 통해 입헌정치와 민주주의 사상은 일진일퇴를 거듭하면서도 꾸준히 성장해왔다는 것이 밝혀진다. 가령, 저자는 갑신정변 실패 후 일본에 머물던 박영효의 상소문(이른바 開化上疏, 1888)을 다음과 같이 소개한다.

하늘이 인간을 낳았으니 모든 사람은 태어날 때부터 평등하다.
사람은 누구나 생명을 보존하고, 자유와 행복을 추구할 권리를 가졌으며, 이는 누구도 침해할 수 없다.
국가는 이 권리를 최대한 보장하기 위해 만들어졌으니, 정부가 이를 저

버린다면 인민은 그 정부를 변혁하고 새로 세울 수 있다. (민주, p.45)

1888년의 문건이라고는 믿을 수 없을 만큼 민주적·혁명적인 내용을 담고 있다. 이 상소문의 작성자인 박영효의 행적이 갈수록 어수선해지는 것은 또 다른 해명의 대상이지만, 적어도 1880년대의 시점에서는 그가 근대 민주주의 사상의 급진적 전도사였던 것이 분명하다 하겠다. 박영효를 비롯한 개화파들이 왕조의 중심부에서 활약한 지배계급의 일원이었던 데 비해 전봉준은 농민의 이익을 대변한 민중적 혁명가였다. 저자 김육훈이 농민자치기구로서의 집강소를 주목하고 전봉준을 '인민주권이란 말은 몰랐으나 그 원리를 현실에서 실천했던 인물'(민주, p.58)로 평가한 것은 그 때문이다. 이처럼 조선사회의 상층부와 기층부에서 맹렬하게 솟아오른 개혁의 움직임을 제압하기 위한 조치가 말하자면 대한제국(1897.10.12)의 선포이고 우리 역사상 최초의 헌법이라는 '대한국국제大韓國國制'(1899.8.17)의 제정이었다.

여기서 잠시 대한제국·대한민국의 '대한'이 어디서 왔는지 살펴보자. 『민주』(p.66)에는 나라 이름을 '대한'으로 정한 연유를 『고종실록』에서 인용했다고 적혀 있다. 그러나 이것은 작은 실수다. 고종시대에 관해서는 실록이 없고 『승정원일기』가 있는데, 「한국고전종합DB」(http://db.itkc.or.kr/index)의 해당 항목은 황제의 조령詔令을 다음과 같이 번역해서 싣고 있다.

"짐은 생각건대, 단군과 기자 이후로 강토가 분할되어 각각 한 귀퉁이를 차지하고는 서로 자웅을 겨루다가 고려 때에 이르러서 마한, 진한, 변한을 통합하였으니, 이것이 삼한三韓을 통합한 것이다. 우리 태조가 왕위에 오른 초기에 국토 이외에 영토를 더욱 확장하여, …… 국호를 '대한大韓'으로 정하고, 이 해를 광무 1년으로 삼으며……"

그러니까 대한제국이란 명칭에는 삼국三韓통일의 역사적 법통을 계승하고 중국 종주권에 대한 자주독립을 선언하며 황제의 전제권력을 강화한다는 등 다양한 포석이 함축되어 있다고 할 것이다. 물론 '대일본제국'이란 명칭에서도 영향을 받았을 것이다. 어떻든 '대한'이란 이름은 고종의 퇴위와 왕조의 멸망에도 불구하고 소멸하지 않고 대한자강회, 대한광복회 등의 명칭을 통해 애국계몽운동 시대 독립국가의 역사적 기억을 되살리는 역할을 맡았고, 1919년 3, 4월에는 '대조선공화국' '신한민국' '고려 임시정부' 등의 명칭을 누르고 '대한민국임시정부'의 탄생으로 새로운 생명을 부여받았다. 이렇게 주로 해외의 독립운동 단체에서 '대한'이 사용되었으므로 일제강점기 한반도 안에서는 '대한'은 당국에 의해 대단히 불온한 단어로 취급되었다. 이런저런 연유로 일반 민중들 사이에서는 수백 년 익숙하게 사용해온 '조선'이 여전히 자신의 정체성을 나타내는 자명한 기호로 통용되었다. 1948년 6월 제헌과정에서 나라 이름을 정할 때에도 1919년 임시정부 수립 때와 비슷한 상황이 벌어져 '대한민국'은 '고려공화국' '조선공화국' '한국' 등 다른 호칭들과의 치열한 경쟁 끝에 표결로 채택되었다. (민주, p. 228)

민주 · 평화 · 통일은 한 몸이다

『헌법』의 저자 서희경은 이상에서 대충 살펴본 경과를 정치이념의 태동과 정치운동들 간의 경합, 그리고 합의된 이념의 문헌적 표현으로서의 헌법의 제정과정을 꼼꼼하게 추적하여 섬세하게 분석한다. 그는 1948년 대한민국 헌법으로 귀결되기까지의 역사적 진화를 설명하기 위해 만민공동회 활동(1898), 삼일운동(1919) 및 대한민국 임시정부 수립(1919.4)이라는 세 주요 사건을 중심으로 민주공화주의 헌법의 탄생을 검토한다. 저자에 의하면 삼일운동과 임시정부의 수립은 적어도 이념의 지평에서는 근대 시민혁명과 민족혁명을 겸하는 일대 역사적 전환이었다. 그의 책에서 한 대목 읽어보자.

1919년의 삼일운동은 민족 내부의 모든 정치적·사회적 차이를 뛰어넘어 참가자들 사이의 수평적인 일체감을 가져왔고, 그것이 국민의식을 고취했다. 그러나 삼일운동은 민족 외부와의 투쟁이었던 것만이 아니라 민족 내부의 투쟁이기도 했다. 반제국주의 운동이자 반군주제 운동이었기 때문이다. (헌법, p.71)

또한 삼일운동은 조선 말기 봉건적 양반(위정척사파), 농민(동학파), 상공인(개화파)으로 나누어진 계급적 분열을 민주공화주의에 의해 통합한 것이었다. (헌법, p.81) 그러므로 1919년 4월 11일 제정된 '대한민국 임시헌장'의 제1조가 "대한민국은 민주공화제로 함"으로 된 것은(헌법, p.73) 대한민국 임시정부가 삼일운동 직후의 정치적 급조물急造物이 아니라 실로 수십 년에 걸친 치열한 반봉건·반왕조 투쟁의 역사적 소산임을 말해 준다.

대한민국임시정부는 1945년 11월 귀국할 때까지 모두 다섯 차례에 걸쳐 개헌을 했다고 한다. 이 과정에서 언제나 가장 결정적인 역할을 한 인물은 조소앙趙素昻, 본명은 鏞殷이었다. 삼균주의의 주창자로도 잘 알려진 조소앙은 권력과 재산 및 교육의 평등이라는 자신의 이념을 헌법조항 속에 구현함으로써 계급혁명에 의한 민족내부분쟁을 미연에 방지하고자 노력했다. 요즘 말로 표현해서 경제민주화라고 할 수 있는 평등사상이 대한민국 임시헌장에서뿐 아니라 1948년의 헌법에서도 기본토대가 된 것은 바로 조소앙의 삼균주의의 영향이었다. 또한, 임시정부의 헌법은 "대한민국 건국헌법의 체계 및 용어, 기본원칙, 이념 등과 놀랄 정도로 유사하다는 점, 헌법적 연속성이 분명하다는 점"에서 "한국 헌법체제의 일종의 원형헌법"이라고 부를 수 있다고 서희경은 지적한다. (헌법, p.110) 그런 점에서 조소앙이야말로 대한민국 헌법의 아버지이다.

이렇게 살펴볼 때 1972년부터 1987년까지 이 나라를 지배했던 소위 유신헌법은 대한민국 독립투쟁과 건국운동의 전통에 대한 모독이고 유린이었음을 알 수 있다. 소위 유신체제의 선포부터 6월항쟁의 승리까지에 이르는 이 나라의 집권자들은 대한민국 헌정질서의 파괴자이고 따라서 대한민국의 반역자 이외의 다른 것이 아니었다. 그러므로 이제 우리에게는 김구·조소앙 같은 선열들이 피땀 흘려 쌓은 1백년 역사의 헌법정신을 지키는 일뿐만 아니라 현재의 부실한 평화와 민주주의를 더 높은 단계로 발전시키기 위해 헌신할 책무가 주어져 있다고 하지 않을 수 없다.

(2012. 9)

자주독립을 위한
고난의 역정

망명의 길

 2011년 『한겨레』에 연재된 김자동金滋東 선생의 회고록 「길을 찾아서—임정의 품안에서」를 연재 당시에는 읽다말다 했던 터라, 지난 연말 『상하이 일기』(두꺼비, 2012)란 제목의 책으로 출간되었단 소식을 듣고는 반가운 마음에 얼른 구입했다. 하지만 대선 전후의 어수선함 때문에 독서에 몰입이 되지 않았다. 새해 들어 겨우 정신을 차리고, '오늘을 잘 이해하려면 어제를 제대로 알아야겠다'는 마음으로, 그러니까 대한민국 성립의 이면사를 공부하는 셈치고 책을 잡았다. 그러자 기왕이면 김 선생의 자당 정정화鄭靖和, 1900~1991 여사의 회고록 『장강일기長江日記』(학민사, 1998)부터 읽는 것이 순서겠다는 생각이 들었다.

 두 책을 차례로 읽고 나서 내용을 소개하려니, 우선 책들의 배경을 설명할 필요가 절실하다. 어떤 사람들에게는 정정화·김자동 두 분의 삶이 웬만큼 알려져 있겠지만, 더 많은 사람들에게는 전혀 낯설 것이기 때문이다. 솔직히 말하면 나 자신도 『한겨레』를 통해서 그분들 이름을 처음 알았다.

이야기는 김자동의 조부인 동농 김가진東農 金嘉鎭, 1846~1922 선생으로 소급한다. 이미 알려진 역사적 사실이지만, 동농은 개화파에 속하는 구한말 고위관리로서 독립협회·대한자강회 등의 개혁지향 단체에 관여했다. 국권침탈 후 일제로부터 남작 작위를 받았으나 뒤에 이를 반납하고 3·1운동이 일어나자 비밀결사 대동단의 총재가 되어 독립운동을 지원하는 일에 나섰다. 그리고 1919년 10월 아들 의한毅漢, 1900~1964을 대동하고 상하이로 망명하여 대한민국임시정부 고문으로 추대되었다. 구한국 고위층의 망명은 외신(특히 중국 신문)에 일제의 침략정책을 폭로하는 하나의 사건으로 널리 보도되었다. 동농은 당시 임정사회에서 이동녕李東寧, 1869~1940·이시영李始榮, 1869~1953·김구金九, 1876~1949·안창호安昌浩, 1878~1938 등보다 한 세대 연상의 원로였을 뿐만 아니라 조선왕조→대한제국→대한민국(임시정부)의 연속성을 나타내는 상징적 존재로 존중받았다.

정정화는 겨우 열한 살 때 동갑내기 김의한과 결혼하여 소꿉놀이하듯 신혼을 보냈다. 그러다가 시아버지와 남편이 망명하자 정정화도 두 달 뒤인 1920년 1월초에 국경을 넘는다. 연로한 시아버지를 모시겠다는 것이 표면적인 이유였다. "네 시아버님께서 여생을 편히 지내시고자 해서 상해로 가신 건 결코 아니다. 상해생활은 여기와는 천양지차로 다르다. ……그러나 생활이 힘들고 위험하다는 이유로 너를 막을 생각은 없다."(『장강일기』, p. 47)고 염려하는 친정아버지를 안심시키고 거금 8백 원까지 지원받았다. 정정화의 상하이 도착은 홀아비로 지내는 이가 많은 임정 어른들에게는 재바르고 헌신적인 살림꾼의 출현을 뜻하는 것이었다. 이렇게 해서 김의한·정정화 부부는 그때부터 1946년 5월 귀국 때까지 4반세기가 넘는 동안 임시정부의 중견간부로서, 또 임시정부의 안살림을 맡은 숨은 일꾼으로서 고난의 세월을 보내게 되는 것이다. 두 책은 바로 그 시대를 중심으로 한 기록이다.

상해임정의 법통

헌법 전문에 명기되어 있듯이 대한민국은 "3·1운동으로 건립된 대한민국임시정부의 법통과 불의에 항거한 4·19민주이념"의 계승을 자신의 정체성으로 규정하고 있다. 그런데 생각해보면 '4·19민주이념'은 '대한민국임시정부의 법통' 속에 이미 들어 있는 것이라고도 말할 수 있다. 왜냐하면 대한민국이라는 국호의 채택 속에 이미 민주주의와 공화국의 이념이 전제되어 있기 때문이다. 다만 해방 후 이승만·박정희 정권들에 의해 그 본연의 정체성이 훼손되었을 뿐만 아니라 대한민국 건설과정에서 형성된 항일독립정신이 유린되었기 때문에 그 점을 바로잡기 위해 양자가 각각 따로 강조된 것이다.

그런데 당연한 얘기지만 대한민국임시정부의 법통이란 것은 구체적인 역사현실과 유리된 어떤 형이상학적 실체가 아니다. 또한 그것은 해석 분분한 메마른 법조문 속에 존재하는 추상적 개념일 수도 없다. 한마디로 그것은 식민지상황에서 나라의 자주독립을 되찾기 위해 투쟁했던 모든 선열들의 실존적 삶 속에 육화되어 있는 것이다. 그런 점에서

가령 김구 선생의 『백범일지白凡逸志』(1947)나 장준하 선생의 『돌베개』(1971) 같은 책들은 그 개인들의 자전적 기록임을 넘어 대한민국 형성사의 불가결한 일부이다. 그렇다면 그 책들은 단순한 교양서 이상의 것으로서, 즉 국민 필독의 교과서로서 만인에게 읽혀져야 마땅하다. 정정화의 『장강일기』에서도 나는 그런 책들에 버금가는 감동을 받았다.

반면에 김자동의 『상하이 일기』는 성격이 상당히 다른 저서이다. 저자는 1928년 상하이에서 김의한·정정화 부부의 아들로 태어나 임정 어른들에게 두루 사랑을 받으며 자랐다. 따라서 상해임정에 대한 그의 묘사는 대부분 그 자신의 체험을 직접 반영한 것일 수 없다. 임정이 그의 기억 속에 자리잡기 시작한 것은 1932년 4월 윤봉길 의사의 의거로 임정이 상하이를 탈출한 이후인데, 그러나 이후에도 소년적 시선을 넘어 심층적 관찰이 가능해진 것은 충칭重慶시대 말기 즉 일제패망 직전에 이르러서이다. 요컨대 그의 저서는 제목이 주장하는 바와 달리 '일기'의 요소를 아주 조금밖에 포함하고 있지 않은 것이다. 다시 말하면 『상하이 일기』는 순수한 회고록이 아니라 여러 종류의 문헌과 증언을 바탕으로 사후에 재구성된 비평적 논픽션이라고 할 수 있고, 달리 말하면 1919년 10월부터 1950년 말까지의 기간에 걸친 그의 가족사이자 개인사, 그의 시점으로 서술된 동시대의 민족사이자 세계사라고 할 수 있다. 물론 이런 점 자체가 이 책의 가치를 떨어트리는 것은 아니다.

이름 없이 스러져간 애국자들

『장강일기』가 『상하이 일기』 저술의 기본적 바탕이 되었기 때문에 양자 간에는 당연히 겹치는 일화가 대단히 많다. 그러나 똑같은 사건, 똑같은 인물에 대한 서술이라 하더라도 자기 체험의 직접적 묘사인 경우와 타자의 경험을 간접적으로 전달하는 경우는 독자에게 주는 문학적 효과가 아주 다르다. 수많은 일화들 중에서 하나만 예시하기로 하겠다.

정정화는 상하이에 거주하는 동안 1920년 3월부터 1930년 7월까지 모두 여섯 차례 국내에 들어왔는데, 그 가운데 처음 세 번은 임정의 밀령에 따라 운동자금을 모금하려고 지하조직 루트를 이용해 잠입한 것이었다. 그 루트란 연통제聯通制를 말함인데, 그것은 "임정 초기에 국무원령 제1호로 공포되어 실시된 비밀통신 연락망으로서 국내와의 통신 업무 및 재정 자금조달 등을 위해 교통국과 함께 이원화되어 운영되고 있었다."(『장강일기』, p. 58) 이 루트를 따라 정정화가 국내에 들어온 코스는 상하이에서 배편으로 안동현(지금의 단동)까지 오고, 거기서 신의주로 건너와 다시 안내를 받는 것이었다. 당시 안동에서는 최석순崔錫淳이란 분이 왜경의 형사로 신분을 위장하고 독립운동가들의 내왕을 도왔고, 신의주에서는 양복점 주인이자 재단사로 일하는 이세창李世昌이란 분이 은밀하게 여러 가지 편의를 제공하고 있었다. 임시정부의 비밀요원들인 셈이었다.

배로 안동에 닿자마자 나는 임정의 지시대로 우강(최석순)을 찾았다. 우강은 나와는 첫 대면이었고, 상해에서 젊은 여자가 나왔다는 사실에 다소 놀라는 기색이었으나, 내 신분을 확인하고 신의주로 안전하게 넘어갈 방도를 생각해 보자고 했다.

우강의 집에서 하룻밤을 묵고, 다음날 우강과 상의한 끝에 그의 누이동생으로 가장하기로 했다. 결국 왜경 형사의 누이동생이 된 나는 별다른 의심을 사지 않고 무사히 압록강 철교를 건너 신의주에 도착할 수 있었다. (『장강일기』, p.59)

이세창은 무척 소박하고 착한 성품에 배운 것도 별로 없는데다 나라가 망하기 전에는 권력자들의 압제나 받으며 살아오던 서민 중의 서민이었다. 그러니까 그는 위험을 무릅쓰고 독립운동에 나설 이유가 없는 인물이었다. 그럼에도 그는 처음 보는 정정화에게 차표를 끊어다주고 안전하게 역까지 안내해주는 헌신성을 보였다. 열차에 오르기 직전 그는 거센 평안도 사투리로 다음과 같이 말하는데, 그 말은 그때 그 말을 직접 들은 정정화에게만이 아니라 거의 1세기가 지나 책으로 그것을 읽는 오늘의 독자에게도 "독립운동은 과연 누구를 위한 것인가, 이 나라의 주인은 과연 누구인가를" 생각하게 만드는 통렬함을 발휘한다.

"몸조심하라요. 자기만 생각할 거이 아니라 남도 생각을 해야 되는 일이야요. 기래야 또 들어올 수 있으니까니. 명심하라요. 내레 솔직하게 한마디 하갔는데, 젊은 아주머니레, 더구나 귀골로 곱게 산 사람이 이런 일을 하리라고는 꿈에도 생각 못했시다. 독립운동하는 유명한 사람들이레 하나같이 다 이런 험악한 일을 하는 건 아니디요? 기렇디요? 나 같은 놈이나 하는 일

인 줄 알았거든."(『장강일기』, p.60)

　그로부터 60년 이상 오랜 세월이 지난 뒤에 회고록을 쓰면서 저자가 이세창의 말을 얼마나 정확하게 옮겼는지는 알 수 없는 일이다. 그러나 투박한 사투리 한마디 한마디가 화살처럼 우리의 폐부에 꽂히는 것이 느껴지지 않는가. 그때 그 말을 듣는 당사자에게도 그런 점이 가슴을 때렸을 것이며, 그랬기 때문에 그 감동이 두터운 세월의 지층을 뚫고 되살아나 80대 노인의 손으로 하여금 그 진실을 기록하게 했을 것이다. 그런데 안타깝게도 정정화가 두 차례 국내잠입에 성공한 이후 안동현과 신의주의 비밀거점들은 왜경에게 발각되고 말았다. 최석순은 다행히 가족과 함께 탈출하여 상하이로 왔지만, 이세창은 경찰에 체포되어 소식이 없어졌다. "아무도 모르게 곳곳에 숨어서 활약한 이세창씨 같은 분이 없었더라면 역사에 이름 석 자를 남긴 독립투사들의 공적도 물거품같이 허망한 것이 되었을 것이다."(『장강일기』, p.72) 저자의 이 말에 깊이 공감하지 않을 수 없다.

　이 일화는 『상하이 일기』에도 짧게 나온다. 하지만 다음에 인용하는 바와 같이 밋밋하게 처리되어 있을 뿐이다. 어머니에게 전해 듣거나 어머니의 책을 참고하여 서술한 것이므로 불가피한 노릇일 것이다. 어쨌든 『상하이 일기』의 이 대목은 『장강일기』의 구체적 묘사가 만들어내는 살아있는 감동에는 근접하지 못한다.

　1921년 말이 되면서 임시정부의 연통제는 대부분 붕괴된다. 가장 안전한 연결고리였던 안둥현의 조지 쇼가 왜경에 체포되자 연통제 조직이 전혀

가동되지 못했다. 신의주에서 활동하던 이세창도 체포되어 여러 해 동안 옥살이를 했다. 안둥현에서 활동하던 우강 최석순도 부인과 함께 상하이로 망명했다. (『상하이 일기』, p. 45)

만리장정萬里長征의 피난행렬

널리 알려져 있는 것처럼 1932년 4월 윤봉길 의사의 거사를 계기로 안창호 선생은 왜경에 체포되고 임정요인들 대부분은 상하이 프랑스조계를 도망치듯 급히 떠나야 했다. 그런 다음 항저우杭州, 1932·전장鎭江, 1935·난징南京, 1937·창사長沙, 1937·광저우廣州, 1938·류저우柳州, 1938·치장綦江, 1939을 차례로 거쳐 1940년 마침내 충칭重慶에 이르렀고 여기서 일제의 패망을 맞았다. "강소성에서 출발하여 안휘·강서·호남·광동·귀주성을 거쳐 사천성에 이른 장장 5천 킬로미터의 피난길은 중공군이 강서성에서 섬서성까지 쫓겨간 만리장정에 견주어질 만한 것이었고, 사실 우리끼리도 이 피난행각을 만리장정이라 부르기도 했다." (『장강일기』, p. 168) 그 피난길은 한편으로는 굶주림과 위험에 가득찬 고난의 행렬이었지만, 다른 한편으로 생각해보면 임정의 비타협적 투쟁성을 만방에 과시한 영광의 행군이기도 했다. 김자동의 가족은 부친 김의한의 중국관청 취직(1934~1937)으로 임정 본부와 동행하지 못한 시기도 더러 있었지만, 대체로 임정으로부터 그리 멀지 않은 곳에 머물며 고락을 함께했다.

그런데 대한민국임시정부의 위상과 역할은 늘 한결같은 것이 아니었다. 나는 『장강일기』와 『상하이 일기』를 읽으면서 무엇보다 그 점이 어떻게 묘사되어 있는지 주목하고, 해방 후 독립국가 건설과정에서 왜 임정이 지도력을 행사하지 못하게 됐는지에 관심을 가졌다. 이런 각도에서 무엇보다 눈에 띄는 것은 독립운동단체들의 끝없는 분열상이었다. 일찍이 상해임정에 잠깐 참여했다가 일제에 순응하여 귀국한 춘원 이광수는 유명한 논문 「민족개조론」(1922)에서 "그들의 명망의 유일한 기초는 떠드는 것과 감옥에 들어갔다 나오는 것과 해외에 표박하는 것인 듯하다"고 한때 자신이 속했던 망명지의 독립지사들을 비방한 바 있는데, 책을 읽다보면 이 비방이 아주 근거 없는 것만도 아니라는 안타까움을 절감하게 된다.

항일투쟁의 대열에 섰던 사람은 보수주의든 사회주의든, 혹은 공산주의 성향을 지녔든 간에 동시에 다 민족주의자였던 것은 틀림이 없다. 그러나 이들 사회주의자와 한국 광복진선光復陣線이 주도하던 당시의 임정정부는 늘 대립되어 쉽게 단결할 수 없었다.

남경의 항일 민족운동가들은 각자의 정치적 성향을 떠나 보다 효과적인 항일투쟁을 위해서 이러한 대립을 줄이고, 가능한 한 함께 뭉쳐야 된다는 것을 느끼고 있었다. 그리하여 여러 개의 단체를 통합하여 하나로 만드는 시도가 늘 되풀이되었다.

그러나 먼저 있던 단체의 간판을 버리지 않는 사람이 늘 생겨나서 결국 두 파가 합쳐서 하나가 되는 대신 오히려 하나가 더 늘어나는 결과가 종종 있었다. (『장강일기』, p.126)

한편, 상해임정이 태동할 무렵 만주(동북 3성)에서는 홍범도·김좌진·

최진동 등 독립지사들의 무장투쟁이 일제에 타격을 주고 활기를 띠었으나, 일제 관동군의 작전이 본격화하고 만주 괴뢰국이 세워지면서 "결국 지도자 대부분은 중국 관내(산해관 남쪽)로 이동했으며, 1933년 말에 이르러 만주지역의 항일무장투쟁은 거의 일단락지게 된다."(『상하이 일기』, p.67) 이런 절망적 상황을 배경으로 김일성 등이 이끄는 젊은 세대의 새로운 무장부대가 등장하는 것이다. "국민당과 만주군벌이 철수하고 한인 무장투쟁 지도자들이 떠난 후 이 지역에서는 새로운 항일무장투쟁이 전개됐다. 중국공산당의 영도 아래 동북항일연군이 조직된 것이다."(같은 곳) 일제패망 이후 한반도 전체를 아우르는 통일국가 수립이 성공하지 못한 중요한 원인의 하나는 항일독립운동 진영 내부의 이러한 이념적·정파적 자기분열에 기원하고 있음을 인정하지 않을 수 없다. 그리고 한반도 남북의 정권 모두가 자신들의 국호에 규정된 민주공화국의 정체성을 제대로 지켜내지 못하는 것도 어쩌면 독립투쟁과정 자체가 처했던 악조건에 뿌리를 두고 있는지 모른다는 생각이 든다. 우리에게 쑨원孫文이나 호치민胡志明 같은 통찰력과 포용성을 겸비한 지도자가 없었던 것은 민족의 불행이었다.

해방된 조국에서

　임정과 김자동 가족이 일제의 무조건 항복 소식을 들은 것은 충칭에 서였다. 임정 주석 김구 선생은 시안西安의 광복군 제2지대에 시찰을 나 갔다가 그 소식을 들었다. "희소식이라기보다 하늘이 무너지고 땅이 갈라지는 느낌"이라는 그의 언급은 유명한 일화이다. 내 힘으로 얻지 못한 해방이 어떤 결과를 가져오리라는 것을 그는 예감했던 것이다. 얼마 후 김자동은 충칭의 한 극장에서 미군이 서울로 진주하는 장면을 담은 뉴스영화를 보았다.

시청에서 중앙청까지 미군이 행진하는 것을 보면서, 어릴 때 잠깐 들러 기억에 남아 있지 않았던 서울이 제법 잘 정리된 현대적 도시라는 생각을 했다. 군중들이 열렬히 환영하는 것도 볼 수 있었다. 일장기를 내리는 장면에 군중은 더욱 환호했으며 나도 눈물이 날 정도로 감격했다. 그러나 올라가는 것은 태극기가 아니라 성조기였다. (『상하이 일기』, p. 264)

임정요인들의 귀국은 쉽지 않았다. 10월이 되어서야 항공편을 제공하겠다는 미국의 통보가 왔고 그나마도 개인자격으로만 허용한다는 것이었다. 가족들의 귀국은 더욱 어려웠다. 1946년 1월 16일 마침내 정정화·김자동을 비롯한 백여 명 가족들은 6대의 버스에 나누어 타고 충칭을 출발했다. 미군 수송함 엘에스티LST에 올라타고 상하이를 떠난 것은 다시 넉 달 가까이 지난 5월 9일이었다. 부산항에 도착한 것은 사흘 뒤였으나, 배 위에서 사흘을 더 보내야 했다. 그리고 5월 15일 오후 부산역을 출발한 기차는 이틀 뒤인 17일 저녁 8시쯤에 경성역에 도착했다. 그런데 수십 년의 풍찬노숙 끝에 돌아온 임정 가족들을 맞이한 것은 무엇이었던가. 다음은 서울행 기차 안에서의 일이다.

또 하나 눈살을 찌푸리게 하는 것은 기차가 설 적마다 화물간으로 기어

올라와 설쳐대는 경찰관들이었다. 아무에게나 반말 짓거리로 대하고 위세를 부리는 꼴이 꼭 왜정 때의 경찰을 그대로 뽑아다 박아놓은 것만 같았다. (『장강일기』 p. 268)

하지만 이것은 약과였다. 충칭시절 가깝게 지낸 박종길이란 분은 일제 징병에 끌려갔다가 탈출하여 광복군 대원이 된 사람이었다. 그는 고향이 경북 영양인데, 귀국 후 고향에 내려가 보니 지난날 왜놈 앞잡이들이 그대로 공무원이나 독립촉성회 회원으로 앉아 위세를 부리고 있었다. 박종길과의 갈등은 피할 수 없었다. 그러다가 대구를 중심으로 10월항쟁이 일어나자 박종길은 빨갱이로 몰려 서울로 도망을 치는 신세가 된다. (『상하이 일기』, p. 267, 318) 그러나 실은 이것도 약과다. 항일독립운동의 최고지도자 백범은 흉탄에 가고 암살자 안두희는 얼마 후 대로를 활보하지 않았던가. 제주도에서는 이른바 4·3항쟁이 일어나 30만 도민 가운데 10분지 1이 희생되지 않았던가. 또한 6·25전쟁이 발발하자 군과 경찰은 무고한 백성 수십만(어쩌면 백여만)을 재판 없이 학살하지 않았던가.

이 광기의 회오리는 정정화를 피해가지 않았다. 상하이 유학생이면서 동아일보 특파원을 겸하고 있던 우승규禹昇奎, 필명 나절로"(『상하이 일기』, p. 43)가 신문에 그를 '한국의 잔다르크'라고 찬양했던 것도 소용없는 일이었다. 1951년 9월 신원이 불확실한 어떤 여자가 정정화를 찾아왔는데, 그 여자를 만난 것이 화근이 되어 부역죄로 경찰에 체포되었던 것이다.

조사는 계속되었고, 조사과정에서 내게 손찌검을 하는 자도 있었다. 일정 때부터 같은 일에 종사해온 자임에 틀림없었다. 해방된 지 6년이 지난 당시에도 일본 경찰 출신들이 판을 치고 있었으며, 심지어 경찰 고위간부직까지도 부일 협력자가 자리에 턱 버티고 앉아 있는 형편이었다. (『장강일기』, p.313)

결국 정정화는 '비상사태 하의 특별조치령'에 의해 기소되고 재판에 넘겨졌다. 20명의 피고들이 한꺼번에 재판정에 서는 기막힌 재판으로서, 검사는 각기 죄명이 다른 피고인들에게 개인적 구별 없이 '이 사람들은⋯⋯'으로 시작되는 일괄적 논고를 했다. (『장강일기』, p.314) 변호사를 댄 사람은 정정화 하나뿐이었으므로, 간단하나마 그에게는 별도의 기소가 있었다. 그 변호사가 후일 유신정권에 항거했던 이병린李丙璘이었다. 변호사가 딸린 덕인지 정정화는 집행유예로 풀려나올 수 있었다. 낯선 대륙에서 수십 년 대한민국임시정부의 안살림을 맡아 노고를 아끼지 않은 데 대한 대한민국 정부의 보답은 이런 것이었다. 남편 김의한은 전쟁 초기 북으로 납치되고, 이제 그에게는 침묵과 체념의 여생 40년이 기다리고 있었다.

(2013. 1)

서경식의 질문이
우리에게 뜻하는 것

낯선 목소리의 등장

    방송작가인 고 박이엽朴以燁 선생의 맛깔스런 번역으로 서경식徐京植의
『나의 서양미술 순례』(창작과비평사, 1992·개정판, 창비, 2002)가 출판된 지 꼭
20년이 된다. 처음 책이 나왔을 때 다수 독자들의 주목을 끈 것은 실은
그 책의 내용보다 저자가 유명한 서승·서준식 형제의 아우라는 점이었
다. 그 형제들은 박정희 시대의 국가폭력을 상징하는 대표적 희생자들
중의 하나였던 것이다. 알다시피 그들은 재일동포 2세로서 '한국인의
정체성'을 되찾기 위해 고국에 유학을 왔다가 1971년 대통령선거를 일
주일 앞두고 '간첩' 혐의로 체포되어 잔혹한 고문 끝에 결국 20년 가까
운 세월을 감옥에서 보내야 했다. 이렇게 형들을 군사정권의 손아귀에
빼앗긴 채, 아들들의 석방을 애타게 기다리던 부모의 잇단 별세로 더욱
암담한 기분이 된 서경식은 훌쩍 유럽으로 떠난다. 후일 그는 자신의 첫
저서가 탄생하게 된 경위를 다음과 같이 서술하고 있다.

1983년 암울한 마음으로 유럽 여행에 나선 나는 거기서 만난 많은 예술 작품과 대화했다. 그것은 자신이 갇혀 있는 세계에는 '외부'가 있다는 발견이었고, 타자의 역사 속에서 스스로를 발견하려는 대화이기도 했다. 그것을 어떻게든 기록하고 싶다, 내 마음속에서 일어난 사건을 표현하고 싶다는 갈망에서 발표할 곳도 없이 원고를 쓰기 시작했다. (『디아스포라의 눈』, 한승동 옮김, 한겨레출판, 2012, p. 221)

그렇게 쓰여진 '무명의 재일조선인' 원고가 우연히 어느 저명한 정치평론가의 소개로 출판에 부쳐지고, 이듬해에는 다른 한 눈밝은 한국인 번역자에게 발견되어 한국어판으로 나오게 된 것이었다. 그러므로 이 책은 집필부터 출판·번역까지의 전 과정에서 볼 때 김윤수 교수의 지적대로 "통상적인 의미의 미술기행 —느긋하고 한가롭게 미술관을 돌아다니며 감상한다거나 전문적인 시각으로 작품해설을 늘어놓은 책"이 아니다. 그러나 미술전문가의 저작이 아님에도 불구하고, 혹은 전문가의 틀에 얽매일 필요가 없는 우울한 방랑객의 시선 때문에 이 책에서 맛보게 되는, 작품에 자유롭게 접근하는 자세와 다양한 인문학적 소양, 그리고 무엇보다도 고통의 역사에 민감하게 반응하는 예리한 감수성은 좁은 의미의 전문성을 압도하는 매력으로서 독자를 사로잡았다. 이제 서경식은 형들의 아우가 아닌 그 자신의 고유명사로써 이 땅의 문화계에 등장한 것이다.

그런데 한 사람의 저자가 지적 발언자로서 사회적 무게를 획득해가는 과정에는 여러 요인이 복합적으로 관계하는 것 같다. 서경식의 책이 처음 출간된 1992년 무렵은 국내외적으로 중대한 전환기였다. 소련이

해체되고 동유럽 사회주의가 몰락했을 뿐만 아니라 남미와 아시아의 많은 군사독재정권들이 물러났고 신자유주의라는 이름의 새로운 수탈 체제가 세계를 장악하기 시작했다. 한국에서는 해금 이후 수많은 이념 서적들이 쏟아져 나오고 통일운동의 열기가 지축을 흔드는 듯했다.

이런 시대적 배경을 염두에 둔다면 서경식 미술기행의 섬세한 문체는 당대발복當代發福을 갈구하는 독서대중의 조급한 마음에 미지근하게 비칠 수밖에 없었다. 그의 사유는 우리 민족의 역사적 상처에 끊임없이 호소하면서 그것과의 교감을 잃지 않으려 하는 것임에도 당대의 지배적인 이념적 구획에는 잘 포섭되지 않는 미묘하고 독특한 '미학'에 기반하고 있었기 때문이다. 21세기 들어 김대중 정부가 마감될 무렵에야 그의 두 번째 저서 『청춘의 사신死神』(김석희 옮김, 창비, 2002)이 출간된 것은 그런 사정을 반영한 것이라고 해석된다. 그런데 이때부터 지금까지 10년째 그 나름의 서경식 붐이 이어지고 있다. 내 책상 위에 꺼내놓은 그의 책들만 하더라도, 앞에서 거명한 것 이외에 다음과 같은 목록을 더 제시할 수 있다.

『소년의 눈물』(이목 옮김, 돌베개, 2004)

『디아스포라 기행』(김혜신 옮김, 돌베개, 2006)

『시대의 증언자 쁘리모 레비를 찾아서』(박광현 옮김, 창비, 2006)

『고통과 기억의 연대는 가능한가』(철수와영희, 2009)

『언어의 감옥에서』(권혁태 옮김, 돌베개, 2011)

『나의 서양음악 순례』(한승동 옮김, 창비, 2011)

『디아스포라의 눈』(한승동 옮김, 한겨레출판, 2012)

서경식이 자신에게 물었던 것

서경식에게 문제의 출발은 '나는 누구인가'라는 물음이었다. 마치 입양사실을 모르고 자라던 아이가 우연히 자신의 처지를 알고 자기 인생의 뿌리에 대한 의혹으로 괴로워하기 시작하는 것처럼 재일조선인 2세로 태어난 그는 어린시절부터 일본사회의 다수자가 누리는 존재의 자명성이 자신에게 결여되어 있음을 수시로 경험한다.

가령, 소년시절의 독서편력과 성장담을 기록한 책 『소년의 눈물』(p.111~114)에는 다음과 같은 일화들이 나온다. 어머니와 함께 중학교 면접시험에 간 '나'는 전교생 중에 "재일조선인 학생은 나 하나뿐"이라는 사실을 통보받는다. 어느날 학교로 가는 전차 안에서 일터로 향하는 할머니들이 조선말로 이야기하는 장면과 마주치는데, 승객들의 시선은 일제히 할머니들에게 쏠리고 '나'는 아는 할머니가 말을 걸어올까봐 가슴을 졸이며 뒷자리로 피해간다. 영어수업 시간에 "I am a Japanese"라는 문장을 배우고 앞자리 학생부터 선생님 입모양을 흉내내며 발음연습을 하는데, 차례가 가까워올수록 '나'는 긴장이 고조되어 입을 열지 못한다. 선생님의 거듭된 독촉에 겨우 "하지만 저는 일본인이 아니라……"고 대답한다.

사회적 소수자로서 겪은 이 모든 쓰라린 경험들이 가시가 되고 몽둥이가 되어 그를 혹독하게 의식화시켰고, 그런 경험의 누적은 그로 하여금 다수자의 무의식을 지배하는 고정관념에 맞서지 않을 수 없게 만들었다. 그런 점에서 그가 글에서 견지하고자 하는 지적 독립성의 원천은 다름아닌 그의 사회적 소외였다.

당연하다고 굳게 믿고 있는 전제를 다시 한번 의심하고, 보다 근원적인 곳까지 내려가서 다시 생각해보는 것, 간단히 답을 얻을 수 없는 답답함을 견디며 끊임없이 묻는 것, 자신을 기존관념의 지배에서 해방시켜 기어이 정신적 독립을 얻어내는 것, 이것이야말로 참된 지적 태도라고 나는 믿는다. 지금처럼 어지럽고 위기에 처한 시대에는 더욱더 그러한 태도가 요구될 터이다. (『고통과 기억의 연대는 가능한가』, p. 8)

이처럼 독단과 독선에 얽매이기를 거부하는 자유의 정신으로 서경식은 어떤 주제의 글을 쓰든 그것을 자기 집안의 고난의 내력에 관련지어 반추하고 재일조선인의 수난의 역사라는 거울을 통해 그 의미를 추궁한다. 이를 통해 그는 일차적으로 일제강점기에 자의 또는 타의로 일본에 건너간 재일조선인의 정체성 문제를 파고들지만, 그의 시야는 거기 머물지 않고 중국의 동북지방(만주)과 소련의 연해주에 거주하던 조선인 문제에까지 확장되고 더 나아가 추방과 유랑의 운명에 고통받는 전 세계의 모든 디아스포라에게로 향한다.

솔직히 말하면 나는 그의 저서(『고통과 기억의 연대는 가능한가』, p. 24~33)를 통해, 1910년에 대만과 조선이 일본 헌법의 적용을 받지 않는 이법지역異法地域으로 규정되었고 그 결과 대만인과 조선인은 헌법적 권리의 박탈 상태에 놓이게 되었다는 것, 1922년 조선호적령의 실시로 조선인의 일본 전적轉籍이 금지되고 이로써 조선인과 일본인의 혈통적 구별이 제도화되었다는 것, 그래서 형이 태어났을 때 아버지는 일본 거주지의 동사무소에 출생신고를 한 것이 아니라 우편으로 본적지인 충청남도 논산에 신고를 해야 됐다는 것을 이번에 처음 알았다. 패전 후인 1947년 외국인등록령이라는 법령이 만들어져 그때까지 일본국민으로 살아오던 재일조선인들이 일순간에 무국적자가 되었고, 새삼 외국인등록이 강제될 때 국적을 '조선'으로 신고한 것은 당시에는 아직 '대한민국'도 '조선민주주의인민공화국'도 생기기 이전이었기 때문이라는 것, 1965년 한일협정의 체결로 인해 신분상의 불이익을 피하기 위해 '조선적'을 '한국적'으로 바꾸는 소동을 또 한 번 치르게 되었다는 것도 절대다수의 한국인은 거의 모르고 지내는 사실이다.

일본어라는 언어의 감옥에서

그러나 서경식은 자신의 국적이 '한국'임을 거듭 확인하면서도 자신의 아이덴티티는 재일 '조선인'이라고 주장한다. 이때의 '조선'은 결코 어떤 정치적 의미의 국가개념이 아니고 일제강점기에 중국으로 러시아(소련)로 또 일본으로 이산離散하기 이전의 하나였던, 또 해방 후 한반도가 '대한민국'과 '조선민주주의인민공화국'으로 분열하기 이전의 하나였던 민족을 가리키는 기호라고 그는 말한다. 그러므로 일본 '국가'의 법적 배제와 사회적 차별 속에서 위태롭게 살아온 서경식이 '국어', '국민' 같은 국가주의적 귀속을 표상하는 개념들에 동조할 수 없다고 완강하게 말하는 것은 너무나 당연하다.

그런 점에서 북간도에서 태어나 평양과 서울에서 공부하다가 일본에서 옥사한 시인 윤동주尹東柱는 그에게 조선인의 디아스포라적 정체성이 가장 비극적으로, 어쩌면 가장 순결하게 구현된 모델과도 같은 존재이다. 하지만 윤동주와 자신 사이에 결정적 차이가 있음도 서경식은 놓치지 않는다. 윤동주는 한반도 바깥에서 태어났음에도 모어가 조선어였고 그 모어의 공식적 사용이 금지된 상황에서도 남몰래 모어시母語詩를 썼으며 바로 그런 비밀스런 모어 사랑이 그를 죽음으로 인도했을지 몰랐다. 반면에 서경식의 경우 모어의 탈환에 필사적으로 나섰던 형들은 모국에게서 가혹한 처벌로 보답받았고 그 자신은 일본어를 통해 형성된 아이덴티티의 모순을 끝내 벗어날 수 없다고 고백한다. 『소년의 눈물』이 다른 이유가 아니라 "일본어 표현이 뛰어나다"는 이유로 '일본 에세이스트 클럽상'을 받게 되었을 때, 그는 수상식 인사말에서 다음과 같이 묻는다 : "나는 모든 것을 일본어로 생각하며 모든 것을 일본어로 표현합니다. 그렇다면 나는 일본어라는 '언어의 벽'에 갇힌 수인이 아니고 무엇이겠습니까?"(『언어의 감옥에서』, p.61)

봉인된 증언

서경식이 되풀이해서 여행을 떠나는 것은 말하자면 그런 수인적 지하생활로부터의 절망적인 탈출시도였다. 인간 영혼의 꿈의 결정체이자 비상飛翔의 흔적인 동서고금의 위대한 예술작품들과 접촉하는 동안 그는 인류가 겪은 시련과 고통의 미학적 결과물들이 자신과 같은 외로운 유랑자의 피폐한 영혼에 말을 거는 것으로 느꼈고, 거기서 승화된 아름다움과 좌절의 아픔을 보았다. 그에게 예술은 차별과 모욕, 강제와 박해의 공동운명에 짓눌리며 힘겹게 살아간 사람들 또는 그것에 저항하다

무참히 죽어간 사람들이 남긴 봉인된 증언이었다. 그러므로 봉인을 뜯어 보통 사람들이 알아들을 수 있는 말로 풀어내는 것을 서경식은 문필가의 의무로 받아들였다. 쁘리모 레비의 삶과 죽음을 꼼꼼하게 추적한 끝에 적어놓은 다음 문장은 그 비관주의적 전망에도 불구하고 유난히 깊은 울림을 준다.

> 죽어가는 증인들의 경고에 귀를 기울이고, 모든 불길한 징조에 최대한 민감하게 반응해 방죽이 무너지는 것을 막지 못하는 한, 홍수는 반드시 일어날 것이다. 그렇게 생각하는 쪽이 이치에 맞는다. (『시대의 증언자 쁘리모 레비를 찾아서』, p. 287)

내가 읽어본 서경식의 저서들 중에서 기록자의 의무에 충실하면서도 문학적 완성도라는 면에서 높은 성취에 이른 작품은 『시대의 증언자 쁘리모 레비를 찾아서』이다. 방금 나는 '작품'이라는 말을 썼는데, 그것은 서경식의 다른 저서들이 '기행문' '에세이집' '강의록' 따위로 분류될 수 있는 데 비해 이 텍스트는 ①레비의 무덤을 찾아가는 여행, ②서경식 자신의 힘든 개인사, ③나치 집단수용소에서의 레비, ④레비의 귀향과 자살 등 크게 네 겹의 스토리를 정교한 '중층적 서사구조'(이 용어는 서경식이 레비의 어느 작품을 분석하면서 사용한 개념이다) 안에 촘촘하게 짜 넣음으로써 수준 높은 문학에 도달하고 있음을 가리키는 것이다. "1996년 1월 1일, 나는 밀라노에서 또리노로 향하는 보통열차 안에 있었다."는 첫 문장에서 시작하여 "내일은 또리노를 떠나는 날이다."는 마지막 문장으로 끝나기까지의 액자소설적 구성은 액자 안에 담긴 것이 끔찍한 인간파괴의 참상임에도 그것을 아련한 여수旅愁의 정서로 감싸고 있어, 놀라운 예술적 훈향과 치떨리는 아픔을 함께 맛보게 한다.

민족문학 · 한국문학 · 조선문학

어느 책에서나 서경식의 문장은 치열한 문제의식으로 가득차 있어, 독자를 편히 앉아 있게 놔두지 않는다. 세계를 가득 채운 모순과 불의에 대항해 함께 싸울 것을 촉구하는 글에서 우리가 주저와 갈등을 경험하는 것은 당연하다. 그 점에서 나는 그의 글에 적잖은 불편과 뜨거운 공감을 동시에 느낀다. 다른 책들도 그렇지만, 특히 그의 최신의 저서 『디아스포라의 눈』은 대지진과 원전사고 이후의 일본사회를 비판적 사유의 대상으로 삼은 것이어서, 큐우슈우九州지방 한 귀퉁이를 잠깐 구경한 것 이외에 일본을 살펴볼 기회가 없었던 나 같은 사람에게는 공부되는 바가 많았다. 그런데 이 책의 한 장은 나의 직업과 직접 관련된 내용으로서, 그에 대한 답변삼아 짧게라도 내 생각을 피력하지 않을 수 없다.

2007년 12월 지난날의 민족문학작가회의가 한국작가회의로 명칭을 바꾼 것은 언론보도로 어느 정도 알려진 사실이다. 상당 기간의 내부적 토론과 적잖은 진통을 거친 끝에 회원들의 투표로 그렇게 결정되었는데, 서경식의 글 「한국문학의 좁은 틀을 넘어서」는 바로 그 문제를 거론하고 있다. 그의 주장과 의문은 다음의 문장에 요약되어 있다.

나는 '한국문학'이라는 말이 '대한민국이라는 한 국가에서 유통되는 문학'이라는 극히 한정된, 평범한 의미밖에 가질 수 없다고 생각한다. '한국문학'이란 말은 '민족문학'이라는 말보다 협소한 개념일 수밖에 없지 않은가.

그래서 묻고 싶은데, 일제강점기와 대한민국 건국 이전의 문학은 한국문학인가? 고인이 된 작가나 월북작가, 디아스포라 작가도 거기에 포함되는가? 재일조선인의 시나 소설은 한국문학인가, 아니면 일본문학인가?(『디아스포라의 눈』, p. 216)

사실 이 문제는 일찍이 1996년 '문학의 해'를 기념하는 심포지엄에서 재일동포 작가 이회성李恢成이 제기한 바 있었고, 이에 대한 견해를 나는 계간 『한국문학』(1996년 겨울호)에 발표한 바 있었다. (염무웅, 『문학과 시대현실』, p. 572~578에 재수록) 이회성과 서경식의 주장의 차이점은 전자가 일본어로 쓰여진 자신의 작품이 '범민족문학'으로서의 한국문학에 포함되어야 한다는 것인 데 비해 후자는 '한국문학'이 한반도 남쪽 문학에 국한된 협소한 개념으로서 대한민국 이전 및 대한민국 바깥의 '민족'문학을 포괄할 수 없다는 것이다.

나 자신도 작가회의의 명칭에서 '민족문학'이 떨어져나간 것이 심히 아쉽기는 하다. 그러나 서경식의 주장에도 동조하기 어려움을 느낀다. 간단히 말하면 '대한민국'은 한반도 남쪽에 실존하는 국가의 공식명칭이지만, '한국'은 한편으로 그 대한민국의 약칭으로 통용되면서도 다른 한편으로는 대한민국 국가기구의 작동범위를 넘어서, 때로는 그것과 무관하게 때로는 그것에 저항하면서, 삶을 꾸려가는 더 광범한 인간공동체를 가리키는 기표인 것이다. 나 자신으로 말하면 일제강점기 말년에 태어나 대한민국 정부가 수립되던 1948년 초등학교에 입학하여 지금까지 살아왔는데, 우리 세대의 의식과 무의식 속에는 '한국'이 단순히 대한민국의 통치권이 미치는 영토적 범주로서가 아니라 그 이상의 좀더 영속적이고 보편적인 실체로 입력되어 있다. 1948년 이후 이 땅에서 태어난 세대들은 자신의 삶의 터전이자 자신의 정체성의 근원으로서 한국 아닌 그 어떤 '외부'를 상상하는 일이 더욱 어려울 것이다. 그러니까 양복·양식·양옥에 대비된 한복·한식·한옥의 '한韓'은 단지 1948년 이전의 '조선'뿐만 아니라 1910년 이전의 '조선'에도 맞먹을 만한 어떤 항구성을 이제는 지니게 되었다고 인정되는 것이다.

요컨대 '민족문학' '한국문학' '조선문학'은 단순히 이론적 분별을 요하는 개념적 문제라기보다 19세기 중엽 이후 오늘까지 진행된 민족의 이산離散과 남북분단의 현실을 언어적으로 반영한 자기분열의 표현이다. 물론 우리는 '한국'의 국가주의화가 가져올 퇴행의 위험을 경계해야 하고, 마찬가지로 '조선'의 과도한 민족주의화에 따르는 시대착오적 배타주의도 극복해야 한다. 그런 점에서 나는 "디아스포라의 존재는 긍정적인가? 그렇다. 그건 분명 긍정적이다"(『디아스포라의 눈』, p.113)라는 서경식 같은 소수자의 목소리가 한반도의 남북 어느 쪽에서나 충분히 존중되어야 한다고 믿는다. 그의 그런 불안정한 위치는 언젠가 한반도에 도래할 평등하고 평화로운 다민족·다언어·다문화사회의 형성을 위해 불가결한 주춧돌 노릇을 할 것이다. 그때 그 사회에 붙일 이름이 '한국'일지 '조선'일지 또는 제3의 어떤 것일지? 그것은 그 해방된 사회의 형성을 위해 투쟁하고 헌신한 사람들이 그때 가서 스스로 결정할 몫으로 남겨두어야 한다.

(2012.4)

건강불평등

독서문화의 빈곤

엊그제 『한겨레』(2012.7.23)의 「이 여름의 책들」이라는 칼럼에서 필자 고종석은 "흔히 가을을 '등화가친지절'이라 부르지만, 책읽기 좋은 철은 아무래도 여름이다"라고 적고 있는데, 살아보니 동감이다. 그 글을 읽자 자연 나의 옛날이 떠오른다. 나로서는 평생에 걸쳐 아무 잡념 없이 책에 몰두할 수 있었던 기간은 시골소읍에서 고등학교를 다닐 무렵이었다. 흥미가 가는 책이 잡히면 분야를 가리지 않고 거기 빠져들었다. 다만 유감스러운 것은 당시에는 독서에 대한 열망에 비해 갈증을 채워주고 정신을 드높일 책이 주위에 아주 드물었던 점이다. 6·25전쟁이 끝난 지 겨우 4, 5년밖에 안 된 어려운 시절이었다.

그런데 반대로 요즘은 좋은 책이 넘쳐나는 것 같다. 서점에 가보면 마치 물 빠진 연못에 물고기가 퍼득이는 것처럼 수많은 책들이 말을 걸어오는 게 느껴진다. 50년 전에 내가 이런 책들에 파묻혀 지낼 수 있었더라면 얼마나 더 풍요로웠겠나 싶은 안타까움이 당연히 있다. 그와 더불어 떠오르는 생각은 요즘 이 책들의 주된 독자는 누구일까 하는 것이다. 고등학교 학생은 아마 틀림없이 아닐 것이다. 심신 공히 온갖 영양분을 필요로 하고 가장 맹렬하게 그것을 흡수할 나이인 그들이 자유로운 독서로부터 사실상 '금치산선고'에 처해져 있는 것이 우리 현실이다. 대학생들은 어떨까. 취업과 직결되지 않은 인문·사회·자연과학 교양서의 구매성향을 조사한 통계가 있는지 없는지 모르겠는데, 소위 유명대학 도서관의 대출빈도가 가끔 신문에 보도되는 것을 보면 오늘 이 나라 대학생들의 지적 상황도 그다지 믿음직스러운 것이 아님이 확실하다.

각설하고, 국내저자의 책이건 번역서건 우리나라 독서시장에서는 현장취재를 바탕으로 씌어진 르포나 통계조사를 중심으로 작성된 보고서 성격의 저서가 추상적인 이론서에 비해 인기가 적은 것 같다. 지난 달 다루었던 제임스 길리건의 『왜 어떤 정치인은 다른 정치인보다 해로운가』(이희재 옮김, 교양인, 2012)나 그 책과 함께 잠깐 언급했던 『미국을 닮은 어떤 나라』(데일 마하리지 지음, 마이클 윌리엄슨 사진, 김훈 옮김, 여름언덕, 2012)가 말하자면 보고서 내지 논픽션 성격의 책들인데, 특히 후자는 르포기자와 사진작가인 두 저자가 한 팀이 되어 최근 30년 동안 몰락하는 미국 노동자계급과 그들의 후예인 노숙자와 유랑빈민들 속으로 들어가 때로는 그들과 함께 생활하면서 보고 겪은 감동의 기록임에도 한국독자들에게는 크게 주목을 받지 못했다. 실은 비슷한 시도를 한 국내저자의 책도 있었다. 언론인 홍은택의 『블루 아메리카를 찾아서』(창비, 2005)가 그것인데, 역시 대중적으로 주목받았다는 소식을 나는 듣지 못했다. 좀

분야가 다르지만, 발레리 줄레조의『아파트 공화국』(길혜연 옮김, 후마니타스, 2007)이나 손낙구의『부동산 계급사회』(후마니타스, 2008) 같은 책들도 우리나라의 비정상적 주택사정과 열악한 정치현실을 감안하면 더 심층적인 논의의 출발점이 되어야 할 문제작임에도 아쉽게 한때의 화제로 그치고 말았다.

평등해야 건강하다

이런 맥락에서 이번에 내가 소개하려는 책은 김기태 기자의『대한민국 건강불평등 보고서』(나눔의 집, 2012)이다. '프롤로그'에도 나와 있듯이 이 책은『한겨레21』2010년 12월 7일자 커버스토리「죽음도 가난했다」부터 2011년 1월 29일자「에필로그 – 모든 생의 무게는 같아야 한다」까지 8차례 연재된 김 기자의 기획기사에 바탕하고 있다. 이 책을 선택한 까닭은 물론 건강과 의료문제가 국민복지에서 핵심이자 기본의 하나이기 때문이다. 그리고 다들 짐작하겠지만 대선을 반년 앞둔 이 시점에 예비후보들마다 복지문제를 입에 올리고 있기 때문이다. 나라를 책임지겠다는 분들의 복지담론이 얼마나 구체적 현실분석에 근거한 것인지 알아야 그들이 제시하는 정책의 허실을 제대로 판단할 수 있지 않겠는가.

김기태의 저서를 읽고 나서야 나는 건강불평등 문제를 다룬 책들이 이미 여러 권 출간되어 있음을 알았다. 예컨대『추적, 한국 건강불평등』(이창곤 지음, 밈, 2007)이나『건강불평등을 어떻게 해결할까?』(S. 아스타나·J. 할리

데이 지음, 신영전·김유미·김기랑 옮김, 한울아카데미, 2009) 같은 책들이 그것이다.

아마 우리나라에 알려진 이 방면의 가장 중요한 저자는 영국 노팅엄 대학교의 사회역학 교수였던 리처드 윌킨슨Richard Wilkinson, 1943~ 일 터인데, 『평등해야 건강하다』(김홍수영 옮김, 후마니타스, 2008), 『건강불평등 : 무엇이 인간을 병들게 하는가?』(손한경 옮김, 이음, 2011), 『평등이 답이다 : 왜 평등한 사회는 늘 바람직한가?』(케이트 피킷과 공저, 전재웅 옮김, 이후, 2012) 등 잇달아 번역된 저서들에서 그는 인간의 건강과 행복에 있어 무엇보다 사회적 평등이 결정적으로 중요한 요소임을 거듭 밝히고 있다. 그런데 윌킨슨의 논지 가운데 범인들의 선입견을 뒤집는 것은 평등이 단지 서민층에만 유리한 진보주의자들의 관념적 이상이 아니라 모든 계급구성원의 건강과 기대수명에 고루 긍정적 영향을 끼치는 목표임을 실증적·이론적으로 입증하고 있다는 점이다. 『평등해야 건강하다』 제1장에 나오는 다음과 같은 주장에서는 학자의 경계를 넘어선 투사의 음성조차 들린다.

기대수명의 격차는 그 원인이 무엇이든 간에 결국 근대 시장민주주의의 병폐인 심각한 사회적 불의를 보여준다. 우리는 사람들이 재판도 없이 구속당하고 고문당하며 실종되는 인권침해의 사례들에 대해서는 쉽게 분개한다. 하지만 건강불평등이 이보다 훨씬 더 많은 희생자를 낳고 있다는 사실은 잘 모르고 있다. 만약 어떤 무자비한 정권이 건강불평등 때문에 줄어든 빈곤층의 수명만큼 가난한 사람들을 강제로 감금한다면, 우리는 어떤 반응을 보일까? 어쩌면 빈곤층의 높은 사망률은 감금보다 더 심한 사형집행일 수도 있다. 그래서 우리는 건강불평등을, 매년 정부가 아무런 명분 없

이 상당수의 국민을 사형시키는 것과 같은 수준의 인권침해로 취급할 필요
가 있는 것이다.

참으로 통렬한 지적인데, 『대한민국 건강불평등 보고서』의 저자 김기
태가 주로 의존하는 이론적 배경도 바로 윌킨슨의 이 저서들이다. 김 기
자는 『평등이 답이다』(원제는 수준측량기, *The Spirit Level : Why more equal so-
cieties almost do better*, 2009)를 읽고 저자와 이메일 인터뷰를 하여 자신의
책에 수록하기도 했다. 인터뷰에서 김 기자는 "평등수준을 높이면 최상
류층에게도 혜택이 돌아간다는데, 쉽게 이해하기 어렵다"고 묻자, 이에
대해 윌킨슨 교수는 다음과 같이 일관되고 확신에 넘친 대답을 보낸다.

물론 평등수준을 높이면 빈자에게 가장 많은 혜택이 돌아가는 것은 사
실이다. 그렇지만 부자들에게도 혜택이 돌아간다. 사람들은 종종 소득 상
위 10%에게도 혜택이 돌아간다는 데 놀라기도 한다. 불평등한 사회에서
나타나는 건강 및 사회문제는 빈곤층뿐 아니라 전체 계층에 영향을 미친
다. 불평등이 심한 사회에서는 높은 지위에 이르기 위한 경쟁이 격하고, 그
과정에서 불안은 사회 전체에 두루 퍼진다. 물론 그 파급은 상류층에도 미
친다. (『대한민국 건강불평등 보고서』, p. 241, 이하 쪽수는 같은 책)

생각해보면 보건과 의료문제의 근본적 해결을 지향하는 의사-학자
라면 종국에는 이와 같은 사회학적 결론에 도달하지 않을 수 없다는 것
이 이해된다. 『왜 어떤 정치인은 다른 정치인보다 해로운가』의 저자 길
리건이 존경해 마지않는 19세기의 독일 의사 루돌프 피르호가 세포병리

학·공중보건학·사회의학의 창시자 중 한 명이었을 뿐만 아니라 동시에 비스마르크의 권위주의에 대항한 진보정치가이기도 했다는 사실은 그런 점에서 아주 자연스럽다. 실은 길리건 자신도 폭력문제를 다루는 정신의학자로서 오랫동안 살인과 자살 등 폭력치사를 완화시키기 위해 현장에서 노력하는 과정에서 일정한 정치적 견해에 도달했고, 그것을 20세기 미국 정치사의 변동에 적용한 결과물이 다름 아닌 『왜 어떤 정치인은 다른 정치인보다 해로운가』였던 것이다.

충격적인 의료현실

김기태의 『대한민국 건강불평등 보고서』는 모두 4부로 구성되어 있다. 제1부는 저자가 2010년 11월 한 달 동안 성가복지병원의 호스피스 병동에서 취재를 목적으로 자원봉사를 하면서 주로 암으로 생의 마지막을 보내는(그러다가 결국 세상을 떠나는) 열다섯 명 환자들을 가까이에서 지켜본 기록이다. 제2부는 같은 무렵 수원 아주대병원 중증외상특성화센터 중환자실에서 치료받는(그러다가 숨을 거두기도 하는) 열여덟 명 외상환자들을 취재한 기록이다. 제3부는 학자·연구원들의 용역보고서에 나타난 통계를 원용하여 지역별·계층별·연령별·학력별로 현재 한국의 건강－의료현실을 점검한 내용이다. 제4부는 앞에서 얘기했듯이 주로 윌킨슨 교수의 이론에 의존하여 오늘날의 한국 보건의료 정책을 비판적으로 검토하고 있다.

내가 읽은 바로는, 다른 사람의 연구와 보고서를 원용한 부분(즉, 제3

부와 제4부)보다 저자 자신의 직접적 체험이 살아 있는 부분, 즉 생생한 현장의 소리와 장면을 기록한 제1부와 제2부가 이 책의 알맹이다. 우선 김 기자의 취재를 받아주었던 병원들부터 간단히 소개하는 것이 좋겠다. 서울 월곡동에 위치한 성가복지병원은 1990년 7월에 문을 연 무료병원인데, 가톨릭 성가소비녀회聖家小婢女會의 수녀들이 운영주체라고 한다. 1992년에는 호스피스 병동도 문을 열었다. 노숙인·행려병자 등 주로 가난한 환자들이 혜택을 보는데, 개원 이후 2011년까지 연인원 54만 6717명, 실인원 1만 3149명이 입원했다. 의사 3명과 간호사·조무사 등 30명이 낮은 급료를 받고 일하며, 부족한 인력은 수천 명 자원봉사자들로 채운다. (p. 29~30) 2011년 한 해 지출이 27억 6천만 원 정도로서, 지출의 80% 이상을 후원금으로 충당한다고 한다. (후원 문의 02-940-1501~2)

한편, 이 책을 읽고 처음 알게 된 놀라운 사실은 우리나라에서 외상외과가 개설된 병원이 이국종 교수가 책임자로 있는 아주대병원뿐이라는 것이다. "돈이 되지 않고 골치만 아프기 때문에"(p. 85) 병원들마다 응급실 투자를 외면한다고 한다. 그래서 서울대와 부산대 출신 의학도들도 외상외과 시술을 배우러 수원으로 온다는 것이다. 2011년 1월 '아덴만의 영웅'으로 언론을 장식했던 석해균 선장이 중상을 입은 몸으로 후송되어 왔을 때 그를 "치료할 만한 곳이 서울 어디에도 없다는 사실은 충격적이었다. 석 선장을 감당할 만한 아주대병원이라도 있는 것을 다행으로 여겨야 하는 상황이었다. 더 충격적인 통계도 새삼스럽게 세상에 알려졌다. 부실한 응급의료 시스템 때문에 해마다 1만 명 가까운 중증외상환자가 추가적으로 사망한다는 연구였다."(p. 109) 벌어진 입이 다물어지지 않는, 그러나 거의 아무도 모르는 현실이다.

실태에 직면하기를 회피하는 정부

이 책에서 저자가 시종일관 예의 주시하는 것은 암이나 중증외상 같은 치명적 질병들이 부유층보다 빈곤층에게 항상 더 공격적이라는 사실이다. 그가 참고한 학자들의 연구보고가 그 사실을 보여준다. 강원대 손미아 교수(예방의학)의 「암 발생과 사망의 건강불평등 감소를 위한 역학지표 개발 및 정책개발연구」(2008)에 따르면 "암사망 위험비는 소득 상위 1%가 암으로 100명 사망할 때, 기초생활수급권자는 두 배 가까운 196명이 사망하는 것으로 나타났다."(p. 56)

보건복지부의 질병관리본부가 전국 8개 주요병원 응급실을 찾은 외상환자 8만 8162명을 대상으로 조사한 보고서 「2009 표본병원 손상 유형 및 원인통계」에 따르면 "전체 중증외상환자 가운데 33.6%가 노동직이었고, 17.3%가 사무직이었다."(p. 112) 서울대 신상도 교수(응급의학)의 도움을 받아 조사한 바로는 "2009년 전 국민의 응급실 방문 횟수는 392만 218건이었다. 이 가운데 건강보험 가입자의 방문 건수는 337만 1734건이었고, 의료급여 대상자는 18만 5574건이었다."(p. 128) 이 수치를 인구비례에 따라 나누면 건강보험 가입자는 100명당 7회이고 의료급여 대상자는 100명당 12회가 된다. 바로 이것이 다름 아닌 건강불평등의 실상인 것이다.

문제는 이 엄연한 불평등에 대해 우리 국가와 사회가 어떻게 대응하는가이다. 당연한 얘기지만, 불평등은 건강과 의료분야에만 나타나지 않는다. 이 책의 제1부와 제2부에서 저자가 묘사한 가슴 아픈 사연들은 빈곤과 가정해체, 실직과 사업실패 속에서 사람이 어떻게 최후의 나락으로 굴러떨어지는지 보여주는데, 중요한 것은 이 전락의 다양한 경로 어디에서도 사회안전망이라 할 만한 구원의 손길이 제대로 작동하고 있지 않다는 사실이다.

심지어 이명박 정부 하에서는 국민건강과 의료체계에 대한 조사보고서조차 공식적 발표를 미루고 있다. 예컨대, 노무현 정권 당시 용역을 받아 강원대 손미아 교수 등 16명의 연구진이 2008년 11월에 완성한, "국민건강보험공단에 기록이 남아 있는 3259만 명의 기록을 모아 암발생과 사망의 계층별 불평등 양상을 분석한 328쪽짜리 보고서"(p.74)를 정부는 공개하지 않고 있다.

역시 노무현 정권 당시 편성된 4억 8천만 원의 예산으로 한양대 신영전 교수(사회의학) 등 41명의 연구진이 3년여 만에 완성한 1200쪽 분량의 보고서 「건강불평등 완화를 위한 건강증진 전략 및 사업개발」도 현 정부가 깔아뭉개고 있다. (p.150~152) 가천의대 임준 교수(예방의학)가 한국산업안전관리공단의 용역을 받아 2007년에 내놓은 산업재해에 관한 연구보고서는 언론에조차 제대로 소개되지 않았다고 한다. (p.202)

실태를 똑바로 알아야 옳은 대책이 나올 수 있는데, 실태와 직면하기를 회피하는 정부로부터 무슨 대책을 기대할 수 있겠는가. 김기태 기자의 『대한민국 건강불평등 보고서』는 소득 2만 불에 OECD회원국임을 자랑하는 나라의 복지현실에 대한 고발장이라는 점에서만도 커다란 의의가 있다.

(2012. 7)

정치는
국민의 행복을 좌우한다

정신의학자의 정치사회적 시선

국회의원 선거가 눈앞에 다가온 요즘 제임스 길리건James Gilligan의 책 『왜 어떤 정치인은 다른 정치인보다 해로운가』(이희재 옮김, 교양인, 2012)는 그 제목만으로도 우리의 관심을 끈다. 책의 제목만 보면 저자가 정치학 자인 줄 짐작하기 쉽지만, 실은 그는 1966년부터 2000년까지 하버드 대 의대 교수를 지냈고 지금도 뉴욕대 정신과에서 강의를 하고 있는 정신의학자이다. 뿐만 아니라 그는 "지난 40년 동안 감옥을 내 사회심리 학 실험실"(『왜 어떤 정치인은 다른 정치인보다 해로운가』, p.179, 이하 쪽수는 같은 책) 로 삼았다는 말에서 보듯 폭동·인질극·살인·자살 등 폭력이 난무하는 미국 교도소에서 폭력예방 프로그램에 참여하여 획기적인 성과를 거둔 그 방면 권위자의 한 사람이다. 그런 그가 어쩌다가 정치에 대해 발언 하게 되었는가.

길리건은 수십 년간의 체험을 통해 교도소라는 폐쇄된 공간에서 일어나는 고질적인 폭력문제를 해결하려면 재소자를 둘러싸고 있는 문화를 바꾸어야 한다는 것을 깨달았다고 한다. 그리고 해결을 위한 노력의 일관된 원칙이 재소자들을 존중하고 또 그들에게도 타인을 존중하도록 요구하는 것이었다고 말한다. 모든 재소자에게 관심을 기울이고 그들의 말을 경청하며 그들의 자존감을 높일 수 있는 비폭력적 수단 즉 교육과 일거리를 제공하는 사업을 지속함으로써 길리건과 그의 동료들은 1970년대에 600명 수감자가 있는 매사추세츠 주의 한 교도소에서 매달 한 건의 살인과 6주에 한 명꼴의 자살자가 나오던 상태로부터 1980년대 중반에는 1만 2000명 전체 수감자 가운데 1년간 단 한 명의 폭력치사자도 나오지 않는 놀라운 수준까지 상황을 개선할 수 있었다. (길리건은 살인과 자살을 합쳐 '폭력치사'라 부른다) 내 생각에는 길리건의 이런 실천적 경험이 그에게 정신의학의 경계를 넘어서는 정치사회적 시야를 열어주었을 것이다.

길리건 자신은 자기 책에 "이론적 틀과 영감을 주고 이 책의 기본전제가 되는 수많은 통찰을 제시한 사람"(p.224)이 19세기의 위대한 독일의사 루돌프 피르호Rudolph Virchow, 1821~1902였다고 고백하면서 존경의 마음을 표하고 있다. 나는 피르호는 물론이고 길리건도 『왜 어떤 정치인은 다른 정치인보다 해로운가』라는 책제목의 시의성에 끌려 처음 이름을 알게 되었는데, 길리건에 의하면 피르호는 세포병리학·공중보건·예방의학·사회의학 같은 전문분야의 토대를 마련한 주역 중의 한 명이었고 인류학의 개척자 가운데 하나였을 뿐만 아니라 젊은시절 1848년의 3월혁명에 참여한 투사였고 비스마르크에 대항한 진보정치가로서도 역할이 컸다고 한다. 피르호는 약으로 개별 환자를 치료하는 것만으로는 전염병을 없앨 수 없고 가난한 사람들의 사회경제적 여건을 개선하는 정책을 통해서만 해결할 수 있다고 논문에 썼는데, 이 결론은 자신이 이 책에서 전하려는 내용과 동일한 것이라고 길리건은 말한다.

108년 동안의 통계가 말하는 것

미국에서는 1900년부터 매년 국립보건통계원이 '인구동태통계자료'를 낸다고 한다. 첫해에는 뉴잉글랜드 지역 10개 주에서만 자료를 뽑다가 차츰 다른 주들을 추가해서 1933부터는 48개 주 모두를 다루게 되었다. 길리건은 통계가 시작된 1900년부터 이 책의 저술을 위해 자료 이용이 가능한 2007년까지 108년 동안의 폭력치사 통계를 검토하던 중 뜻밖의 두 가지 사실에 주목하게 된다.

첫째, 살인과 자살은 통념상 아주 다르다고 여겨지는데, 그가 검토한 통계는 살인율과 자살률이 늘 동반상승, 동반하강하는 경향이 있음을 보여주었다. 그것은 살인과 자살의 연관성, 즉 한쪽을 끌어올리는 어떤 원인이 동시에 다른 쪽도 끌어올릴 가능성이 있음을 시사하는 것이었다.

둘째는 살인율과 자살률이 그가 검토한 백여 년 동안 세 차례에 걸쳐 큰 규모로 상승하고 극적으로 하락하는 현상을 뚜렷이 나타냈는데, 이유를 몰라 끙끙 앓다가 우연히 폭력치사의 증감이 대통령 선거주기와 맞아떨어진다는 사실을 발견했다. 간단히 말하면 "자살과 타살은 공화당이 백악관에 있을 때 늘어났고 민주당이 백악관에 있을 때 줄어들었으며 그 규모와 일관성은 우연의 탓으로 돌릴 수가 없었다. 처음 내 머리에 떠오른 생각은 '어떻게 이럴 수가 있나'였다."(p.18)

이를 좀더 구체적으로 살펴보면 다음과 같다. 공화당 집권기인 1900년부터 1912년 사이에 폭력치사 발생률은 10만 명당 15.6명에서 21.9명으로 증가한다. 1913년 취임한 민주당의 우드로 윌슨 대통령 시대에는 살인과 자살이 점차 줄어 1920년에 17.4명이 된다. 그러나 공화당으로 정권이 교체된 1921년부터 다시 상황이 역전되어 폭력치사 발생률은 1929년에 22.3명으로 되고 1932년에는 26.5명으로 정점에 이른다. 이런 추세는 1933년 민주당의 프랭클린 루스벨트가 대통령에 당선되면서 반전되어 비교적 낮은 치사율이 1968년까지 지속된다. 즉, 1933년 26.5명이던 폭력치사 발생률이 꾸준히 떨어져 1941년 18.8명으로 되고 그후 사반세기 동안 18명 수준을 넘지 않는 것이다. (1953년부터 1960년까지는 공화당의 아이젠하워가 대통령이었는데, 그는 재임중 폭력치사 발생률이 올라가지 않은 유일한 공화당 대통령이다.)

그러다가 1969년 공화당의 닉슨이 백악관에 입성하면서 폭력치사 발생률은 20세기 들어 세 번째 상승기를 향해 빠르게 치솟기 시작하여 1970년 19.9명, 1975년 23.2명, 1992년 22.4명 수준을 유지한다. (1977년부터 1980년까지 재임한 지미 카터는 폭력치사 발생률에 영향을 끼치지 않은 유일한 민주당 대통령이다.) 1993년 민주당의 빌 클린턴이 취임하자 폭력치사는 다시 가파르게 줄기 시작하여 1997년에 18.3명, 2000년에 16명으로 떨어지는데, 2001년 공화당의 아들 부시가 대통령이 되자 사망률은 다시 오름세로 돌아서 2007년 현재 17.2명이 되었다.

10만 명당 치사율 1명 증감이란 오늘의 미국 인구로 따져 대략 3000

명의 사람들이 살인과 자살로 더 죽거나 덜 죽는 것을 의미한다. 그런데 놀랍게도 폭력치사 발생률은 공화당 집권기에는 증가 일변도였고 민주당 집권기에는 감소 일변도였으며, 세계대전이나 대공황 같은 역사적격변도 의외로 별로 영향을 끼치지 않았다. 이 대목에서 저자는 소득과재산의 불평등 즉 경제적 양극화와 살인율 간의 상관관계, 특히 직장의유무와 폭력범죄와의 상관관계에 관한 그 방면 전문가들의 기존연구를인용한다. 가령, 1900년부터 1970년 사이의 방대한 통계자료를 분석해 "자살률과 살인율은 상호간에 연관성이 있을 뿐 아니라 실업률과도상호연관성이 있다"(p.65)고 하는 홀링거Paul Holinger의 연구라든가, 직장이 있는 흑인남자와 백인남자의 폭력범죄에 관여하는 비율을 검토하여 "폭력행동의 인종별 차이를 만들어내는 주된 원인은 실업이다"(p.66)라는 결론에 이른 윌슨William Julius Wilson의 견해를 길리건은 적극적으로원용하는 것이다. 여기서 길리건은 오늘의 우리 한국인에게도 매우 중요한 다음과 같은 의문을 제기한다.

이 책을 쓰기 위해 자료수집에 나서기 전만 하더라도 나는 공화당 지지
자들로부터 높은 소득세, 높은 자본이득세, 높은 법인세, 높은 상속세와 과
도한 규제로 경제성장을 질식시키는 민주당과 달리 자기네 정당은 경제를
성장시키는 정당이라는 말을 귀에 못이 박히도록 들어서 정말 그런 줄로만
알았고 (중략) 미국인의 통념은 경제성장을 원하면 공화당을 찍어야 하고,
민주당은 성장의 숨통을 막는다는 것이다. 정말로 그랬을까. (p.79~80)

그러나 공화당의 선전과 달리, 그리고 다수 미국인들이 무심코 생각

하는 것과 달리 실제로 ①불황은 공화당 정부 때에 민주당 때보다 3배 더 자주 시작되어 45% 더 오래갔고, ②공화당이 다음 정권에 불황을 유산으로 넘길 확률이 민주당보다 4배 더 높으며, ③민주당 집권기에 일어난 불황의 3분의 1은 공화당 정부로부터 물려받은 것이었다. (그러고 보면 1929년 시작된 대공황이나 2008년 시작된 금융위기나 모두 공화당시대의 유산이다.) 그런가 하면 국민총생산의 개념이 처음 도입된 1948년부터 2005년 사이에 1인당 실질 국민총생산은 공화당 집권기에 1.64% 늘어난 반면에 민주당 집권기에는 2.78% 늘었다. 다시 말하면 민주당 집권기의 경제 성장률은 공화당 때보다 70% 더 높았다.

소수가 다수를 지배하는 수법

그런데 문제는 공화당이 민주당보다 경제에 더 무능하고 따라서 살인·자살 같은 사회적 불안요인을 더 제공함에도 불구하고 선거에서는 경제문제와 치안문제가 늘 공화당에 더 유리한 무기로 작용해왔다는 사실이다.

수수께끼는 바로 이것이다. 무슨 수를 썼기에 인구의 1%를 차지하는 소수의 부자가 인구의 99%를 차지하는 다수에게 명백히 불리한 쪽으로 돌아가는 체제를 받아들이도록 다수를 설득했단 말인가? 상대적 빈곤을 키우는 정당을 지지하도록 다수 유권자를 설득하기 위해 공화당이 내놓은 해법은 중하류층과 극빈층을 이간질해서 내 지갑을 얇게 만드는 주범이 상류층(과 상류층의 이익을 대변하는 정당)이라는 사실을 알아차리지 못하도록 초점을 흐리는 것이었다. (p. 98)

소수가 다수를 지배하는 수법으로 이용된 이 전략을 로마 황제들은 '분할통치'라 불렀는데, 그것은 전형적으로 미국 공화당의 전략이기도 하다. (번역서는 '분할정복'이라고 표현하고 있는데, 문맥상 '정복'보다 '통치'가 더 적절한 용어라고 생각한다.) 그리하여 폭력과 범죄율이 높아질수록 중산층과 저소득층은 누가 자기들의 주머니를 털어가는 진짜 범인인지 직시하지 못하고 오히려 자기들끼리 증오하고 농락당하여 자기 이익에 반하는 투표를 하기 일쑤다. 따라서 공화당이 선거에서 이길 수 있었던 것은 역설적으로 공화당이 빈곤을 줄이는 데 실패하고 폭력과 범죄를 줄이는 데 실패했기 때문이다. (p. 108) 즉, 빈곤과 범죄야말로 지배계급의 정치적 자산이며 공화당 승리의 담보가 되는 것이다. 그들 자신도 이 점을 잘 의식하고 있어서, 가령 1964년 배리 골드워터의 선거본부장은 범죄가 "공화당에게 공짜로 주어진 억만금의 선물"이라고 말했고, 아버지 부시의 선거참모는 "범죄는 민주당을 쪼개놓기 위해 민주당에 박아 넣어야 할 쐐기"라고 말했다. (p. 105)

미국이 복지사회로 가려면

마지막에 길리건은 다시 의사의 직분으로 돌아온다. 의학은 원래 가치판단을 하는 직업이 아니지만, 유일하게 예외가 있다면 의학의 존재

이유이기도 한 인간생명의 가치 또는 생명의 존엄성을 지켜야 할 때이다. 저자가 이 책에서 다루는 주제는 폭력치사인데, 그것을 제대로 다루자면 폭력치사가 발생하게 되는 심리적·사회적·정치적 여건을 건드리지 않을 수 없다. 배울 기회와 일할 기회를 얻지 못할 때 사람들은 자신이 맛보는 수치심을 해소할 수단으로 오직 폭력에 호소하는 길밖에 없다고 생각할 수 있는데, 따라서 교육과 취업을 통해 자존감을 회복하는 것이야말로 근본적 해결책이다. 이런 관점에서 저자는 오늘의 미국 주류사회와 대조되는 두 개의 사례를 거론하고 있다.

첫 번째 사례는 미국 북서부와 캐나다 남부에서 작은 농업공동체를 이루며 살고 있는 재세례파의 한 종파인 후터라이트Hutterite이다. 그들 종파는 1875년경 동유럽에서 북아메리카로 건너왔다. 그런데 이주 이후 109년 동안 그들 사회에서는 단 한 건의 살인도 일어나지 않았고 자살만 딱 한 번 있었다고 한다. 그들은 스스로 진정한 기독교인의 삶을 산다고 자처하면서 "모두 함께 지내며 모든 것을 공동소유로 내놓고 재산과 물건을 팔아서 모든 사람에게 필요한 만큼 나누어주었다."(p. 138)

다른 하나의 사례는 유럽식 사회민주주의 내지 복지국가 모델이다. 미국 공화당 정치가들이 유럽식 복지국가 정책을 끊임없이 빈곤과 공산독재로 가는 방향이라고 비난해왔음에도 불구하고 이 모델에서는 "빈곤율·무주택률·살인율·수감률이 미국보다 훨씬 낮고 극형이 없고 평균수명이 더 길고 여가를 더 누리고 유아와 산모의 사망률과 발병률이 낮고 양질의 탁아와 보건 서비스, 고등교육을 무상으로 제공하면서도 미국 국민이 누리는 것보다 더 큰 경제적 안전을 국민에게 제공"(p. 202~203)하는 기적을 이루어내고 있다.

　유럽의 복지국가와 비교된 미국의 현실을 좀더 실감있게 이해하기 위해서는 다음의 책들을 함께 읽어보아도 좋을 것이다. 『미국에서 태어난게 잘못이야』(토머스 게이건 지음, 한상연 옮김, 부키, 2011)는 시카고에서 노동전문 변호사로 눈코 뜰새없이 바쁘게 일하던 저자가 우연한 기회에 두 달 동안 독일에 머물면서 미국에 비할 때 독일이야말로 '천국'임을 발견하게 된 경험을 서술하고 있다. 『오! 당신들의 나라』(바버라 에런라이크 지음, 전미영 옮김, 부키, 2011)는 미국 사회의 극심한 양극화와 성·인종·계급·소득·재산에 따른 엄청난 차별을 신랄하게 풍자한 여성 저널리스트의 칼럼집이다. 『미국을 닮은 어떤 나라』(데일 마하리지 지음, 마이클 윌리엄슨 사진, 김훈 옮김, 여름언덕, 2012)는 르포전문 기자와 사진작가인 두 저자가 한 팀이 되어 1980년대 초부터 최근까지 30년 동안 몰락하는 미국 노동계급과 그들의 후예인 노숙자와 유랑빈민hobo들 속으로 들어가 때로는 그들과 함께 생활하면서 듣고 보고 겪은 일종의 기록문학이다. 오늘의 미국 현실을 암울하게 묘사한 더 많은 책들을 찾을 수 있을 텐데, 그래도 희망이 있다면 이 저서들이 모두 다름 아닌 미국인 자신에 의해 씌어졌다는 사실이다. 그것이 우리에게 주는 교훈은 결코 작은 것이 아니다.

(2012. 3)

민주주의를 생각한다

한국정치의 표면과 이면

바야흐로 선거철이다. 뉴스시간마다 첫 소식은 대통령선거에 출마한 세 후보들의 일정과 그들의 공약으로 채워진다. 거의 매일 똑같은 방식으로 되풀이되다 보니, 차츰 식욕이 떨어지는 걸 느낀다. 정치에 대한 염증을 유발하기로 방송국들끼리 짠 게 아닐까 의심이 들 정도다. 왜 우리가 몇 해마다 이런 국가적 행사를 치러야 하나, 이런 대규모적 소란을 통해 우리가 진정 얻고자 하는 것은 무엇이고 결국 얻게 될 것은 무엇인가, 민주주의라는 정치과정이 실제 우리 삶을 개선하는 데 얼마나 구체적인 기여를 할 것인가? 답답할 때마다 이런 의문을 되새긴다.

평소에 나는 국어교육·역사교육·환경교육과 더불어 정치교육이 초·중등 교육과정의 필수과목으로 되어야 한다고 믿고 있다. 가령, 지난번 「대한민국 정체성의 뿌리」라는 글에서 우리나라 건국운동의 선배들이 1948년 정부수립 훨씬 이전부터, 그러니까 1919년 삼일운동과 1898

년 만민공동회 때부터 민주공화국의 정신을 키우고 지켜왔다는 사실을 소개한 바 있는데, 그 사실에 함축된 정치적 의미를 국민들이 어릴 때부터 배우면서 자란다면 나라가 좀 달라지지 않을까 상상해보는 것이다.

그런데 이승만·박정희 시대의 이 나라 국가권력은 그렇게 하기는커녕 두 차례(1954, 1969)의 삼선개헌 강행이 보여주듯 특정인의 장기집권을 위해 민주주의를 만신창이로 짓밟았다. 그나마 삼선개헌은 헌법합치의 절차적 외양을 갖추기 위해 최소한의 시늉이라도 해본 것이었다. 하지만 1972년 10월 17일 유신쿠데타부터 1987년 10월 29일 직선제 개헌안 공포까지 15년 동안에는 국민의 선거권은 사실상 박탈되고 삼권분립은 껍질만 남았으며 언론·집회·결사·신념의 자유 등 기본권은 심각한 제약을 받았다. 이것은 한마디로 민주주의라는 형식의 전면적 파괴였다.

하지만 형식의 파괴는 어떤 점에서는 정치의 표면을 이루는 사건들이었다고 할 수 있다. 우리나라 민주주의의 역사 내부를 들여다보면 표면의 사실들로 다 설명되지 않는 또 하나의 지배질서, 일종의 이면裏面 질서라고 부를 만한 것이 작용하고 있었음을 깨달을 수 있다. 경찰과 정보기관, 때로는 용역과 폭력배에 의한 미행·납치·협박·구타·체포·고문·암살 그리고 해직과 해고 등 공포영화에나 나옴직한 각종 불법적 수단들이 일상생활 깊숙이까지 침투하여 국민들의 의식과 무의식을 얼어붙게 했던 것이다. 그것들은 경우에 따라서는 끝내 역사기록의 수면 위로 떠오르지 않을 수도 있었다.

물론 1987년 민주화 이후 상황은 크게 개선된 것이 사실이다. 이제 한국 시민들은 국가권력의 공공연한 위협과 언제 닥칠지 모를 폭력의 불안에서는 일단 벗어났다고 할 수 있다. 그러나 이렇게 된 것을 '어떤 수준의' 민주주의 실현이라고 보아야 할지는 여전히 쟁점으로 남아 있다. 왜냐하면 권력과 자본의 연합체로서의 대한민국 기득권체제가 과거에 불법적이고 적나라한 폭력을 통해 얻었던 것을 이제는 합법적이고 정상적인 방법으로 얻을 수 있게 된 것뿐일 수도 있기 때문이다. 지배계급의 입장에서 폭력적 수단의 동원이 더 이상 필요 없게 된 진짜로 유리한 상황의 도래, 즉 피상적 변화에 불과한 상황을 우리가 민주화라는 이름의 수사로 분식해주는 것은 아닌지 의심해볼 수 있는 것이다. 그런 점에서 우리는 구체적인 사회적·역사적 조건들 속에서 민주주의가 그때그때 참으로 무엇을 의미하고 어떻게 실질적으로 작동하는지 그 안을 들여다보아야 한다.

논쟁문화의 가능성

이런 문제의식을 가지고 내가 읽어본 책은 로널드 드워킨의 『민주주의는 가능한가』(홍한별 옮김, 문학과지성사, 2012)와 최장집의 『노동 없는 민주주의의 인간적 상처들』(폴리테이아, 2012)이다. 두말할 것 없이 나는 정치학에 문외한이고, 따라서 이 책들을 학술적으로 검토할 만한 식견을 갖고 있지 못하다. 다만, 막연하게나마 '진정한 민주주의'가 실현되기를 희망하면서 이 나라 정치현실을 주시해왔다고는 말할 수 있다. 말하자면 국어학자가 아니어도 언어사용자로서 국어문제에 참견할 수 있듯이, 사람살이의 필수영역인 정치와 경제에 대해서도 누구나 일정한 견해를 가지고 발언하는 것이 응분의 권리라고 생각한다. 물론 나의 내심에는 지금 진행 중인 대선의 판세를 옳게 읽고 바르게 대처하는 데 도움이 됐으면 하는 소망이 있다.

『민주주의는 가능한가』가 전하려는 메시지는 책 뒤에 붙은 '해제'에서 정치학자 박상훈 씨가 명쾌하게 요약했듯이 "과도한 정치적 양극화의 조건에서는 공적 관심을 이끄는 논쟁이 있을 수 없고, 그런 논쟁이 없다면 민주주의가 그 가치를 실현할 수 없다"(『민주주의는 가능한가』, p. 217, 이하 쪽수는 같은 책)는 것이라고 할 수 있다. 책의 주제가 미국 민주주의의 현실과 가능성에 관한 것이므로, 먼저 미국에서 정치적 양극화의 양상이 어떤지 들어보자. 저자 드워킨은 책의 첫 페이지 첫 문단에서 다음과 같은 서술로 독자의 관심을 끌어당긴다.

> 미국 정치는 끔찍한 상태다. 거의 모든 것에 대해 극렬하게 의견이 갈린다. 테러와 안보, 사회정의, 정치와 종교, 어떤 사람한테 판사 자격이 있는가, 민주주의는 무엇인가. 그냥 의견충돌 정도가 아니라 양쪽이 상대를 전혀 존중하지 않는다. 더 이상 자치의 협력자라고 할 수도 없는 상황이다. 미국 정치는 전쟁의 양상에 가깝다. (p. 11)
> (원문을 안 보고 얘기하는 것이 예는 아니지만, 문맥으로 보아 '자치'는 governance 일 것 같은데, 그냥 '정치'라고 하는 것이 더 순탄한 번역일 것 같다. —인용자)

그런데 드워킨은 민주당이 대표하는 '파란 문화'와 공화당이 상징하는 '붉은 문화' 사이에 건널 수 없는 간극이 있다는 데에 쉽게 동의하지 않는다. "만약에 두 문화 사이의 틈이 바닥 모를 정도로 깊다면, 공통기반도 찾을 수 없고 진정한 토론도 이루어질 수 없을" 것이기 때문이다. 만약 정말 그렇다면 정치다운 정치는 원천적으로 불가능할 텐데, 그것은 너무도 비극적인 일이다. 그래서 드워킨은 다음과 같이 지적한다.

> 민주주의는 무엇을 해야 할지에 대한 너른 합의만 있다면 심각한 정치적 논쟁 없이도 건강할 수 있다. 또 합의가 없더라도 논쟁문화가 있다면 건강할 수 있다. 그러나 깊고 쓰라린 분열만 있고 진정한 논쟁이 없다면, 다수의 횡포가 될 수밖에 없기 때문에 건강한 상태를 유지할 수 없다. (p. 18)

이런 입장에서 드워킨은 정치적 의견이 어떻게 형성되는지, 그리고 그 과정에서 공적 논쟁이 얼마나 유익하게 작용하는지에 대해 답할 수 없는 민주주의는 민주주의가 아니라고 말하며, 심지어 선거의 민주성은 투표 자체보다도 선거과정의 정치적 논쟁이 어떤 성격의 것이냐에 달린 문제라고 주장한다.

따라서 만인이 동의하고 공유함으로써 진정한 논쟁의 바탕이 될 수 있는 기본원리를 세우는 것은 미국 정치의 '쓰라린 분열'을 치유하기 위해서뿐만 아니라 민주주의 그 자체의 건강을 위해서도 필수적이다. 그가 제시하는 논쟁의 두 원칙을 요약하면, 첫째는 모든 인간의 동등한 존엄성에 입각하여 그가 어떤 사람이고 그에게 정치적 판단능력이 있는지의 여부와 관계없이 그를 동료시민으로서 인정해야 한다는 것, 둘째는 각각의 개인은 자신의 판단과 행동에 대해 자율적 책임을 갖는다는 것이다. 길게 설명할 여유가 없지만, 이것은 칸트가 「계몽이란 무엇인가」에서 밝힌 유럽 휴머니즘의 정신과 사유를 드워킨이 진지하게 계승하고 있음을 보여주는 것이다.

그런데 "어떤 국가의 정치도 철학 세미나처럼 운영될 수는 없다. 민주주의체제는 누가 이 체제를 이끌 것인가에 대한 최종평결을 경제, 철학, 외교정책, 환경과학 등에 대한 지식이 없고 이런 분야에 대해 자질을 갖출 시간도 능력도 모자란 수천만의 사람에게 맡겨야 한다."(p.170) 이것이 바로 민주주의란 것이다. 그러나 드워킨은 단순히 다수결주의만을 민주주의의 원칙으로 보는 데 대해 이의를 제기한다. 왜냐하면 "다수결주의 개념에서 민주주의는 정치적 의견이 공동체 안에서 어떻게 분포되어 있느냐의 문제일 뿐, 이 의견이 어떻게 형성되었는가와는 무관하기 때문이다."(p.177) 그러므로 그에게 있어 민주주의가 갖는 진정한 가치는 의견의 분포를 해석하는 차원에 있는 것이 아니라 의견을 형성해가는 차원에 있다. 그리고 모든 정치적 투쟁은 서로 화해할 수 없는 가치들 간의 싸움이 아니라 보편적 도덕원리의 공통기반 위에서 누구의 주장이 더 합리적인가를 두고 이론적으로 경합하는 싸움, 즉 건강한 논쟁이 되어야 한다.

'해제'에서 박상훈 씨가 드워킨의 미국정치 분석에서 끊임없이 한국정치의 문제점에 대한 교훈을 발견하는 것은 너무도 당연하다. 실제로 정치적 양극화를 서술하는 드워킨의 문장은 몇 개의 필요한 수정만 가하면 그대로 한국정치에 대한 서술로 읽을 수 있다. 필요한 수정 중에서 가장 중요한 것은 미국과 한국 간의 국제적 위상의 차이에 관련된 것일 테고, 빠질 수 없는 것은 테러의 위협 대신 북핵 위협을 넣는 것일 게다. 물론 근본적인 것은 미국정치의 질적 개선을 위해 드워킨이 주장한 해결책, 즉 수준 높은 논쟁문화가 우리의 경우 얼마나 착근 가능하겠는가 하는 점일 것이다. 가끔 우리의 토론문화를 접할 때마다 나는 공익에 부합하는 건설적인 논쟁과 사익의 추구를 내장한 표면상의 논쟁을 구별하는 것이 실로 쉽지 않으리라는 예감이 들었기 때문이다. 이번 미국 대선에서 오바마와 롬니가 벌인 세 차례 토론과정에 대한 보도를 보면서 나는 토론내용의 빈곤함에 놀랐고 토론방식의 치열함에 더욱 놀랐다. 지금 우리나라에서 후보들 간에 그만큼 노골적이고 가차없는 논쟁이 가능할지 의문이다. 미국의 정치문화를 뒤쫓기 바쁜 우리나라에서 민주주의의 앞길은 요원하다는 걸 새삼 절감한다.

'노동 없는 민주주의'

몇 해 전 최장집 교수의 유명한 『민주화 이후의 민주주의』(후마니타스, 2002 초판·2005 개정판)를 뒤늦게 읽고 전반적으로 깊이 공감하면서도 부분적으로 동의하기 어려운 대목이 있음을 느꼈는데, 이번에 나온 『노동 없는 민주주의의 인간적 상처들』(이하 『상처들』로 약칭)에서도 마찬가지로 큰 감동과 작은 불만을 아울러 느꼈다. 그런데 전자는 대중독자를 염두에 두면서도 한국 민주주의의 문제를 역사적·이론적으로 논술한 저서임에 비해 후자는 민주주의가 실현되고 있는—정확히 말하면 실현되지 못하고 있는—삶의 현장으로 직접 찾아가 그 자리에서 느낀 저자의 실감을 담고 있어, 전자가 한 권의 완결된 이론서라면 후자는 전자의 문학적 별책부록 같기도 하다. 그만큼 후자의 감동은 내 경우에는 주로 문학적인 것이었다.

이 책의 3분의 2쯤 되는 앞부분은 저자의 현장답사 내지 현지조사 기록이다. 현장답사라곤 하지만, 르포나 다큐처럼 사실의 구체적인 묘사가 많은 것은 아니다. 하지만 안내자의 사전준비가 충실해서인지 아니면 저자의 평소 문제의식이 현장의 실상과 맞아떨어져서인지, 독자인 나에게는 사회적 약자들의 삶의 핵심에 다가서는 저자의 감성적 충정과 이론적 날카로움이 화살처럼 전해져왔다. 170쪽 미만의 작은 분량임에도 이 저서가 오늘 우리 사회의 그늘진 구석을 대형화면으로 펼쳐 보이는 듯한 중량감을 주는 것은 그 때문일 것이다. 책을 쓰는 동안 "인간의 삶이란 무엇인가를 생각하면서 깊이를 알 수 없는 상념에 빠지는 일도 많았다. 인간존재의 비극적 운명에 무너지지 않고 싸울 수 있는 힘은 어디에서 나오는 것일까를 많이 생각해본 시간이었다."(『상처들』, p. 10, 이하 쪽수는 같은 책)는 '서문'의 언급도 큰 울림을 주었다.

얼굴 없는 집단들

『상처들』에서 저자는 여러 형태의 사회경제적 소외지대를 찾아간다. ①일용직 건설노동자들의 인력시장이 열리는 성남시 수진리 고개 인근에서 그는 "전국적으로 약 57만 명에 이르는 이들의 삶의 조건과 생활 현실뿐만 아니라 한국 민주주의의 감춰진 뒷모습을 적나라하게" 본다고 말한다. (p. 18) 그리고 "노동 없는 민주주의 혹은 실재하는 사회경제적 문제들을 다루지 못했던 한국 정당체제의 무기력함이 가져온 결과"(p. 21)가 바로 오늘의 '안철수 현상'이라고 지적한다.

②현대차노조 비정규직 지회 사무실을 방문하고 나서 적은 다음과 같은 문장이야말로 사회학적 문학작품으로서의 『상처들』의 백미라 할 만하다.

> 한 노동자는 자신이 10년 가까이 현대차에서 일했는데, 그 사이 자신을 고용한 인력회사가 일곱 번이나 바뀌었다고 말한다. 그때마다 새로운 고용계약서를 썼다고 한다. 그래서 어느날 문득 '내가 지금 회사에 다니고 있는 건가' 하고 자문하게 되었다고 한다. 그 말에서 나는 존재감을 상실한 채 헤매는, 카프카 소설 속 소외된 한 인간의 모습을 떠올렸다. (p. 28)

그러나 조금 욕심을 내서 말한다면 저자가 성남이나 울산으로 떠나기 전에 사전준비 삼아 박태순의 『정든 땅 언덕 위』(민음사, 1973), 황석영의 『객지』(창작과비평사, 1974), 윤흥길의 『아홉 켤레의 구두로 남은 사내』(문학과지성사, 1977), 조세희의 『난장이가 쏘아올린 작은 공』(문학과지성사, 1978) 같은 소설집을 다시 꺼내 읽었더라면 하는 아쉬움이 있다. 이 소설들은 1970년대 한국 민중문학의 '위대한 성취'라 해도 과언이 아닐 텐데, 거기에는 정치학자 최장집의 2010년대적 시선에 포착된 현실의 원형이 이미 40년 가까이 전에 풍성하게 그려져 있기 때문이다.

③허름한 건물에 2천여 개의 작은 봉제공장들이 빼곡히 들어서 있는 장위동, 서울에서만 대략 25만 내지 50만 노동자들이 일하는 것으로 추정되는 산업현장에서 저자는 "적지 않은 고용을 흡수하고 도시 서민 가구의 소득에 크게 기여하고 있음에도, 이 부문의 기업주-노동자들은

정부의 공식통계에도 잡히지 않는, 세금도 없고 보험도 없이 공적 제도 밖에 존재하는 얼굴 없는 사회경제적 집단"(p.38)을 확인한다. 그리고 그는 강한 어조로 말한다.

> 민주주의라면 적어도 이상적 기준에서는 정치참여의 평등이라는 원리에 힘입어 모든 사회적 이익과 요구들이 표출될 수 있어야 하고, 그것이 대표되고 조직됨으로써 그들의 이익이 정치과정을 통해 부분적으로라도 실현되는 것을 허용하지 않으면 안 된다. 그러나 봉제공장의 고용주-노동자들은 자율적 결사체의 효능을 경험해본 적이 없고, 그것을 상상할 수도 없으며, 그것을 시도할 필요를 느낄 수도 없다. (p.40)

④재벌대기업 2세, 3세들의 빵집·커피숍·분식점이 골목상권을 분쇄하고 대형마트가 재래시장을 초토화시키는 현실은 언론에 자주 보도되기도 했지만, 『상처들』도 주목하는 우리 시대 사회경제적 상처의 하나다. 이 대목에서 나는 일본의 경우 이미 1930년대부터 소매상보호법이 시행되었다는 걸 알고 놀랐고, 대기업·중산층·노동자의 공생을 제도화하는 원리가 자민당 같은 보수정당의 주도로 실현되었다는 걸 알고는 더욱 놀랐다. 그러니 다음과 같은 저자의 탄식에 어찌 공감하지 않을 수 있겠는가.

> 한마디로 말해 중소기업과 소매업체들의 경제적 활력을 복원하는 일은 단순히 온정적 조치가 아니라 한국 경제와 한국 민주주의의 중심문제라는 것이다. 선거를 앞두고 여야 정당들 모두 재벌개혁과 경제민주화를 말한

다. 그러나 아무도 중소기업과 소小자영업자, 노동자와 같은 이해당사자들의 참여와 대표의 문제는 말하지 않는다. (p. 59)

민주주의의 내용적 전진을 위하여

위의 몇 가지 사례에서 제시된 바와 같이 최장집 교수의 『상처들』이 목표하는 것은 단순히 사회경제적 소외지역의 삶을 현상적으로 묘사하거나 그 참상을 고발하는 데 있는 것이 아니다. 저자는 정치학자답게 모든 현장에서 사회적 소외의 정치학적 진단을 시도하며 그 궁극적 해결책도 정치에서 찾는다. 가령, 그는 현장방문을 마친 다음의 결론적인 문장에서 단순하다면 단순하게 다음과 같이 말한다.

오늘날 한국사회가 다뤄야 할 실제문제real issue는, 절대다수 노동인구의 사회경제적 삶의 조건이 매우 크게 위협받고 있는 현실이다. 이 문제에 대한 적절한 정책대안을 발전시키지 못한다면 한국 민주주의는 적어도 그 내용에 있어 공허한 것이 될 수밖에 없다. (p. 115)

이 발언의 정당성과 중요성을 공공연히 부인하는 사람은 아마 없을 것이다. 여당 대통령후보조차 한때 '경제민주화'를 소리 높여 외쳤던 사실이 그것을 입증한다. 그러나 나는 어느 지점에서부터인지 최장집 교수의 견해에 일정 부분 동조하기 어려워지는 자신을 발견했다. 간단히 한두 가지 이견만 제시하겠다.

가장 중요한 것은 김대중·노무현 정부에 대한 평가에서 그렇다. 최장집 교수는 『민주화 이후의 민주주의』(개정판)에서 이미 '민주개혁정부'를 '신자유주의적 민주주의로의 후퇴'라는 측면에서 비판한 바 있다. 이번 『상처들』에서도 그의 비판적 어조는 도처에서 반복되는데, 예컨대 "권위주의적 관치경제 시기로부터 민주화 이후 신자유주의적 세계화시대인 현재에 이르기까지, 경제영역에서만큼 정책의 연속성이 유지되는 분야는 없을 것이다"(p.120)는 지적이 그렇다. 이 점에 관해 김기원 교수가 이미 재비판을 한 바 있는데,(「김대중·노무현 정권은 시장만능주의인가」, 최태욱 엮음, 『신자유주의 대안론』, 창비, 2009 수록) 내 생각에도 최장집 교수의 경우 '민주정부'의 경제정책에 대한 비판이 경제 바깥의 영역에 대한 전반적 비판으로까지 과도하게 확대된 느낌이 있고, 경제영역 자체에서만 하더라도 '혁명정부' 아닌 '민주정부'가 객관적 조건에 있어 정책선택의 자유공간을 얼마나 확보할 수 있었는지도 고려해볼 사항이다. 물론 그럼에도 불구하고 민주정부가 IMF위기를 '한국적 복지국가의 모델로 발전시킬 수 있는 기회'(p.129)로, 즉 민주주의의 내용적 전진의 기회로 활용하지 못했다는 지적은 여전히 뼈아픈 것이다.

최장집 교수가 민주정부의 신자유주의적 후퇴와 연관하여 강하게 비판한 다른 한 가지는 한국 정치와 정당들이 '생활하는 민중'의 구체적 현실로부터 괴리되어 있다는 점이다. 그는 기회 있을 때마다 사회경제적 약자들이 정치적으로 대표되지 못하고 있고, 그럼으로써 정치 자체가 왜곡되고 공허해지는 현실을 개탄한다. 그런데 내 생각에 문제는 그가 주로 지식엘리트의 관념성에서 그 귀책사유를 찾는다는 점이다. 그가 보기에 한국에서 학생운동의 역사적 역할은 이미 오래전에 끝났어야 했다. 왜냐하면 "실제현실의 삶과 유리된 조건 아래 의식화되면서 갖게 된 (운동권 학생들의) 과잉 이념화된 사고방식과 도덕적 우월의식은 그것이 지속되는 시간에 비례해 부정적 효과를 더 크게 가질 수밖에 없기 때문이다."(p.22) 한국 진보정당들의 몰락의 원인도 그는 정당을 끌고나가는 상층부의 진보이념과 정당이 발딛고 있어야 할 실제현실과의 유리에서 찾고 있다. 같은 맥락에서 그는 "정책이슈와 대안들이 이념적 거대담론으로부터 직접 도출되지 않아야 한다"(p.109)고 말한다. 이것은 나로서도 충분히 동의할 수 있는 주장이다.

나는 농민과 노동자도, 청년실업자와 신용불량자도 정책형성에 참여하고 정당활동에 접맥될 수 있도록 정당의 체계가 달라져야 한다는 데 전적으로 찬성한다. 하지만 그러한 '참여'와 '접맥'의 과정에는 불가피하게 이념화의 요소가 동반되게 마련 아닐까. 물론 그렇다 하더라도 각 단계들에서의 과잉이념은 극복되어야 한다. 그러나 대얏물을 버리면서 아기까지 버리는 일은 일어나지 않을까. 과거나 현재나 학생운동·청년운동의 이념적 열정과 과장된 헌신이 없다면 정치적 대표가 성장할 수 있는 중요한 토양도 더불어 소실될 가능성이 높다. 따라서 현실에 밀착된 이념의 획득도 기대하기 어려울 것이다. 선학先學들이 말했듯이 이론차원과 실천차원의 끊임없는 교류와 상호교섭을 통해서만 민주주의는 더 충실한 내용의 것으로 발전해가지 않겠는가 나는 생각한다.

(2012. 11)

재앙에 맞서 구원을
꿈꾸다

빈발하는 자연재해

게르트루트 푸쎄네거Gertrud Fussenegger, 1912~2009라는 오스트리아 작가가 괴테 탄생 250주년 기념으로 출간한 청소년용 괴테 전기는 1755년 11월 1일 발생한 포르투갈 리스본의 대지진이 어린 괴테에게 얼마나 강한 인상을 남겼는지 묘사하는 것으로 시작한다. 서유럽 대부분 지역에서 감지된 이 지진과 북대서양 거의 모든 해안에 다다른 해일로 리스본 건물의 85%가 무너지고 27만 5천 명 인구 가운데 6만 내지 9만 명이 사망했을 것으로 추정된다고 한다. 괴테는 당시 여섯 살로 지적 호기심의 맹아가 막 싹트기 시작할 때였으므로 어른들의 놀란 표정과 불안한 수군거림에 예민할 수밖에 없었다. 그러나 이 엄청난 자연재해는 어린이들에게도 영향을 끼쳤지만, 그보다는 어른들에게 더 직접적인 충격을 주었다. 볼테르, 루쏘, 칸트 등 당대를 대표하는 계몽주의 지식인들의 사상적 궤적에는 리스본 대지진의 어두운 그림자가 짙게 드리워져 있다고 한다.

그런데 우리가 살고 있는 이 시대는 전쟁 같은 인위적 참사뿐만 아니라 자연재해라는 면에서도 단연 18세기를 능가하는 것 같다. 수천 명의 조선인이 방화·폭동 혐의로 학살당했던 일본 관동대지진(1923.9.1)은 어느덧 과거지사가 되었다 치더라도, 최근에 일어난 인도네시아의 지진해일(2004.12.26)과 중국 쓰촨성 대지진(2008.5.12) 및 아이티 지진(2010.1.12)은 희생자의 규모에 있어 상상을 초월하는 것이었고, 이어서 발생한 동일본 지진해일(2011.3.11)은 그 너무도 생생한 방송화면으로 인해 우리의 시각을 압도하는 것이었다. 게다가 동일본 대지진의 여파로 백두산이 20년 이내에 거대한 화산폭발을 일으킬 확률이 99%라고 주장하는 일본 학자도 있어 더욱 우리를 불안하게 한다.

무엇이 진짜 재앙인가

자연재해의 빈발을 대재앙의 전조처럼 불길하게 여기는 것은 사람의 심리상 이상한 일이 아니다. 그러나 생각해보면 자연재해 그 자체는 설사 큰 피해를 낳는다 하더라도 본질적으로 비 오고 바람 부는 것이나 다를 바 없는 자연현상의 일부이다. 다만 문제는 그 자연에 인간이 어떻게 적응하며 살아가느냐이다. 그런 점에서 작년 일본에서 지진해일에 연동해 발생한 후쿠시마 원전사고는 자연재해의 외피 안에 들어 있는 진정한 재앙, 즉 인간의 무지와 탐욕, 금력과 권력의 통제되지 않는 질주를 여지없이 폭로한 것이라 할 수 있다. 보도에 따르면 후쿠시마 원전사고로 10여만 명이 겨우 옷만 걸친 채 집을 떠나 피난생활을 하고 있고, 수백만 일본인이 방사선 후유증에 대한 두려움으로 오래도록 고통받을 것이며, 현장에서는 목숨을 건 수습작업이 계속되고 있지만, 그럼에도 언제 수습이 끝날지 전망이 보이지 않는다고 한다. 다시 말하면 재난은 현재진행형이다.

하지만 재앙은 여기서 그치지 않을지도 모른다. 일본 도호쿠東北대학의 한 교수는 "후쿠시마 제1원전 지하를 진원지로 하는 매그니튜드 7급의 직하형 지진이 일어날 가능성이 있다"고 경고하고 있는데,(『녹색평론』 2012년 5~6월호, p.9) 만에 하나라도 이 가능성이 실제 현실로 나타난다면 일본국가는 허리가 반 토막 나는 궤멸적 타격을 입을 것이고, 그 피해는 일본을 넘어 동북아 전체로 확산될 수도 있다. 이러한 현존하는 절박성 때문인지 일본에서는 소위 '원전마피아' 세력도 막강하지만, 『원전을 멈춰라』(히로세 다카시 지음, 김원식 옮김, 이음, 2011), 『후쿠시마, 일본 핵발전의 비밀』(야마모토 요시다카 지음, 임경택 옮김, 동아시아, 2011), 『원자력의 거짓말』(고이데 히로아키 지음, 고노 다이스케 옮김, 녹색평론사, 2012) 등의 저서에 서술된 바와 같은, 핵발전과 핵무기제조의 본질적 연속성에 대한 인식을 근거로 하는 반핵·평화운동 또한 치열하다.

재앙으로서의 빈곤

시선을 조금만 돌려보면 세계가 직면한 위험은 핵발전에 국한되지 않는다. 가령, 기아문제를 생각해볼 수 있다. 알다시피 지금 아프리카와

아시아·라틴아메리카 여러 나라에서는 다수 주민들이 심각한 빈곤에 시달리고 있고 수많은 기아난민이 생겨나고 있다. 가까이 북조선에서도 1990년대 중반 이른바 '고난의 행군' 시기에 최소한 33만 명 정도가 아사했을 것으로 추정되며, 오늘도 많은 북녘 동포들이 식량부족으로 고통받고 있다. 지난해 '국민농업포럼'은 '세계 식량의 날'(2011. 10. 16)에 발표한 메시지에서, 세계의 기아인구가 10억 2500만에 달한다는 통계를 제시하고 다음과 같이 경고한 바 있다. "2010년 현재 우리나라의 식량자급률은 26.7%이고 이마저도 쌀을 제외하면 5%에 불과한 실정입니다. 식량을 생산하고 공급하는 농가인구와 농경지 면적은 지속적으로 감소하여, 국가안보와 국민건강의 기초가 되는 안전한 식량의 안정적 공급이 점점 어려워지고 있습니다."

기아의 원인은 물론 단순한 것이 아니다. 가뭄과 홍수 및 각종 병충해 등 자연재해는 당연히 외면할 수 없는 원인이다. 그러나 19세기 중엽 8백만 인구 가운데 2백만이 굶어죽고 2백만이 해외로 이민을 떠난 아일랜드 대기근의 참사가 입증하듯 이 경우에도 근본적인 것은 자연재해 자체가 아니라 자연재해에 대한 인간사회의 잘못된 대응, 즉 관련 강대국의 무자비한 수탈과 국내 계급구조의 모순이 더 문제였다.

인위적 재앙의 최고·최악의 형태는 두말할 것 없이 전쟁이다. 돌이켜보면 인간은 역사적으로 끊임없이 전쟁을 벌여왔고 지금도 어디선가 전쟁이 벌어지고 있다. 두 차례의 세계대전은 말할 것도 없고 베트남전쟁, 보스니아 내전, 르완다 내전 등 이름만 들어도 소름끼치는 야만성과 파괴성이 떠오르는데, 그런데도 왜 전쟁은 그치지 않는가. 제국주의 본연의 자기팽창의 속성, 오랜 연원을 지닌 이념적·종교적·인종적 갈등, 무기생산의 거대산업화, 정보통신과 전쟁기술의 결합, 약자에 대한 가학의 쾌감과 파괴의 충동, 인간 심성에 내재한 폭력적 광기 등 이런저런 이유를 대더라도 인간사회에서 발생하는 전쟁이라는 현상은 충분히 합리적으로 설명되지 않는다. 더욱이 우리는 총성이 멎은 지 60년이 됐는데도 여전히 6·25전쟁의 악몽 속을 헤매고 있지 않은가. 엄습하는 불안과 두려움에서 벗어나기 위해 종교의 목소리에 귀를 기울이는 것은 그런 역사적 배경 때문일지도 모른다.

되풀이되는 전쟁

좀 거창한 서론을 앞세운 까닭은 실은 근자에 출간된 한 권의 장편소설에 대해 말하기 위해서이다. 정찬의 『유랑자』(문학동네, 2012)가 바로 그것이다. 정찬은 문단생활 30년 동안 10여 권의 장편소설과 상당수 단편소설을 발표해온 중견작가임에도 대중적으로는 널리 알려진 편이 아니다. 이것은 그의 문학세계가 아주 독특하다는 사실과 관련이 있을 텐데, 이번 작품에서도 우리는 그 점을 확인할 수 있다.

소설은 주인공이자 화자인 '내'가 어머니 장례식 참석을 위해 한국행 비행기를 타는 것으로 시작하여 삼우제와 넋굿을 마치고 거주지인 예루살렘으로 돌아가는 것으로 끝난다. 그런데 '나'의 출생과 성장은 한국소설의 관행에서는 아주 색다른 것이다. '나'라는 존재 자체가 아주 예외적이다. 아버지는 역사학을 공부한 유대인이고 어머니는 무용을 전공한 한국인이다. 그들은 유학지인 미국에서 우연한 기회에 만나 사랑을 나누고 결혼을 한다. 그러나 어머니는 '나'를 낳고 나서 얼마 후 발병한 신병神病의 고통이 너무 심해 아이를 떼어놓은 채 한국으로 돌아갔고, 결국 반년 뒤 결혼생활을 포기한 채 내림굿을 받고 무당이 된다.

하지만 '나'는 어머니의 부재에도 불구하고 큰 상실감 없이 예루살렘의 할아버지와 뉴욕의 아버지 사이를 오가며 성장한다. 그리고 지금은 주로 예루살렘에 살면서 십여 년째 전쟁취재 전문기자로 일하고 있다. 그러다가 2009년 1월 임종을 앞둔 미국의 아버지에게 갔던 길에, 어머니가 죽은 것이 아니고 한국에 살아 있다는 얘기를 처음 듣는다. '내'가 마흔한 살이 되었을 때였다. '나'는 물론 한국말을 전혀 못하고 한국에 가본 적도 없으며 어머니가 한국인이라는 걸 상상도 못한 채 자란 사람이다. 따라서 그후 몇 차례 한국에 와서 어머니를 만나기는 하지만 어머니의 신神딸인 강희라는 여자의 통역을 거쳐 겨우 대화를 나누었을 뿐이다. 이 작품을 어떤 의미에서 하나의 액자소설이라고 본다면 방금 얘기한 것이 말하자면 액자에 해당하는 부분이다.

'나'의 출생담이 남다르고 흥미롭기는 하지만, 작품의 주안점은 '나'의 독특한 이력 자체에 있는 것이 아니다. '나'의 현재형 서사는 소설 속 다른 인물들의 과거 서사를 호출하기 위한 매개라 할 수 있는데, 이런 중층적 구조가 전제하는 소설적 장치는 바로 환생이다. 작가의 다음과 같은 언급은 이 특이한 소설의 이해를 위한 첫걸음이 될 것이다.

『유랑자』는 환생을 소재로 한 소설입니다. 인간의 생애가 일회적으로 끝나는 것이 아니라, 새로운 생애가 끊임없이 이어진다는 환생사상은 우리들로 하여금 많은 생각을 하게 합니다. (중략) 저에게는 믿을 수도, 믿지 않을 수도 없는 것이 환생입니다. 『유랑자』의 주인공도 환생을 믿지 않는 사람입니다. 하지만 전생에서 그를 기억하고 있다는 사람이 나타남으로써 믿을 수도 믿지 않을 수도 없는 상태에 놓이게 됩니다. (「작가의 말」, p. 342)

전쟁취재 기자인 '내'가 '나'의 전생을 기억하고 있다는 사람을 처음만난 것은 2003년 3월 31일 미·영 연합군의 이라크공격이 한창이던 바그다드의 한 병원에서였다. 그 사람은 이브라힘이라는 이름을 가진 아랍인 청년이었다. 당시 미국 극우주의자들은 베트남전쟁 패배의 원인 중 하나가 언론정책의 실패에 있다고 여기고 있었으므로, 그런 실패를 되풀이하지 않기 위해 부시 정권은 '종군기자 프로그램'을 조직하고, 이 프로그램을 통해 "미국이 원하는 전쟁 메시지를 세계에 알리고자" 했다. 그러나 '나'는 이런 기획된 보도행위에 참여하기를 거부하고, 전쟁 발발 사흘 만에 이라크 국경을 넘어가 "미군의 시선에 종속되지 않은" 독립적인 시선으로 바그다드의 참상을 취재한다. 이렇게 해서 '나'의 눈에 목격된 폭격의 현장과 병원의 실상은 그야말로 잔혹극 자체였다.

폭탄을 맞은 집과 건물들은 폐허가 되어 있었다. 뒤엉킨 철근과 녹아내린 유리에서 검은 연기가 피어올랐고, 무너진 콘크리트 더미 아래로 찢겨나간 팔과 다리들이 뒹굴었다. 까맣게 불탄 나무에는 꽃무늬가 박힌 옷가지가 걸려 있었다. (p. 20)

병원 상황은 참혹했다. 공습이 격렬해지면서 의료진은 급증하는 부상자들을 감당하지 못했다. 의사도 모자랐고, 수술실도 모자랐고, 약품과 의

료장비도 모자랐다. (중략) 내가 목격한 가장 참혹한 부상자는 응급수술
실에 알몸으로 누워 있던 열세 살 소년이었다. 타원형으로 검게 그을린 화
상이 어깨에서 엉덩이까지 상체 대부분을 덮고 있었다. 새까만 석유를 뒤집
어쓴 것 같았다. 두 팔은 잘리고 없었다. 이두박근 부위 살점이 시커멓게
그을려 있었고, 절단된 한쪽 부위의 끝은 비틀리고 녹아서 갈고리처럼 보였
다. 소년은 마취마스크를 쓴 채 잠들어 있었다. (p. 21~22)

'나'는 이 병원의 복도에 시체처럼 누워 있던 이브라힘을 우연히 만난
다. 그는 중상의 몸인데도 초연한 태도로 '나'와 잠깐 이야기를 나눈
다. 그러는 사이 바그다드는 함락되고, 이브라힘은 위험한 수술을 받
은 끝에 고열과 혼수를 겪다가 겨우 깨어나 정신을 차린다. 그런 그에
게서 '나'는 뜻밖의 말을 듣게 된다. 그는 벌써 오래전에 '나'를 만난 적
이 있다는 것이었다. 그게 언제냐는 물음에 이브라힘은 "1099년 여
름", 즉 십자군전쟁 때 서유럽 군대가 예루살렘을 함락한 직후였다고
대답한다.

이브라힘에 따르면 그 전생에서 자신은 이집트 와지르(총독)의 기록관
이었고, '나'는 서유럽의 침략군을 따라온 군종사제였다. 이집트의 기록
관 이브라힘은 십자군의 만행에 관한 너무도 끔찍한 소문을 들었기에
역사가로서 소문의 진실 여부를 직접 확인하기 위해 예루살렘으로 왔
고, 목숨이 위태로울 수 있음에도 예루살렘에 남아 십자군의 잔학행위
를 목격하고 기록한다. 다음은 그 기록의 일부이다.

학살은 해가 뜨면서 다시 시작되었다. 십자군은 민가를 샅샅이 뒤졌다.

살육의 방식은 다양했다. 목을 자르고, 사지를 끊고, 복부를 가르고, 불속으로 밀어넣었다. 갓난아이는 벽에 던지거나 바닥에 패대기쳤다. 몸속 장기를 끄집어내어 숨이 붙어 있는 다른 희생자의 입안으로 밀어넣기도 했다. 여자들은 강간한 후 죽였다. 음부에 자상을 내고, 이물질을 박고, 가슴을 도려냈다. (p.88~89)

십자군은 성전터의 제단 앞에서 희생제물 의식을 재현했다. 어린 양 대신 유대인과 무슬림의 목을 베었다. 목을 자르는 십자군의 움직임은 수도사처럼 엄숙했다. 희생자들의 목에서 뿜어져나온 피가 발목까지 차올랐다. 피는 수문으로 흘러들어갔고, 기드론 계곡의 물을 벌겋게 물들였다. (p.91)

십자군의 살인광란을 묘사한 이 장면들은 단순한 소설적 허구가 아니다. 나는 여러해 전에 『아랍인의 눈으로 본 십자군전쟁』(아민 말루프 지음, 김미선 옮김, 아침이슬, 2002)이란 책을 읽은 적이 있는데, 그 책에 서술된 역사기록의 상당부분이 이 소설의 묘사와 일치하고 있음을 알 수 있었다. 어떻든 환생이라는 모티브를 통해 작가가 우리에게 환기하는 것은 11세기 예루살렘에서의 십자군의 만행과 21세기 바그다드에서의 미군의 폭격 참상 사이에 있는 강력한 유추類推가 아닐 수 없다. '1099년 여름'의 참극은 '2003년 봄'의 사건에 대한 오래된 예언으로서, 마치 신의 예정된 사업인 것처럼 후자가 전자를 놀랍도록 정확히 복제하고 있는 것이다.

구원은 어디에 있나

학살참상을 묘사하는 작가의 의도는 그러나 전쟁의 잔인성을 고발하는 데만 있는 것이 아니다. 작품에서 환생의 모티브는 다시 한번 비약해 예수시대로 올라가는데, 이브라힘의 녹음기록 속의 '나'(와지르의 기록관)는 수많은 죽음들 앞에서의 너무나도 지독한 고통의 느낌을 통해 "나무십자가에 매달려 죽어가는 사내를 올려다보며 울고 있던 여인"의 환각으로, 즉 예수시대의 비천한 여인으로 변신하는 것이다. 예수와 여인의 사랑을 다룬 서사구조의 전개는 당연히 『다빈치 코드』의 설정을 떠올리게 한다. 나는 이 유명한 소설을 읽지는 못하고 영화만 보았는데, 댄 브라운의 작품이 추리기법을 동원한 화려한 대중소설임에 비해 정찬의 작품은 죽음과 구원이라는 주제를 탐구한 일종의 종교소설이다. 물론 이렇게 큰 주제를 이런 방식으로 처리하는 것이 적절한지는 의문으로 남는다.

소설 『유랑자』의 후반부에서 감동적인 것은 현재시점으로 돌아와 이루어지는 어머니의 장례식과 씻김굿이다. 혼백의 사설을 통해 어머니가 왜 평범한 결혼생활에 실패하고 신병을 앓다가 결국 강신무가 될 수밖에 없었는지 차츰 밝혀진다. 그것은 그녀가 여덟 살 때 겪은 끔찍한 경험, 즉 6·25전쟁의 무서운 상처 때문이었다. 소설은 이로써 다시 현실로 돌아오는데, 굿의 과정이 자상하고 실감 있게 묘사되는 데 비하면 전쟁체험은 한 인간의 생애를 결정짓는 사건치고는 너무 암시적이고 소략한 편이다. 이런저런 문제점에도 불구하고 『유랑자』는 인간문명의 '파국적 형태'로서의 전쟁의 비극과 구원의 가능성에 대한 드물게 진지한 성찰을 담고 있어서 우리의 옷깃을 여미게 한다.

(2012. 5)

내면으로 전진하라!

위험사회에서 살아가기

몇 해째 세계경제가 휘청거리는 가운데 북한이 제3차 핵실험을 했고 이어서 유엔의 제재결의가 있었다. 이후 남북의 군사당국자들은 차마 입에 담지 못할 험한 말들을 주고받으면서 군사연습을 실시하고 있다. 다들 설마 하는 심정으로 태연한 척 지내지만, 가슴 한구석에 어른거리는 불안의 그림자는 감추지 못한다.

생각해보면 우리 생존의 미래를 위협하는 잠재적 위험은 남북 간의 군사적 긴장 말고도 한두 가지가 아니다. 물·기후·식량·에너지·질병·환경오염 등 수많은 요인들 가운데 어느 것이 어떻게 돌변해서 우리에게 치명적 공격을 가할지 예측하기 어렵다. 그 여러 요인들이 지구 전체를 무대로 복잡하게 얽혀 하나의 거대한 '복잡계'를 형성하고 있기 때문에 그 내부의 운동양상을 파악하는 것 자체가 인간능력의 한계를 시험하는 것이다.

위험에 대처하는 노력의 과정에도 당연히 많은 함정들이 잠복해 있을 것이다. 지구 도처에 만연한 대소 규모의 전쟁과 각종 테러는 이미 현존하는 위험이고, 독재와 선동정치 즉 파시즘의 발호도 상시적인 경계대상이다. 무엇보다 두려운 것은 이런 사태 앞에 서 있는 우리들의 정치적·도덕적·역사적 감각이 마비되는 일이다. 한 개인으로서나 인류 전체로서나 '어떻게 살아갈 것인가'를 진정으로 고민해야 할 때인 것 같다.

다른 나라에서 일어난 우리의 사건

이런 문제의식을 염두에 가지면서 이번에 소개하려는 책은 니콜라스 시라디Nicholas Shirady의 『운명의 날』(강경이 옮김, 에코의서재, 2009)과 사사키 다카시佐々木孝 교수의 『원전의 재앙 속에서 살다』(형진의 옮김, 돌베개, 2013)이다. (이하 전자는 『운명』, 후자는 『원전』으로 약칭) 이 책들은 둘 다 한 시대를 놀라게 한 대지진을 화제의 출발점으로 한다는 점에서 비슷한 면이 없지도 않다. 전자는 1755년 11월 1일 발생한 리스본대지진을 다루고 있고, 후자에서는 2011년 3월 11일의 동일본대지진 이후 재난을 견디고 있는 현재상황이 다루어진다.

그런데 그동안 지진·홍수·대화재·화산폭발 등 역사책에 오를 만한 수많은 재난들 가운데 왜 하필 두 경우만 문제인가 물어볼 수 있다. 더구나 리스본대지진은 오래전에 있었던 일이고 우리와는 무관한 사건 아닌가. 물론 그렇다. 하지만 동일본대지진의 여파로 발생한 후쿠시마 원전 사고는 제대로 수습하는 데 얼마나 시간이 걸릴지 모르는 현재진행형 사건인데다 바로 이웃나라의 일이라 우리 자신의 안전과도 직결되어 있으므로 우리가 관심을 갖는 건 너무나 당연하다. 리스본대지진도 오래전 있었던 먼 나라의 사건이지만 오늘의 우리 현실을 이해하는 데도 중요한 암시를 줄 수 있다는 것이 『운명』을 읽은 내 감상이다. 물론 두 지진은 아주 다른 역사적 맥락에서 발생하여 다른 결과를 낳았을 뿐더러 사건에 접근하는 저자들의 입장도 전혀 다르기 때문에 『운명』과 『원전』은 완전히 다른 종류의 책이라고 말할 수 있다. 그 점을 먼저 간단히 살펴보자.

『운명』의 저자는 미국 출판계에서 '건축 지식을 바탕으로 역사를 새롭게 해석하는 글'을 쓰는 건축비평가이자 역사저술가로서, 이 책의 주제는 거듭 말하지만 리스본대지진이다. 그는 이 대지진을 유럽 근대화 과정에서 하나의 전환점이 되는 사건으로 보고 그 의미를 천착한다. 물론 그는 본격적인 역사학자도 아니고 전문적인 지진학자도 아니며, 이 책은 학술적인 저술도 아니다. 하지만 그는 당대 유럽사상계의 갈등과 변화라는 큰 틀에서 포르투갈의 당시 현실을 들여다보고, 그와 더불어 편지·일기·신문기사 등 참사 당시의 생생한 기록들을 적절히 참조함으로써 리스본대지진이라는 렌즈를 통해 18세기 유럽사 전체를 조망하는 원근법을 제시하고 있다.

한편, 『원전』의 저자는 스페인 문학과 사상사를 전공한 교수로서 몇몇 대학에서 스페인어를 가르치거나 비교문화 등을 강의하다가 2002년 정년이 되기 전에 퇴직하여 고향인 후쿠시마현福島縣 미나미소마시南相馬市로 돌아와 정착했다. 그리고 그때부터 '모노디아로고스'라는 이름으로 인터넷 블로그를 만들어, 여기에 일기 쓰듯 그날그날의 생활과 사색을 기록해나간다. ('모노디아로고스'는 사사키 교수가 즐겨 인용하는 스페인 사상가 우노무노가 만든 조어로서, '독백'과 '대화'를 합성한 말.) 이 블로그는 사사키 교수의 말에 따르면 "지진 전까지는 하루 평균 150건 정도의 접속이 있는 지극히 개인적인 블로그였는데, 대지진을 계기로 요즘처럼 많을 때는 하루 5000건 가까이 접속이 있는 광장의 게시판 같은 블로그가 되었다."(『원전』 p. 43) 말하자면 그의 블로그는 재난현장에서 직접 발해지는 목소리로서 일본 전국의 주목을 받게 되는데, 이 책은 지진발생 전날인 3월 10일부터 이듬해(2012년) 12월 3일까지 사사키 교수가 블로그에 썼던 글들 중에서 내용과 부피를 감안하여 한 권의 책이 될 만하게 뽑아 묶은 것이다. 그런데 지진 직후 일주일 동안은 너무 위급한 상황이라 글 쓸 엄두가 안 났고 2011년 7월 중순이 되면 어느 정도 안정을 되찾아 역시 기록이 줄어든다. (原書는 일본 론소샤에서 2011년 출판되었으며, 2011. 7. 14 ~2012. 12. 3 부분은 한국어 번역판을 내면서 추가한 것이다.)

지진과 18세기 포르투갈 사회

역사적 대지진이 발생한 날로부터 꼭 250주년 되는 2005년 11월 1일, 『운명』의 저자 니콜라스 시라디는 리스본에 머물고 있었다. 만성절 萬聖節인 이날 아침도 리스본은 250년 전의 그날처럼 구름 한 점 없이 맑고 화창했다. 마침 월요일이어서 많은 시민들은 연휴를 즐기기 위해 도시를 빠져나가고 시내는 조용했다. 지진이 시작되던 바로 그 9시 30분정각, 리스본 전역의 모든 교회들은 일제히 종을 울렸다. 대재앙을 기억하는 종이자 재앙으로부터의 부활을 기념하는 종이었다. 같은 날 국제지진학회에서는 많은 학자들이 모여 지진학 관련 발표를 했고 국립고대미술관에서는 재앙을 주제로 한 전시회가 열렸다. 모든 포르투갈 언론들이 이에 관한 특집을 마련하고 다큐멘터리를 방영했다. 과연 리스본대지진은 이렇게 세인의 주목을 받을 만한 역사적 사건인가.

"유럽인들이 기억하는 한 리스본 지진만큼 거대한 자연재해가 유럽을 덮친 적은 없었다."(『운명』, p.245, 이하 쪽수는 같은 책) 더 규모가 큰 지진은 물론 있었지만, 문명사회의 핵심부를 강타한 지진은 이것이 처음이었다. 16세기 대항해시대 이래 포르투갈은 스페인과 더불어 식민지 개척의 선두주자였으므로, 당시 리스본은 유럽에서 손꼽히는 번창하는 수도이고 암스테르담과 런던에 버금가는 활기찬 항구일뿐더러 "브라질에서 동아시아에 이르기까지 넓은 지역에 산재된 식민지를 거느린 포르투갈 제국의 정신적·행정적 중추"(p.59)였다. 유럽 주요국가의 상인과 무역업자들도 다수 리스본에 머물고 있었고 리스본에 땅과 건물을 소유한 외국인도 많았다. 다음의 서술에서 보듯 리스본은 이미 국제적인 도시였다.

유럽 국가들과의 교역뿐 아니라 아메리카·아프리카·아시아를 상대로 대륙 간의 교역이 활발했던 곳이라 리스본 지진의 영향이 미치지 않은 곳이 거의 없을 정도였다. 브라질의 농부와 광부, 아시아의 향료 생산자와 인도의 비단 제조업자, 영국의 양모 생산자, 프랑스의 제혁업자, 함부르크의 목재상, 네덜란드의 담배 제조업자, 앤트워프와 암스테르담의 유대인 다이아

몬드 세공업자, 미국의 농가에 이르기까지 피해 정도는 조금씩 달랐지만 모두 리스본 지진으로 피해를 입었다. (p.71~72)

포르투갈 왕실이 당시 유럽 주요 국가들의 왕실과 혼맥으로 이어져 있던 점까지 가세하여 지진피해의 국제적 성격은 재난에 대한 국제적 구호사업을 일으키는 계기가 되었다. 그러나 오늘의 입장에서 더 중요한 것은 이 재난을 통해 포르투갈 사회의 모순과 유럽 사상계의 이념적 분열이 적나라하게 노출되었다는 점이다.

당시 포르투갈은 브라질에서 중국의 마카오에 이르기까지 넓은 지역에 걸쳐 여러 곳의 식민지를 갖고 있었다. 리스본은 이 광활한 제국의 명실상부한 수도이자 중추였다. (하지만) 리스본은 이미 쇠락의 길로 접어들고 있었다. 탐욕스런 왕실과 귀족, 외국상인들 때문에 해외무역과 상업으로 벌어들인 수익이 사회 전반으로 퍼지지 않았기 때문이다. 산업기반은 전무하다시피 했고, 교육수준이 너무 낮아 무역회사의 직원과 회계사를 외국에서 데려와야 했다. 리스본의 명물인 하얀 돌로 지은 궁전과 저택이 상당히 많았지만 대다수의 사람들은 옹색한 동네에 모여 살았다. (p.15~16)

종교적 독단과 계몽주의적 독재

당시 유럽 주요국가에서는 한창 계몽주의가 꽃피고 있었다. 홉스(1588~1679) · 데카르트(1596~1650) · 로크(1632~1704) · 뉴턴(1643~1727) · 몽테스

키외(1689~1755) 같은 지진 이전 세대와 볼테르(1694~1778)·루쏘(1712~1778)·
디드로(1713~1784)·칸트(1724~1804) 같은 지진 세대의 이름만 열거하더라
도 시대의 흐름을 짐작할 수 있다. 그러나 이때까지도 이베리아반도는
가톨릭 사제들이 지배하는 엄격한 신앙의 요새로서 독단적 교리에 묶여
있었다. 성직자 자신들은 리스본을 '악의 소굴'이라고 질타했지만, 성
당과 수도원의 수만 놓고 본다면 당시 리스본만큼 신성한 도시도 없을
것이었다. 리스본 인구 25만 명 중 10%가 수도사이고 포르투갈 전체
인구 3000만 가운데 20만 명이 성직자였다고 하니(p.19), 가히 종교국
가라고 할 만했다. 이 신정神政체제의 유지를 위해 1536년 종교재판소
가 도입되었는데, 이후 백여 년 동안 2000명 가까이 처형되고 수천 명
이 고문받거나 추방되었다. 대학에서는 중세신학연구·교회법·사법·의
학으로 교육과정이 축소되고 수학·철학·논리학·자연과학 강의는 폐
지되었다. (p.118)

리스본 대지진은 바로 이러한 중세적 질서에 대한 타격이었다. 지진
에 의한 파괴가 얼마나 엄청나고 끔찍했는지 한 영국인 생존자는 편지
에 이렇게 썼다고 한다 : "한때 리스본이었던, 그러나 더 이상 리스본이
아닌 곳에서."(p.79) 폐허의 현장에 관한 다음의 서술은 포르투갈 역사
에서 가지는 지진의 사회학적 의미에 대해 더 박진감 넘치는 실감을 전
하고 있다.

떼지어 몰려다니는 무리에는 온갖 사람들이 한데 뒤섞여 있었다. 귀족과
가난한 사람, 아이와 어른, 수녀와 임산부, 약삭빠른 사람과 외국인 고관,
하인과 주인이 너나 할 것 없이 한 무리에 섞여 몰려다녔다. 신분, 혈통, 재

산, 사회적 지위는 한순간에 아무 의미가 없어졌다. 모두 생존을 위해 하나같이 아우성쳤다. 지진은 순식간에 모든 사람을 평등하게 만들었다. 인류가 아무리 애써도 이루지 못했던 평등이 한순간에 이루어진 셈이다.

(p.44~45)

그러나 재앙을 통해 사회적 해방이 이루어진다는 것은 일시적인 착시錯視일 뿐이었다. 포르투갈 정신세계를 장악하고 있던 신부들은 지진이 일어난 순간부터 그것이 하느님의 징벌이라 설교하며 회개하라고 외쳤고, 하느님의 분노가 다시 리스본을 때리기 전에 저주받은 도시를 떠나라고 권유했다. 사제들 중에서도 가장 맹렬하게 활동한 사람은 가브리엘 말라그리다Gabriel Malagrida 신부였는데, 선동적 문체로 쓰여진 그의 소책자 「지진의 진정한 원인」은 대단한 영향력을 발휘했다. 감리교의 창시자 존 웨슬리도 「리스본 지진에 대한 고찰」이란 소책자에서 지진에 충격받은 영국인들에게 종말론적 해석을 제시하였다.

하지만 재앙에 대해 이와 전혀 다른 견해를 가지고 현실적인 해결책을 추구한 사람들도 있었다. 그 중 대표적인 인물은 폼발 후작Marquês de Pombal이란 작위명으로 더 알려진 총리대신 카르발류Sebástiao José de Car-valho e Melo, 1699~1782였다. 정치에는 흥미를 못 갖고 사냥, 승마, 음악회 따위에 파묻혀 지내던 국왕 주제 1세Jose 1, 재위 1750~1777가 당황해서 "하느님께서 내리신 이 형벌에 어떻게 대처해야 하겠는가?"라고 묻자 카르발류는 즉각 "죽은 자를 묻고 산 자에게 먹을 것을 주어야 합니다"라고 명쾌하게 대답했다. (p.34) 국왕으로부터 전권을 위임받은 카르발류는 신속하고 대담하게 사태를 수습하기 시작했다. 이후 20년 동안 그는 강력하게 개혁을 밀고나갔다. 그는 근대적 재난관리 시스템을 만들었고, 재능있는 건축공학자들을 발탁하여 리스본을 평등주의 이념이 깃든 계획도시로 재건했으며, 정교분리·귀족견제·노예제 철폐·군대개혁·상업육성 등의 사업을 추진하고 역사상 처음으로 대중교육을 시도했다. 그러나 이런 사업을 강행하기 위해 그는 권력남용을 서슴지 않았다. 예수회를 추방하고 정적을 처형하는 등 반대세력에 대한 무자비한 탄압을 감행했던 것이다. "유럽은 포르투갈을 통해 후일 벌어질 프랑스 대혁명의 공포를 미리 맛본 셈"이었다(p. 216)는 평가는 과장이 아니었다.

재난 속에서 농성생활

유럽의 18세기가 계몽주의 시대라곤 하지만 현실의 심층을 지배하는 것은 여전히 종교권력이었다. 따라서 유럽의 변방 포르투갈에서는 수구와 개혁 간의 모순이 더 극단적인 양상으로 표출될 수밖에 없었다. 리스본 대지진은 유럽 전체에서나 포르투갈 한 나라에서나 봉건적 중세로부터 근대 계몽주의로의 전환을 촉진하는 역사적 지표였다. 그런데 앞에서 소개한 것처럼 미증유의 재난을 둘러싸고 말라그리다 신부가 대표하는 가톨릭교회와 카르발류가 이끄는 개혁세력 간에 대립은 치열했지만, 따지고 보면 결국 그것은 권력투쟁이었다. 당시 포르투갈에서 카르발류 같은 정치가는 말할 것도 없거니와 말라그리다 같은 신부도 목표는 세속적 지배권의 장악이었다. 그렇기 때문에 정치와 종교 어느 진영으로부터도 폐허를 경험한 자의 영혼의 소리는 울려나오지 않았다.

그런 점에서 사사키 교수의 『원전』은 소박하고 나지막한 심경 고백에 불과한 글이면서도 쉽게 듣기 어려운 깊은 울림을 발하고 있다. 이 책은 앞에서도 얘기한 것처럼 개인 블로그에 그날그날 적어나간 단상斷想을 모은 것이므로, 표면상 소소한 일상의 기록일 뿐이다. 하지만 나는 책을 읽어나가는 동안 저자와 한 집에서 불편한 생활을 같이하는 느낌을 갖게 되었고, 그의 소탈한 인품에 때로는 눈물이 핑 도는 듯한 감화를 받았으며, 생활의 묘사 가운데 가끔 섞여 나오는 통쾌한 유머와 깊은 통찰에 문득 무릎을 치고 경탄하며 깨달음을 얻기도 하였다.

다 아는 사실이지만, 대지진과 원전사고 이후 이에 관련된 많은 책들이 쏟아져 나왔고 그중 상당수는 우리말로도 번역되었다. 물론 원전과 방사능 문제에 대해서는 양식 있는 전문가들의 끊임없는 조사와 본격적인 대응이 당연히 계속되어야 한다. 뿐만 아니라 이 문제를 옳게 해결하기 위한 중앙정부와 지방정부, 언론계와 시민사회, 학자와 전문가들의 협동작업도 필수적으로 진행되어야 한다. 그런데 이 『원전』을 읽고서 절실하게 확인한 사실은 사사키 교수처럼 아무런 전문지식도 없고 뛰어난 지도력도 없는 인문학자의 소박한 고향사랑, 애틋한 가족사랑 같은 부드러운 감수성이야말로 원전사고와 같은 중대 문제를 대처하는 데도 무엇보다 기본 바탕이 되어야 한다는 점이다.

대지진에 뒤이어 원전폭발이 일어났을 때 사사키 교수는 98세의 노모, 치매에 걸린 아내, 아들 부부, 그리고 두 살짜리 손녀와 함께 살고 있었다. 사고가 나자 일본 정부는 폭발지점으로부터 20km 권역, 30km 권역을 각각 옥내 대피지역, 자발적 대피지역으로 지정하여 주민들에게 피난을 지시했다. 하지만 사사키 교수는 정부의 안이한 조치에 분노하면서 피폭이 두려워 도망가기보다 가족과 함께 남는 쪽을 택한다. 해안선에서 700m 정도 떨어진 그의 집은 지진해일로 인한 피해는 면했고, 전기와 수도도 사용할 수 있었기 때문에 당장 큰일은 없었던 것이다. 사고 이후 보름쯤 뒤에 먼 곳에 사는 가톨릭 신부인 형이 데리러 왔으나, 노모와 아들 가족만 딸려 보내고 그는 아내와 둘만 남는다. 대소변도 스스로 해결 못하는 치매의 아내를 돌보며 대부분의 주민들이 떠난 마을에서 '농성생활'을 시작하는 것이다. 그의 집은 사고원전에서 25km쯤 떨어진 곳이었는데, 왜 그는 불안과 불편을 감수하면서 집에 남았는가. 그의 농성은 무엇을 위한 것인가.

초기에 그는 자신의 선택에 대해 아주 소박한 이유를 들었다. 평소에도 그는 정치나 국가에 대해 비판적이었고 게다가 예전부터 매사에 늑장이었으므로, 이런 자신의 체질상 피난 권유에도 늦게 대응했다는 것이다. 그러다가 정부의 지시와 언론의 호들갑에 사람들이 부화뇌동하는 데 대한 반감과 분노가 점점 커지게 되는데, 가령 이런 경우였다. 정부는 '옥내 대피지역'을 지정해놓고 시내병원과 노인시설을 30km 권역 밖으로 이송하도록 했다. 그러나 이동과정에서 의료진과 간병인의 도움을 받지 못한 채 이리저리 내돌려지다가 사망한 노인만 사고 직후 1주일 사이 40~50명이나 되었다. 그렇다면 원전폭발로 인한 방사능보다 이동과정의 부담이 노인에게는 더 위험하다는 것이 입증된 셈인데, 정부와 지자체는 이에 대해 일언반구의 해명도 없이 정해진 규정의 준수만 되뇌고 있다는 것이었다. 그래서 그는 정부를 향해 묻는다. "이건 명백한 과실치사에 해당하는 범죄 아닌가?"(『원전』, p.27, 이하 쪽수는 같은 책)

내면으로 전진하라!

사사키 교수는 정치가와 정부 관리들, 도쿄전력이나 일본우정국 같은 공적 기관에서 일하는 사람들의 관료적 사고와 행정편의주의적 관행에 철두철미 저항적이다. 원전사고 후 일상생활에서 일어나는 그들과의 끊임없는 마찰을 통해 그의 사유는 '국가'란 무엇인가 하는 문제에 이르게 되는데, 그는 국가state와 국민국가nation와 나라country를 구별하여 추상적 레벨의 법적 개념인 '국가'와 달리 "나를 길러준 대지, 바다, 그리고 내 안에 흐르는 조상의 피를 표현하는 말이 '나라'"라고 말한다. (p. 67) 물론 이것은 엄밀한 학술적 규정이 아니라 사사키 교수 나름의 인문학적 설명일 것이다. 그는 이렇게 말한다.

> 이번 대지진으로 제기된 큰 문제 중 하나가, 나에게 '나라'란 무엇인가라는 문제다. (중략) 우리에게 '나라'는 현 정부도 지금의 행정당국도 아니다. 우리에게 참된 '나라'는 선조들의 영혼이 숨쉬는 이 아름다운 대지(국토가 아니라)고 거기에 사는 사람들인 것이다. (중략) '국가'에는 언제나 그곳에 살고 있는 사람들의 얼굴이 보이지 않는다. 참모본부의 작전지도에도, 이번의 20km 권역, 30km 권역에도 사람의 모습은 보이지 않는 것이다. (p. 68)

사람의 숨결이 살아 있는 공동체로서의 '나라'가 이번 지진을 통해 무너져가고 있는 것이야말로 진정한 위기이다. 어쨌든 지진을 통해 우리는 무언가 근본적인 변화를 겪었고 더 이상 이전과 같은 일상으로는 돌아갈 수 없게 되었다. 가옥이 파괴되고 육친을 잃어버린 사람은 말할 것도 없고 피해를 면한 사람도 사건을 계기로 새로 태어났음을 자각해야 한다. "특히 원전사고로 인해 우리 생활이 얼마나 취약한 기반 위에 있었는지, 그리고 얼마나 무능하고 의지할 수 없는 행정부의 손에 맡겨져 있었는지를 알게 된 것이다."(p.94) 이 맥락에서 사사키 교수는 "우리 한 사람 한 사람은 국가다"라고 선언하며, 지방분권 이전에 혹은 지방분권의 토대로서 '개인분권'이 있어야겠다고 말하는 것이다.

몇 달 뒤 그는 자신이 피난 가지 않은 것에 대해 다시 사색을 이어나간다. 근처 인가의 불빛이 사라지고 주민들이 어느새 떠난 것을 알았을 때 처음에 그는 왜 다들 그렇게 허둥지둥 떠났는지 몰랐다고 한다. 잘못된 소문 때문에 공포에 질려 떠났음을 뒤늦게 알고 그는 생각한다. 목숨과 바꿔도 좋을 만큼 소중한 것을 우리 모두는 갖고 있지 않구나! 그런데 남들은 그렇다 치고 "나는 왜 떠나지 않았는가." 98세 노모와 치매 걸린 아내가 피난생활을 견딜 수 있을 것 같지 않아서? 분명 그런 이유도 있다. 그러나 사사키 교수는 더 큰 이유가 있다고 말한다. 그는 도스토예프스키의 소설 『지하생활자의 수기』 주인공의 말을 인용한다. "세계가 파멸하는 것과 내가 차를 마시지 못하게 되는 것과 어느 쪽이 큰일인가! 설사 온 세계가 파멸해버린대도 상관없지만, 나는 언제나 차를 마시고 싶을 때 마셔야 한다." 이 인용에 이어 그는 이렇게 자신의 생각을 덧붙인다.

이 지하생활자의 말은 언뜻 난폭하게 들리지만, 잘 생각해보면 실로 좋은 말을 하고 있다. 그의 말은 전 세계보다 한잔의 차가 소중하다는 뜻이 아니다. 한잔의 차를 마시는 '자유'는 전 세계와 동등한 가치를 지닌다는

것이다. 즉, 개인의 자유는 전 세계와 등가다. 그만큼 소중하다는 것이
다. (p. 223)

여기서 그가 개인주의를 주장하는 것이 아님은 물론이다. 사고 후 많
은 주민들이 떠난 뒤 그는 남아 있는 친구, 다시 돌아온 동네병원 의사,
정육점과 채소가게 주인, 산책하다 만난 아주머니와 어린이들에게 깊은
정서적 일체감을 느낀다. 그가 그들과 맺어가는 인간관계의 친밀성은
오늘의 대도시에서는 찾아볼 수 없는 종류의 것이다. 그는 말한다. "분
명한 것은 인간끼리 각자 전혀 다른 별개의 인격과 개성을 갖고 있는 것
을 인정하고, 즉 인간존재의 원비극原悲劇이라고 해야 할 슬픔을 토대로
한 연대감이라고 생각한다."(p. 99)

다만 그는 지금 일본에 소용돌이치고 있는 '눈물빼기식 센티멘털리
즘'에는 동조할 수 없다고 말한다. 사사키 교수의 삶에서 시종일관 견
지되는 이 자유의지의 태도를 그는 좋아하는 스페인 사상가 우나무노
의 말을 빌어 "내면으로 전진하라!"고 표현하기도 한다. 그에게 있어
내면으로의 전진이 가장 치열하게 수행되는 현장은 무엇보다 아내와
함께 하루하루를 사는 일이다. 다음은 어느 날의 기록 일부이다.

오늘도 무사히 하루가 끝났다. 자기 전에 요시코(아내—인용자)를 화장
실에 데리고 가고, 그다음에는 세면대에서 양치를 시킨다. 가끔 칫솔을 입
에 문 채 꼼짝도 하지 않을 때도 있다. 칫솔을 조금 움직여주면 그제야 생
각났는지 다시 칫솔질을 한다. 컵의 물을 입에 머금게 한다. '오물오물하
자'며 재촉하면 오물오물하는데, 입속의 물을 세면대에 뱉게 하는 데 시간

이 걸린다. 입속에 있는 것을 뱉게 하는 일이 어렵다. 입에 머금고는 잊어버리는 것 같다. 그럴 때, 음~ 안타깝다. (p. 183~184)

웬만한 사람이면, 가령 나 같은 사람이라면, 이 고행을 얼마나 버틸 수 있을지 감히 장담하지 못한다. 그런데 놀랍게도 사사키 교수는 "장애를 가진 아내가 곁에 있음으로써 이상한 용기와 안정감을 늘 받고 있다"고 말한다. (p. 48) 감당하기 어려운 봉사활동을 통해 혜택을 받는 사람은 아내가 아니라 오히려 자신이라는 것이다. 그러면서 그는 그런 삶을 통해 '영혼의 중심重心'이라는 개념을 창안하는데, 병든 아내가 곁에 있음으로써 그 고통의 무게중심 때문에 자신이 쓰러지지 않을 수 있다는 것이다. 병 자체는 고약한 것일지 모르지만 "나에게는 중심을 잡아주는 것, 사안의 옳고 그름·경중·적합한지 부적합한지를 정하는 중요한 요소가 되는"(p. 116) 것이라고 그는 설명한다. 사사키 교수의 사색 중에는 이 밖에도 귀 기울일 만한 지혜의 말씀이 허다하게 많은데, 이쯤 되면 원전참사야말로 "참된 삶을 다시 살 수 있는 절호의 기회"(p. 243)라는 언명이 누구보다 그 자신에게 해당되는 것 같다.

(2013. 3)

핵(발전)에 대해 우리가
알아야 할 것들

재앙을 외면하는 핵정책

　정욱식 지음 『핵의 세계사』를 소개하면서 핵의 '군사적 사용'과 '평화적 이용', 즉 핵무기와 핵발전 사이에는 기술적으로나 국제법적으로 경계선이 모호하다는 저자의 설명을 전한 바 있다. 양자가 한 뿌리에서 나온 쌍생아라는 것은 많은 사람들에게 이제 어느 정도 상식이 되었다. 하지만 "핵무기와 에너지에 대한 통합적인 시각과 철학이 요구된다"고 하면서도 이 저서가 주로 다룬 것이 무기로서의 핵, 즉 핵폭탄에 관련된 군사·정치적 문제였다고 나는 지적한 바 있다. 저자의 관심과 전공에 따라 그렇게 되는 것은 불가피한 일이다.

　물론 무기로서의 핵은 더없이 중대한 문제다. 더구나 북핵을 지척에 두고 있는 우리로서는 잠시도 그 문제에 대한 고민을 멈출 수 없다. 어쨌든 분명한 것은 '핵 없는 세상'을 만드는 것이 인류의 목표가 되었다는 사실이다. 그러나 비핵의 실현이 단순한 말잔치에 그치지 않으려면 미국, 러시아, 중국 등 핵강대국들의 전면적인 핵폐기, 즉 전 지구적 차원의 비핵화가 논의의 최종목표로 전제되어야 한다. 그런 전제 없이 이란, 북한 등 핵 후진국의 핵개발 프로젝트만 공격하는 것은 패권국들의 기득권 수호논리에 불과하다.

물론 핵군축 의무에 관한 다자협정 NPT(핵확산방지조약)가 있기는 하다. 현재 조약당사국은 189개국이다. 하지만 NPT체제는 인도, 이스라엘, 파키스탄, 북한 등으로 핵확산이 이루어지는 것을 막지 못했음은 물론이고 그동안의 활동이 미국 일방주의를 옹호하는 데 그침으로써 사실상 있으나마나한 무기력한 존재로 되었다.

그런데 우리의 경우 해결을 더욱 어렵게 하는 것은 무기로서의 핵문제뿐만 아니라 에너지로서의 핵문제가 한반도 주위에 복잡하게 집중되어 있기 때문이다. 그동안 핵발전은 값싸고 안전한 청정에너지라는 정부 당국의 홍보가 되풀이되어, 일부 생태주의자와 환경운동가들 이외에는 심각한 문제의식을 갖지 않은 채 살아왔다. 심지어 2011년 3월 후쿠시마 원전사고로 방사능 오염에 대한 불안이 고조되는 와중에도 당시 대통령 이명박은 편서풍 핑계를 대며 위험을 외면했다. 뿐만 아니라 그는 후쿠시마 사고의 여파로 경쟁이 주춤해진 틈을 이용해 원전의 해외수출을 밀어붙였고, 2012년 3월에는 우리나라를 포함한 53개국과 4개 국제기구가 참가하는 '서울 핵안보정상회의'를 주최하기도 했다.

이 정상회의 부대행사로 열린 것이 핵산업정상회의Nuclear Industry Summit인데, 원자력발전에 관련된 세계의 CEO들이 원자력의 안전성과 우수성을 홍보하는 모임이었다. 이보다 앞서 2011년 9월 뉴욕 유엔 고위급회의에서도 주요국가의 정상들은 대체로 후쿠시마 재난이 핵발전을 중단할 이유가 될 수 없다는 입장을 보였다. 핵문제를 대하는 세계 지배계급들의 태도에 있어 이명박이 예외가 아님을 알려주는 회의였다.

탈핵 전도사로 나서기까지

알다시피 후쿠시마 제1원전의 핵사고는 지금 이 순간에도 진행 중일 뿐만 아니라 어쩌면 더 치명적인 위험으로 악화될 수도 있다고 한다. 김익중 교수의 최근저서 『한국 탈핵』(한티재, 2013)은 이런 사고가 결코 남의 일이 아니라는 절박한 문제의식에서 출발한 책이다. 저자는 대학에서 의학과 미생물학을 전공하고 동국대 경주 캠퍼스의 의대 교수로 재직하던 중 우연한 기회에 환경운동에 입문하게 되었다. "경주시민으로 살아가기 시작한 지 20년 정도 된 2009년 어느 날, 경주환경운동연합의 사무국장을 비롯한 세 사람의 방문을 받고 그들을 따라나섰던 것이 내 인생의 전환점이 되었다. 그 길로 경주환경운동연합의 의장이 되었고, 집행위원들의 의견에 따라서 지역의 환경 사안인 경주 방폐장의 안전성을 검토하기 시작했다."(『한국 탈핵』, p.12, 이하 쪽수는 같은 책)

지역에서 사회운동 초년병으로 조금 지쳐갈 무렵 후쿠시마 핵사고가 발생했다. 그것은 핵발전에 대한 저자의 인식 전체를 뒤흔든 큰 충격이었다. 몇 달 동안 텔레비전 앞에 앉아 후쿠시마 폭발장면을 수백 번 보면서 그는 저런 일이 한국에서도 일어날 수 있겠구나 하는 데 생각이 미쳤다. 핵사고가 일어날 수 있는 3대 조건을 갖춘 나라가 바로 한국이라는 깨달음은 그를 탈핵 전도사로 나서게 만들었다. 2년 반 동안 450

회 정도 탈핵강의를 하면서 내용을 조금씩 수정 보완했는데, 그 결과물을 정리한 것이 바로 이 책이다.

　일반인들로서는 핵무기든 핵발전이든 지레 어렵다는 생각을 갖는 것이 당연하다. 이 책의 저자도 미생물학을 전공한 의대 교수이므로 핵물리학에 대해서는 거의 문외한에 가까웠을 것이다. 그런데 읽은 사람이면 누구나 공감하겠지만 이 책은 쉽게 서술되어 있다. 나처럼 자연과학에 백지인 사람도 한번 책을 잡으면 놓기 싫은 강력한 호소력을 발휘하고 있다. 설명의 문장에 공연한 난삽성도 없지만 쓸데없는 과잉친절도 없다. 계몽적인 교양서의 모범적 문체라 할 만한데, 어떻게 이런 성취가 가능했을까.

　내 짐작엔 우선 핵문제에 대한 저자의 학습과정 자체가 저술에 반영된 측면이 있을 것이다. 낯선 이론에 관해 뒤늦게 읽고 배우는 사람의 경험이 책의 바탕에 깔려 있다는 말이다. 다음으로 그의 가족이 살고 있는 곳이 경주이므로 위험에 대한 감각이 훨씬 더 예민할 수밖에 없다. 가족의 안전에 직결된 구체적 문제의식이 이 저서의 건조한 문체에 일종의 문학적 '감동'에 해당하는 절실함을 부여했을 것이다.

　다음에 이 책의 주요내용을 발췌 또는 요약하여 소개하려고 한다. 이것이 책을 직접 읽는 수고를 대신하게 되지 않기 바랄 뿐이다.

후쿠시마 원전에서 일어난 일들

　1) 화력발전소는 주로 석탄을 연소시켜 물을 끓이지만, 핵발전은 우

라늄이나 플루토늄을 연소시켜 물을 끓이고 이를 통해 전기를 얻는다. 석탄발전의 경우 연료를 매일 집어넣고 재를 꺼내야 하지만, 원자력의 경우에는 한 번 넣은 핵연료가 약 4년 동안 밤낮없이 연소된다. 이렇게 사용되고 난 연료(사용후핵연료)가 이른바 '고준위 방사성폐기물'인데, 아직도 매우 뜨겁기 때문에 최소한 10년 동안 물통(저장수조)의 찬물 속에 넣어 식힌 다음 꺼내어 다시, 끔찍해라! 10만년 이상 안전하게 보관해야 한다. (p. 25~26)

2) 일본 후쿠시마의 제1원전에서는 지진과 쓰나미로 인하여 다음과 같은 일들이 차례로 일어났다. 원자로의 온도상승 →핵 연료봉이 녹는 '노심용융' →용융된 핵연료가 원자로를 뚫고 밖으로 흘러내리는 '멜트스루' →녹은 핵연료가 땅을 뚫고 내려가는 현상(이른바 '차이나신드롬'). 1986년의 체르노빌 사고 때도 같은 일이 일어났는데, 핵연료의 에너지 수명이 다할 때까지 이런 현상이 계속될 것이므로 현재도 핵반응은 진행 중이다. (p. 30)

3) 후쿠시마 사고원전에서는 매일 300톤 정도의 오염수가 태평양으로 흘러들고 있다. 원전 근처를 흐르는 지하수도 녹은 핵연료와의 접촉으로 오염되어 바다로든 어디로든 흘러갈 것이다. 체르노빌 당시에는 원전의 아래쪽을 콘크리트로 막았다고 하는데, 후쿠시마에서는 이런 공사가 불가능하다. 따라서 오염수 문제는 용융된 핵연료가 모두 치워질 때까지 앞으로 50년 정도 지속될 것이다. (p. 34~35)

4) 후쿠시마 핵사고의 규모는 체르노빌보다 훨씬 크다. 체르노빌은 원자로 한 개의 폭발이었고 가동한 지도 얼마 되지 않아 고준위 핵폐기물도 없었다. 손상된 핵연료의 양으로만 비교하면 후쿠시마의 사고규

모는 체르노빌의 일곱 배 정도 된다. (p. 37)

5) 핵폭탄에서는 엄청난 열과 폭풍이 순간적으로 발생한다. 반면에 핵발전소 사고는 열과 폭풍의 발생이 없는 대신 핵폭탄보다 수천 배나 더 많은 방사능을 내놓는다. 그렇기 때문에 히로시마와 나가사키에는 지금 사람이 살고 있지만 체르노빌에서는 앞으로 수백 년 동안 사람이 살 수 없다. 후쿠시마에서 직선으로 300킬로미터 정도 떨어진 도쿄도 고농도 오염지역에 포함되는데, 그 오염지역의 넓이는 거의 남한 넓이와 비슷하다. 일본 땅 전체의 70%가 세슘으로 오염되었다는 것은 일본산 농산물의 70%가 세슘으로 오염되었음을 의미한다. 이 오염은 약 300년간 지속될 것이다. (p. 38~39)

6) 김익중 교수 자신의 측정에 따르면, 비록 적은 양이지만 후쿠시마에서 한국으로 방사능 물질이 날아왔다고 판단된다. 다른 연구소의 조사에서도 후쿠시마 핵사고 직후 군산, 부산 등 국내 12개 측정소에서 요오드131이 검출되었다. 핵사고와 관련된 우리 정부의 발표는 대부분 거짓으로 드러났다. (p. 45)

핵사고의 확률이 가장 높은 나라 한국

7) 전 세계 31개국에서 핵발전소(원전)를 운영하고 있는데, 그중 5등급 이상의 사고가 난 것은 스리마일(미국, 1979), 체르노빌(소련, 1986), 후쿠시마(일본, 2011) 세 곳이다. 이 사고들의 공통점은 무엇인가. 그동안 핵사고는 원전 개수가 많은 나라에서만 일어났고 또 원전이 많은 순서

대로 일어났다. 즉 "핵사고는 확률대로 일어났다."(p. 47~50) 원전 1개당 사고확률을 계산해보면 6/444, 즉 1.35%가 된다. (p. 51) 이 세상에 고장 나지 않고 영원히 쓸 수 있는 기계는 없다. 원전도 200~300만 개의 부품을 가진 기계에 불과하므로 작든 크든 언젠가는 사고를 낼 수밖에 없다. (p. 55)

8) 핵발전소를 운영하는 나라들의 현황을 개수 순으로 보면 미국 (104개), 프랑스(58개), 일본(54개), 러시아(32개), 한국(23개), 인도(20개), 영국(19개), 캐나다(18개) 등이다. 건설 중이거나 건설 예정인 것을 합치면 물론 순위가 달라진다. 그런데 땅 넓이에 대한 원전 개수, 즉 원전밀집도에서는 2010년 현재 벨기에, 한국, 타이완, 일본, 프랑스 순이고 2024년까지 건설예정인 것을 기준으로 보면 단연 한국이 1위이다. (p. 49, 58) 이것은 핵사고의 확률에서 한국이 앞 순위일뿐더러 사고가 초래할 위험도에서도 한국이 첫째라는 것을 의미한다.

9) 후쿠시마 핵사고 이후 독일·벨기에·스위스·이탈리아 등은 탈핵을 결정했다. 중국은 잠시 신규건설을 중단하다가 1년 만에 다시 시작했고, 영국은 신규건설의 중단을 발표했으나 수명연장 등에 대해서는 언급이 없다. 러시아는 수명연장은 하지 않되 신규건설은 계속하겠다고 발표했다. 이들 나라에 비해 미국·프랑스·한국·캐나다 등 원전 개수가 많은 나라들 즉 원전의존도가 높고 핵사고 확률이 높은 나라들은 오히려 원전정책에 변화가 없을 것이라고 발표했다. (p. 60~62)

10) 한국은 유난히 원전비리가 많은 나라이다. 불량품, 중고품, 검증서 위조부품, 시험성적서 위조부품 등이 납품되었고 한수원(한국수력원자력) 전임사장과 지식경제부 장차관 등이 비리에 연루되었다. 이 모든

것들이 핵사고의 확률을 높이는 요인이 되고 있다. (p.62~63)

원자력은 성장이 멈춘 산업이다

11) 핵발전소는 1954년 소련의 오브닌스크에 처음 건설되었다. 이후 개수가 증가하여 1989년 정점에 이르렀으나 최근 25년 동안에는 늘어나지 않았다. 미국의 경우 1979년 스리마일 사고 이후 30년 동안 원전의 신규건설이 없었고 유럽도 마찬가지다. 한국처럼 지속적으로 원전을 짓는 나라가 있음에도 전체적으로 증가하지 않았다는 것은 다른 나라에서 조금씩 원전을 줄이고 있음을 의미한다. 유럽의 경우 1988년 177개이던 원전이 2013년 131개로 줄었다. 즉, 유럽은 분명하게 탈핵을 향하고 있다. (p.67~69)

12) 선진국은 차츰 원전에서 손을 떼는 반면 한국·중국·인도 등 아시아 국가들은 원전사업에 진출하고 있다. 세계적으로 볼 때 원자력은 성장이 멈춘 산업, 즉 사양산업이다. 후쿠시마 이후 사양화 추세는 더욱 급격해지고 있다. (p.74)

13) "원자력은 값이 싼 에너지다"라는 것이 정부와 원전업계의 주장이었다. 2011년 정부의 공식발표에 따르면 킬로와트시^{KWh}당 발전단가가 대략 원자력 40원, 석탄 60원, 수력 74원, 육상풍력 88원, 해상풍력 115원, 엘엔지^{LNG} 118원, 석유 208원, 태양광 660원 등으로 되어 있다. (p.78) 그러나 정부는 지금까지 한번도 원전 발전단가의 계산근거를 밝힌 적이 없다. 2011년 현대경제연구원은 「원전의 드러나지 않은 비

용」이라는 보고서에서 사고발생 위험비용, 원전해체 및 환경복구 비용, 사용후핵연료 처리비용 등이 제대로 산정되지 않았다는 사실을 지적했다. (p.79)

14) 미국 노스캐롤라이나 주의 데이터를 이용한 발전단가 비교에 따르면 2010년의 '역사적인 교차점'을 지나 태양광 발전단가가 핵발전보다 더 낮아졌다. 태양광 발전은 처음 설치할 때는 많은 비용이 들지만 연료비가 전혀 들지 않는 반면 원자력의 경우 시간이 갈수록 더 많은 비용이 들기 때문이다. (p.80~81)

15) 세계는 이미 탈핵으로 가고 있다. 석탄, 원자력 등 재생불능에너지를 버리고 풍력과 태양광 등 재생가능에너지를 선택하는 이유는 무엇인가. 환경문제와 경제성 둘 다 이유가 된다. (p.84) 그런데 석탄·석유·우라늄 등 에너지의 95% 이상을 외국에서 수입하는 나라가 한국인데 풍력·태양광 등 국내 재생에너지의 개발에 가장 관심이 적은 나라도 바로 한국이다. (p.86~87)

방사능은 모든 질병의 원인이 될 수 있다

16) 방사능은 우리 몸의 세포를 손상시키므로 이론적으로는 거의 모든 질병의 원인이 될 수 있다. 암·유전병·심장병이 3대 질환이며 그 밖에도 백내장·신장병·폐질환 등 다양한 질병들이 방사능 피폭과 연관을 갖는다. (p.94) 핵사고에 의해 발생하는 방사성 물질은 약 200종인데, 이 물질들이 어떤 경로로 우리 몸에 들어오든 피폭이 일어난다. (p.97)

17) 우리 몸에 들어온 방사능 물질은 생물학적 반감기(그 물질의 절반이 몸 밖으로 배출되는 기간)와 물리학적 반감기(그 물질의 방사선 배출량이 절반으로 줄어드는 기간)가 열 번 이상 지날 때까지 우리 몸을 피폭시킨다. 물질마다 반감기에 큰 차이가 있는데, 예컨대 요오드131의 생물학적 반감기는 138일인 반면 플루토늄은 200년 이상이고, 요오드131의 물리학적 반감기는 8일에 불과하지만 플루토늄은 무려 2만 4000년이다. (p.98)

18) 수많은 핵실험(2천 번 이상), 핵폭탄 투하, 핵사고 등에 의해 그동안 세계에서 천만 명 이상의 사람들이 피폭되었다. 이들을 대상으로 수십 년에 걸친 역학조사가 진행되었는데, 거기서 얻은 결론은 "피폭량과 암발생은 비례한다"는 것이었다. 미국 국립과학아카데미의 결론이 그것인데, 방사능에 의한 암발생에는 역치閾値, threshold(반응을 일으킬 수 있는 최소치)가 존재하지 않으며 의학적으로 '안전기준치'는 제로이다. 즉, 아무리 적은 양의 방사능도 암을 발생시키는 요인이 된다. (p.112~114)

19) 방사능의 인체피해에 관한 연구는 대단히 미흡하다. 암에 대한 연구도 부족하지만 그 밖의 질병에 대한 연구는 더욱 부실하다. 의학연구, 특히 역학조사는 많은 돈과 시간이 소요되므로 정부나 산업계 말고는 연구비를 감당하기 어렵다. 결국 가해자가 피해자를 조사하는 형국이 되므로 연구가 제대로 되지 못하는 수가 많다. 따라서 방사능이 우리 몸에 일으키는 피해는 아직 미지의 영역이다. (p.120~121)

20) 우리는 흔히 "기준치 이하라서 안전하다"는 말을 듣는다. 그러나 이때의 기준치는 의학적 근거를 가진 개념이 아니라 다만 '정부의 책임한도'를 정하는 값일 뿐이다. 즉, 안전기준치가 아니라 관리기준치인 것이다. 그나마 현재 우리나라는 200여 가지에 달하는 방사능물질 가

운데 세슘과 요오드에 대해서만 기준치를 정해놓고 있다. 실상 이 기준 치는 나라마다, 상황마다 10배 이상 차이가 난다. (p. 123~127)

방사능 가까이에 사는 사람들

21) 원전 주변지역은 고장이나 사고 없이도 다른 지역보다 방사능 물질이 높게 나온다. 따라서 원전 종사자들과 주변지역 주민들에 대한 역학조사는 당연히 필요하다. 이에 따라 정부는 84억의 예산과 803명 의 연구원을 투입하여 20년 장기과제로 조사를 진행하고 그 결과를 2011년 12월 12일 서울에서 발표했다. 이 보고서의 요약문에는 "원전 주변에서 암발병 위험도가 증가한다는 증거를 찾을 수 없었다"고 기술 되어 있는데, 이 발표를 들을 권리를 가진 지역주민들은 발표회가 있다 는 사실도 통보받지 못한 상태였다. (p. 150~153) 주민들의 항의가 빗발 친 것은 당연한 일이었다. 김익중 교수의 주선으로 반핵의사회 소속 전 문가들이 원原자료를 재분석한 결과 원전 주변지역의 암발생 위험이 높 다는 사실이 통계적으로 입증되었다. (p. 153~154) 요컨대 원전 주변에 살 고 있다는 것은 많은 양의 방사능물질에 노출되어 살고 있다는 것을 의미한다. (p. 157)

22) 현대의학에서 방사선의 역할은 대단히 크다. 그러나 병의 진단 과 치료과정에서 병원근무자들과 환자들은 다양한 방사능에 노출된 다는 것이 문제다. 왜냐하면 이때 당연히 피폭이 일어나기 때문인데, 그 위험성에 관해 우리나라 의사들은 제대로 교육을 받지 못하고 있

다. 병원 피폭량을 줄이기 위한 의사와 환자들의 관심이 공히 필요하다. (p. 161~165)

영원한 숙제, 핵폐기물

23) 연탄을 때면 재가 나오듯 핵발전을 하면 당연히 핵폐기물이 나온다. 우리나라에서는 이 폐기물을 고준위와 중저준위 두 가지로 분류한다. 고준위핵폐기물은 사용후핵연료를 일컫는데, 충분히 식힌 핵연료(즉 고준위핵폐기물)는 적어도 10만 년 이상 안전하게 보관되어야 한다. 문제는 그런 보관기술을 현재의 인류가 갖고 있지 않다는 것, 즉 세계 어느 나라도 고준위핵폐기장을 건설하지 못했다는 것이다. (p. 167~169)

다만, 작년 교육방송의 〈국제다큐영화제〉(2012.8.19)에서 상영된 「영원한 봉인Into Eternity」이 보여주었듯이, 유일하게 핀란드 정부만이 경기도만한 넓이의 암반층을 지하 500미터까지 뚫고 내려가 앞으로 10만 년 동안 아무도 접근할 수 없게 설계된 공간(온칼로)을 만들고 거기에 핵폐기물을 가두려는 공사를 진행하고 있다. 그러나 핀란드의 지하저장소 '온칼로'는 핵폐기물 저장기술의 성공사례로서보다는 탈핵의 당위성을 상징하는 공포의 기념물로서 더 큰 의미가 있을 것이다.

24) 한수원 자료에 의하면 원자로마다 한 개씩 있는 사용후핵연료 저장수조는 거의 포화상태에 이르렀다. 부산 고리원전은 2016년, 영광은 2018년, 울진은 2019년, 경주는 2018년에 포화에 이르게 된다고 한다. 그렇게 되면 더 이상 고준위핵폐기물을 담아둘 공간이 없게 된다.

결국 원전폐쇄 이외에 해결책은 없다고 보아야 한다. (p. 175~181)

25) 우리나라는 현재 경북 경주시에 중저준위방폐장을 건설하고 있다. 지하 100미터 깊이에 동굴을 파서 거기다 중저준위핵폐기물을 보관한다는 계획이다. 방폐장 건설지로 경주가 결정될 2005년 당시 경주 시민들이 몰랐던 사실은 이 지역의 암반이 매우 약하고 특히 지하수가 많이 흐른다는 점이었다. 정부와 한수원은 이미 이 사실을 알고 있었음에도 그것을 공표하지 않고 2007년 7월부터 방폐장 건설공사를 시작했다. (p. 183~186)

26) 고준위핵폐기물의 처리방식은 크게 두 가지로 나눌 수 있는데, 하나는 직접처리이고 다른 하나는 재처리이다. 직접처리는 10만 년 이상 안전하게 보관하는 방식으로, 아직 이 기술은 확보되지 않았다. 재처리는 고준위핵폐기물 내에 있는 우라늄과 플루토늄을 뽑아내는 방식으로, 현재 대부분의 핵무기 보유국들이 채택하는 방식이다. 미국은 최대의 핵무기 보유국임에도 재처리를 하지 않고 있고, 반면에 일본은 유일하게 미국으로부터 재처리 허가를 받은 국가이다. (p. 203~206)

27) 박근혜 대통령은 취임하자마자 핵재처리를 금지하는 한미원자력협정 개정을 시도하고 있다. 미국의 입장은 한마디로 '핵무기개발 절대불가'이다. 국민들 입장에서는 핵재처리에 엄청난 비용이 들뿐더러 재처리시설이 일반적인 핵발전소보다 훨씬 더 위험하기 때문에 이중적 의미에서 찬성할 수 없다. (p. 218~220)

28) 우리나라 전기생산에서 원자력이 차지하는 비중은 약 30%이고 화력이 70% 가까우며 태양광·풍력·수력 등은 1~2%에 불과하다. 그런데 후쿠시마 이후 독일·스위스·벨기에·타이완 등은 탈핵을 결정했다. 어떻게 그런 일이 가능한가. 방법은 두 가지, 하나는 전기수요의 관리이고 다른 하나는 재생가능에너지의 개발이다. 탈핵을 결정한 나라들은 전기수요가 매년 감소하고 있거나 거의 증가하지 않고 있으며, 그러면서도 경제성장을 지속하고 있다. 또한, 여러 재생가능에너지의 개발에 박차를 가하고 있다. 모두 우리나라와는 다른 점이다. (p. 223~224)

29) 우리나라는 전기요금이 세계적으로 대단히 싸다. 생산원가 이하로 전기가 공급되고 있고, 산업용의 경우에는 중국보다 더 싸다. 이처럼 저렴한 요금 때문에 여러 가지 문제들이 발생하는데, 예를 들면 에너지 효율이 낮은 전기난방이 증가하고 전기사용이 많은 해외공장들이 국내로 유입될 뿐만 아니라 각 부문에서 전기낭비의 습관화가 진행되고 태양광·풍력 등 재생가능에너지의 개발이 방해를 받는다. 현재의 요금체계는 전기를 많이 쓰는 대기업에 큰 이익을 주는 것이다. (p. 226~231)

30) 지금 세계에는 태양광발전의 열풍이 불고 있다. 2010년과 2011년에는 연간 거의 100%의 성장률을 기록했다. 발전단가가 매년 낮아지고는 있으나 아직 높은 편인데도 태양광발전이 이렇게 급성장하는 이유는 각국 정부의 강력한 지원 때문이다. 가장 친환경적이고 철저히 국내산 에너지라는 점이 정부지원의 이유이다. 우리나라는 그나마 있던

지원제도를 이명박 정부 때 없애버렸고, 이후 태양광발전은 정체상태에 있다. (p. 242~243)

31) 핵발전과 화력발전은 거대한 기계를 이용하는 설치산업이기 때문에 고용효과가 적은 반면 태양광·풍력·지열·소수력(소규모 수력발전) 등 재생가능에너지 분야는 상대적으로 고용효과가 크다. 뿐만 아니라 거대설치산업에서는 소수의 투자자들이 경제효과를 독점하지만 태양광산업의 경우에는 여러 사람이 함께 경제적 효과를 나눌 수 있다. 즉, 경제민주화에도 도움이 되는 방식이다. (p. 248~250)

32) 오직 한국만이 세계적 추세에 역행하고 있다. 가장 많은 원전을 짓고 있는 중국만 하더라도 핵발전 비중은 약 2%, 재생가능발전은 약 18%이며 풍력발전량은 세계 1위이다. 지난 25년 동안 지속된 탈원전의 추세를 우리만 외면하고 있었음을 깨달아야 한다. 많이 늦었지만, 그러나 이제라도 에너지정책의 방향전환이 절실하다. 탈핵은 결코 불가능한 목표가 아니다. (p. 250~253)

거꾸로 가는 에너지정책

김익중 교수의 책을 읽고 이 글을 초하는 동안 김 교수가 다룬 핵심 문제 중의 하나가 정치·사회적 논의의 중심으로 진입했다. 이른바 '제2차 국가에너지기본계획'에 대한 논란이 그것이다. 작년(2012) 11월 국가과학기술위원회에서 심의 확정한 '제2차 에너지기술개발기본계획'을 검토한 끝에 지난 10월 에너지 전문가들의 모임이라는 '민·관 워킹그룹'

은 2035년까지 원전비중을 22~29%로 조정하는 내용의 권고안을 산업통상자원부에 제시했다는 것이다. 당초 2008년 1차 에너지기본계획 발표 때 2030년까지 원전비중을 41%로 높이기로 했던 것에 비하면 원전축소 방향을 선택한 것이라고 정부는 선전했고 주류언론은 이를 받아쓰는 데 급급했다.

국회에서도 지난 11월 7일 산업통상자원위원회 회의실에서 공청회를 열어 민-관 워킹그룹의 권고안에 대한 다양한 개선점을 제기했다. 보도에 따르면 의원들은 원전비중 축소와 수요관리 중심의 정책전환 등 권고안의 전체적 지향에는 공감한 반면, 에너지기본계획의 전제에 해당하는 '수요전망'에 대해서는 집중적으로 문제를 제기했다고 한다. 그러나 원전비중의 축소가 기본방향이라는 주장 자체가 사실과 다르다. 지난 11월 18일 발표된 민주노조·에너지정의행동·사회진보연대 등 13개 단체의 공동성명 「지속가능하고 정의로운 국가에너지기본계획 수립을 촉구한다」도 그 점을 지적했다. 다음에 간단히 내용을 소개한다.

성명은 먼저 "후쿠시마 핵사고, 전력대란, 밀양 송전탑 사태, 원전비리 등 에너지 체제와 정책에 커다란 문제가 있음을 알리는 사건이 계속해서 터지고 있음"을 지적하고 있다. 그러고 나서 정부의 에너지 기본계획에 내포된 잘못된 전제들을 조목조목 반박하고 있다. 예컨대 2035년의 전력수요가 지금보다 80% 증가할 것으로 과도하게 예측한 점, 이렇게 되면 원전축소는커녕 원전을 최소 12기 내지 18기 더 지어야 한다는 점, 대기업 특혜와 에너지산업의 민영화 확대라는 문제점, 전기요금의 인상을 통한 서민부담의 증가 등이 그것이다. 정부의 정책기조가 지금까지와 마찬가지로 앞으로도 기후변화와 환경악화에 대한 고려가 없을뿐더러 서민경제에 대한 배려조차 묵살하고 있음을 드러내는데, 여기서도 결국 문제는 제대로 된 민주주의의 작동임을 실감한다.

(2013. 11)

제 2 부

자본주의,
어디로 가고 있나

그리스만 쳐다본 하루

이 글을 쓰기 시작한 일요일(2012.6.17) 방송들은 매시간 그리스 총선 소식을 톱뉴스로 전하고 있다. 같은 날 프랑스에서도 총선이 진행됐고 이집트에서는 대통령 결선투표가 있었지만, 더 큰 나라들의 정치행사임에도 그리스만큼 주목을 끌지 못했다. 이유는 간단하다. "세계경제가 그리스만 쳐다본 하루"라는 다음날 아침 신문의 제목이 너무도 분명하게 상황을 설명해주고 있기 때문이다. 그러나 구제금융에 찬성하는 정당이 제1당으로 올라선 투표결과에도 불구하고 "파국은 면한 것이 아니라 지연됐을 뿐이다"란 보충설명이 뒤따라, 장차 그리스에서 어떤 일이 벌어질지 확실한 것은 아무것도 없는 상태임이 드러났다.

사람들이 그리스 선거에 촉각을 곤두세운 까닭은 두말할 것 없이 이 나라의 선택이 유럽 경제의 앞날에 중대한 분수령이 된다고 믿었기 때문이다. 만약 최악의 사태가 전개되어 유로존이 붕괴되고 유럽 경제가 혼돈에 빠진다면, 미국도 난국을 피할 수 없고 한국을 포함한 동아시아도 심각한 위험에 처할 것이 분명하다. 이 사실을 통해 확실히 드러나는 것은 세계경제 전체가 서로 긴밀하게 얽혀 있을 뿐 아니라 구조적으로 심히 취약하다는 것, 그리스는 다만 그 구조의 '약한 고리'에 해당할 뿐이라는 점이다. 그러니 오늘 그리스를 때린 위기가 내일 또 어디를 두드릴지 짐작하기 어렵고, 결국 수백 년간 세계경제를 지배해온 현재의 자본주의 체제 자체가 이렇게 비틀거리다가 수명을 다하는 건 아닌지에 생각이 미칠 수밖에 없다. 『자본주의, 어디서 와서 어디로 가는가』(로버트 하일브로너·윌리엄 밀버그 지음, 홍기빈 옮김, 미지북스, 2010)라는 제목의 책을 손에 잡은 것은 그런 의문에 해답의 실마리라도 얻을 수 있을까 해서이다.

경제는 사회의 일부이다

역자는 '후기'에서 이렇게 말하고 있다. "하도 사람들이 경제 경제 하니 나도 한번 '경제'를 이해해 보겠다고 경제학 교과서를 펼쳤다가 질려버린 선의의 피해자들이 얼마나 많은가?" 과연 그렇다. 먹고사는 문제에서 하루도 벗어날 수 없는 것이 사람인데도, 그 먹고사는 문제를 다룬 이론에 접근하는 것이 범인들에게는 보통 어려운 일이 아니다. 나 자신도 전문용어에 치여서 제대로 경제학서적을 통독한 적이 없는 것 같다. 생각해보면 경제지식 없이 현대사회를 사는 것은 지도 없이 낯선 곳을 여행하는 것에 비유될 수 있는데, 이 책의 첫째가는 미덕은 나처럼 훈련받지 않은 독자도 웬만큼 이해할 수 있도록 씌어졌다는 것이다.

그런데 이 책이 가능한 한 일상생활의 언어로 경제(社)적 현상을 기술하고자 노력한 것은 단순히 더 많은 독자를 얻기 위한 전략만은 아니다. 경제학 입문자를 위한 일종의 교과서로 집필된 점도 평이한 서술에 일조했겠지만, 무엇보다 경제가 사회와 동떨어진 독자적 영역이 아니라 인간의 사회생활에 불가분하게 결합되어 있다는 저자들의 생각이 서술 방식에 영향을 미쳤다고 생각된다.

가령, 저자들이 보기에 오늘날 미국인들은 물질적 풍요에 너무도 익숙해 있어서 당연히 앞으로도 계속 부유하게 살아가리라 믿지만, '현존하는 사회조직의 메커니즘'이 효과적으로 기능하기를 멈춘다면 미국인들의 그 믿음은 순식간에 허물어질 수밖에 없다. "우리는 부유하지만, 부유한 사회의 한 구성원으로서 부유한 것이지 개인으로서 부유한 것이 아니다."(『자본주의, 어디서 와서 어디로 가는가』, p. 22, 이하 쪽수는 같은 책) 이것은 오늘날 '탐욕의 1%들'에게 실로 교훈적인 지적이다. 따라서 "경제에 대한 탐구의 초점은 인간사회의 여러 제도들에 있다"(p. 30)는 저자들의 견해는 매우 설득력이 있다. 그러니 사회에 대한 서술이 사회적 소통을 지향하는 것은 너무도 자연스럽다.

이 책은 자본주의가 발생하기 오래전의 고대사회를 간단히 살펴본 다음, "당대의 경제학자들은 자신들의 경제체제에 대해 어떻게 생각했을까?"라는 흥미로운 의문을 제기한다. 그리고 다음과 같은 의미심장한 대답을 내놓는데, 이것은 우리에게 경제학의 존재라는 프리즘을 통해 고대사회와 근대사회의 성격을 단적으로 비교하게 만든다.

당대에는 '경제학자들'이란 존재하지 않았다. (중략) 당시 사회의 경제학—
즉 사회가 경제적 존속이라는 기본적 과제를 해결하기 위해 스스로를 조직
하는 양태에 대한 탐구—이란 것이 생각이 깊은 이들의 호기심을 자극할
만한 문제가 되지 못했기 때문이다. 화폐처럼 실제경제의 작동을 알기 위해
꿰뚫어보아야 할 '베일'이 있었던 것도 아니었고, 시장에서의 계약처럼 복
잡하게 칭칭 얽혀 있는 관계를 풀어내야 하는 것도 아니었으며, 사회의 경
제적 리듬이 존재하여 그것을 해석해야 했던 것도 아니었으니까. (p. 68~69)

다시 말하면 고대사회에서는 경제활동이 드러난 부분과 숨어있는 부
분, 즉 표층과 심층으로 나누어져 있지 않았다. 그 시대에는 아무것도
감추어지거나 일그러짐 없는 투명한 사회적 패턴들이 끊임없이 반복되
었으므로, 그런 사회의 경제는 굳이 연구할 필요를 유발하지 못했다.
이것은 뒤집어 생각해보면, 자본주의가 지배하는 현대사회는 표면적 현
상만 가지고서는 그 작동의 원리를 꿰뚫어보기 어려운 '난해성'을 본질
적으로 지닌 사회라는 뜻이라고 할 수 있다.

경제적 사회의 출현

모두 15장으로 구성된 이 책에서 제1장은 개념과 방법에 관한 개괄
적인 서론이고, 제2장은 자본주의가 성립하기 이전의 고대와 중세의 사
회경제적 특성에 대한 간명한 요약이다. 특히 중세 봉건주의 부분은 근
대사회의 태동을 예비하는 전前단계로서, 근대 자본주의의 혜택과 질곡

을 동시에 겪고 있는 오늘의 우리에게 여러 가지 생각거리를 던져준다.

제3장 '시장사회의 출현'부터 본론이 전개된다. 이 책의 저자들이 깊은 존경심을 가지고 자주 인용하는 아담 스미스(1723~1790)의 시대에 이르러서야 비로소 ①사람들이 타고난 신분이 아니라 활동의 결과에 따라 지위가 정해지고 자유롭게 개인적 이익을 추구할 수 있으며, ②사회에서 수행되는 거의 모든 일이 화폐로 보상되는 체계, 즉 경제생활의 화폐화가 진행되며, ③규제와 조정이 사라지고 자유롭게 작동하는 시장수요의 압력이 경제를 움직이는 사회, 즉 시장사회가 출현하게 된다. 이제 경제활동의 영역은 "그것을 둘러싼 사회생활의 모태로부터 떨어져 나오기"(p.130) 시작하는 것이다.

여기서 결정적으로 중요한 사실은, 과거에도 경제가 독자적으로 존재한 적이 없었지만, 시장사회의 출현 이후에는 경제활동이 "인간존재 전체를 지배하는 특징"(p.130)을 갖게 되었다는 점이다. 즉, 지난날 사회에서 정치권력이나 종교권력이 했던 중심적 역할을 이제 이윤동기에 기반한 시장권력이 대신하게 됨으로써 경제가 사회운용의 기본원리가 된 것이다. 그야말로 '경제적 사회'라 명명할 수 있는 새로운 체제가 형성된 것인데, 이것이 바로 이 책의 원제(*Making of Economic Society*)가 의미하는 바이다.

그런데 이 사회는 만인의 축복 속에 탄생한 것이 아니었다. 화폐화의 진행에 따라 노동·토지·자본 등 생산요소들이 이전과는 전혀 다른 상품적 성격을 띠게 되는데, "이러한 변화 중 그 어떤 것도 누가 계획하거나 예견한 것이 아니었으며, 환영을 받았던 것은 더욱 아니었다."(p.132) 아마 이 점이야말로 자본주의의 불변의 특징, 즉 그 무한한 가변성과 역동성 및 비할 바 없는 적응력의 원천일 것이다.

어떻든 경쟁을 통한 시장체제의 '자기조정 과정'(p. 153)은 여러 방면에서 저항을 받았다. 중세의 봉건귀족들은 자신들의 특권이 부르주아지에게 잠식되는 것을 달가워할 리 없었고, 길드의 장인匠人들 또한 사업가로 변신해서 경쟁에 시달리게 되는 변화를 원치 않았다. 농민이야말로 이 과정의 최대 희생자로서, 그들은 '울타리 치기'의 예에서 보듯 땅에서 쫓겨나 도시 프롤레타리아트로 전락했던 것이다.

자본주의의 발전과 수정

그러나 자본주의 자체는 이 모든 불만과 희생을 딛고 엄청난 발전을 거듭했다. 그러한 발전이 최초로 폭발적인 양상으로 진행된 것은 18세기 후반 영국이었다. 흔히 '산업혁명'이라고 부르는 것이 이것인데, 다음의 묘사는 그 혁명이 어떤 사회적 격변을 동반했는지 피상적으로나마 실감케 한다.

18세기 전반까지만 해도 글래스고, 뉴캐슬, 론다 밸리 등은 대부분 황무지였거나 농장이었다. 1727년 대니얼 디포는 맨체스터를 '촌락에 불과'하다고 묘사했다. 그런데 그로부터 40년이 지나자 맨체스터는 100개의 서로 연관된 공장들과 기계공단, 용광로, 피혁 및 화학공장 등으로 이루어진 거대한 공단지역으로 변해버렸다. 근대적인 산업도시가 생겨난 것이다. (p. 181)

이 인용을 보면 1970년대 이후의 한국사회의 변화를 '압축적 근대화'라고 타박했던 것이 지나치게 양심적인 태도였다는 생각조차 든다. 왜냐하면 자본주의의 최선진국 영국이 18~19세기에 겪은 산업화도 한국에 비해 결코 덜 압축적이지 않았기 때문이다. 어떻든 분명한 것은 근대화 즉 자본주의적 산업화가 이 책에 묘사되고 있는바 창의적 발명가와 모험적 사업가들, 즉 부르주아계급의 위대한 혁명전사라고 불러 마땅한 존재들의 무한히 헌신적인 투쟁이 낳은 계획되지 않은 결과라는 점이다. 주지하는 바와 같이 자본주의는 이미 아담 스미스의 시대부터 주기적인 경기후퇴의 파동에 조금씩 주춤거리면서도 영국을 출발지로 하여 유럽대륙으로, 미국으로, 또 다른 대륙으로 1929년까지 힘찬 전진을 거듭했다. 그런 과정 끝에 등장한 것이 바로 대공황인 것도, 그리고 대공황의 극복과정에서 '뉴딜'이라고 하는 자본주의의 거대한 수정이 행해진 것도 우리가 모두 아는 사실이다. 이 시대를 검토하면서 진술한 다음의 언급은 오늘의 우리도 새겨들을 만하다.

어떤 종류의 개입을 어느 만큼 해야 하는가의 문제는 여전히 논쟁점이었고, 이는 지금도 그러하다. 시장의 작동을 개선하는 데에는 여러 방법이 있으며, 시장의 결함을 해결하겠다는 의도로 이루어진 시도가 되레 거추장스런 관료적 훼방으로 끝나버릴 수도 있는 것이다. (중략) 뉴딜의 진정한 유산은 시장을 그대로 둔다고 해서 항상 공공의 이익에 맞게 작동하는 것이 아니며, 민주적 정치체 내부에 필연적으로 생길 수밖에 없는 경제적 활동과 비경제적 가치들 사이의 긴장을 해소할 수 있는 유일한 수단은 정부밖에 없다는 인식이다. (p. 296~297)

시장근본주의자에 대조되는 온건한 개입주의자로서의 저자들의 입장이 나타나 있는 대목이라 할 터인데, 그 점은 유럽 사회(민주)주의의 평가에서도 확인된다. 그들은 1960~70년대의 유럽사회가 말로는 사회주의를 내세웠어도 실제로는 여전히 자본주의가 지배하는 '일종의 유럽판 뉴딜'(p.336)이었다고 지적하는 것이다. 그리고 당시 유럽의 자본주의에 대한 저자들의 복합적 평가는 오늘의 중국체제를 해석하는 데까지 연장된다. "정치적 중앙집중화는 여전했지만, 여기에 국내 및 외국 민간기업에 고도의 재량권을 부여한 자본주의 비슷한 장려책이 나타났던 것이다. 그리하여 오늘의 중국은 정치적 엄숙주의와 이단적 자유방임이 흥미롭게 뒤섞인 모습을 가지고 있다."(p.547) 저자들은 '중앙계획'으로 추진된 강권적 사회주의가 소련에서 실패한 것과 달리 "중국이나 다른 가난한 나라들처럼 산업적 풍요의 단계로 올라서기 위해 몸부림치는 사회에서는 모종의 '군사적 사회주의'가 당분간 계속될 만한 이유가 충분히 있다"(p.430)고 관용적인 태도를 보인다.

불확실한 미래

이 책은 원래 1962년 로버트 하일브로너Robert L. Heilbroner, 1919~2005의 단독저서로 출간되어 큰 성공을 거둔 뒤 여러 차례 개정증보판이 나왔고, 최근에 윌리엄 밀버그William Milberg와 공동작업으로 12판을 준비하던 중 하일브로너가 작고했다고 한다. 이 12판이 간행된 것은 2008년이므로, 리먼 브러더스의 파산으로 촉발된 월가의 금융위기 이전에 집필이 종료되었을 것이다.

그러나 나는 이런 공상을 해본다. 만약 하일브로너가 아직 생존해서 공저자 밀버그와 더불어 월가의 금융위기뿐만 아니라 오늘의 유럽 경제 위기까지 함께 토론을 하고 새로 13판을 쓴다면, 그런 경우에도 그가 자본주의에 대해 여전히 다음과 같은 낙관론을 피력할 수 있을까? "자본주의는 21세기 동안 최소한 선진국들 사이에서는 지배적인 경제조직 양식이 될 것임이 거의 확실하다. 그리고 아마 그다음 세기에도 그럴 것이다."(p. 561) 물론 그는 곧 이어서 이 자본주의라는 말이 "아주 다양한 종류의 사회들을 포괄할 수 있을 만큼 탄력적"이라는 단서를 덧붙이는 것을 잊지 않는다. 다시 말하면 그는 자본주의 시장경제의 근본적 역동성과 혁신가능성에 대한 아담 스미스 이래의 신뢰의 대열에 서 있다.

그러면서도 그가 자본주의 체제에 대한 역사적 도전들을 외면하는 것은 아니다. 어쩌면 그는 자본주의가 대공황 같은 내부적 도전과 소련식 사회주의라는 외부적 도전을 모두 성공적으로 극복하는 과정을 추적함으로써 방금 진술한 것과 같은 새로운 확신에 도달했을지 모른다. 물론 그가 자본주의의 미래에 관해 단순히 낙관만 하는 것은 아니다. 가령, 그는 "가장 무서운 장벽은 생태적인 과부하"라고 보며, 생산 과정에서 발생하게 마련인 "거대한 에너지 담요 같은 것이 대기권을 덮어버리면서 '지구 온난화'라고 부르는 효과"(p. 553)를 낳고 있음을 간과하지 않는다. 또한, 그는 국내적 및 세계적 차원의 빈부격차에도 주목한다. 적어도 이 점에서만은 그는 미래에 대한 판단을 유보한다 : "생태적인 지평이 정말로 좁아들거나 선진국과 개발도상국 사이의 관계가 계속 현재와 같이 적대적인 길을 가게 된다면 자본주의가 그 생명력을 유지할 수 있을지는 불확실하다."(p.432) 그러므로 불안한 현재와 불확실한 미래를 두고 다음과 같은 언급한 것은 어쩌면 저자들로서는 가장 정직한 고백일지 모른다 : "우리는 미래가 어떻게 될지 알고 싶어한다. 하지만 이 질문을 던지는 순간 이미 우리는 이 질문에 믿을 만한 대답이 있을 리 없다는 것도 알고 있다."(p.527)

(2012. 6)

은폐된 전쟁으로서의
분단

문학도 사료가 될 수 있다

역사연구에서 자료 즉 사료가 결정적으로 중요하다는 것은 두말할 필요가 없다. 하지만 어느 시대의 무엇을 연구하느냐에 따라 자료에 대한 의존도가 달라지고 자료의 성격과 범위도 달라질 것이다. 문헌사료가 빈약한 고대사연구에서는 그 시대의 인간이 남긴 모든 유산과 유물들이 발언권을 주장할 것이며, 거북 등껍질에 새겨진 한 조각의 문자파편을 둘러싸고도 허다한 쟁점들이 부딪칠 것이다.

문헌사료가 남아 있는 경우에도 사태는 단순치 않다. 가령, 오래전의 내 기억으로는 일연 스님의 『삼국유사』만 해도 어떤 기준에서는 역사서라기보다 문학책으로 읽혔다. 상상과 현실의 상호침투를 금기로 여기는 현대사연구에서조차 문학적 기록은 한 시대의 심층을 밝히는 자료로 활용될 수 있다. 예컨대, 홍이섭洪以燮, 1914~1974 선생은 연희전문에서 정인보鄭寅普, 1893~? · 백남운白南雲, 1894~1979 같은 분들 밑에서 공부한 정통 사학자였지만, 일제 식민지시대의 정신사를 재구성하기 위해 한용운·최서해·심훈·채만식 등의 문학에 대해 논문을 쓰지 않을 수 없었다. 그 글들을 모은 것이 『한국정신사 서설序說』(연세대출판부, 1975)이란 책이다. 물론 이 경우 홍이섭이 의도한 것은 책 서문에서 밝힌 것처럼 문학적 성취를 해명하는 것이 아니라 1920년대의 '민족적 궁핍화'와 1930년대의 '식민지 농촌현실'이 최서해와 심훈 같은 작가들 작품 속에 어떻게 반영되어 있는가를 탐색하는 것이었다. 그가 보기에 당대의 문학 속에는 관청의 기록이나 신문기사가 보여줄 수 없는 역사적 사실이 숨어 있었던 것이다.

현대사의 정글 속에서

그러나 현대사로 내려오면 아무래도 사정이 변한다. 우리의 경우 연구자들을 괴롭히는 것은 무엇보다 한국사 자체의 고도의 복합성이라고 할 수 있다. 주지하는 바와 같이 19세기 후반부터 한반도는 바깥에서 밀려드는 외세들의 각축장이 되었다. 일제강점기 동안 한반도 현실을 좌우한 것은 한반도 자체의 오랜 내부적 축적과 일제의 식민지지배라는 외부적 강압, 이렇게 크게 두 요인으로 단순화할 수 있다. 그런데 제2차 세계대전이 끝나면서 중대한 전환이 일어났다. 전승국들이 일본을 대신하여 한반도 운명에 관여하는 행위자로 나선 것인데, 결정적인 것은 8·15 직후 미·소 양군의 한반도 분할점령이었다. 그 결과로서의 남북 분단정권의 성립, 6·25전쟁의 발발과 분단체제의 고착은 오늘까지 한반도 현실을 근본으로부터 제약하고 규정하는 원형적 질서로 남아 있다.

누구나 짐작할 수 있듯이 분단체제의 전개과정은 관련 당사자들의 다양한 시각을 통해 수많은 공식·비공식 기록으로 남겨졌다. 문서기록 뿐 아니라 영상기록도 만들어졌고, 무엇보다 당대를 몸으로 살며 고통을 감내했던 민중들의 기억을 통해 무수히 많은 구비서사로 전승되었다. 어쩌면 이 구비서사야말로 20세기 후반 한반도의 역사와 문학이 뿌리내린 토양 자체라고 할 수 있다. 이 모든 것들이 나름대로 자료가 될 터이므로, 현대사 연구자는 어떤 점에서는 너무 많은 자료 때문에 항시 길을 잃을 위험에 처해 있다고 할 수 있다. 그러나 그럼에도 연구자는 동시에 늘 자료의 빈곤에 시달린다는 느낌을 가진다. 각국 정부 차원에서 만들어진 핵심자료가 대부분 비밀처리되어 일반 연구자의 접근이 막혀 있고, 공개된 경우에도 신뢰성에 의문이 가는 위작자료가 적지 않기 때문이다.

알려져 있다시피 1970년대 들어 미국 정부자료들은 비밀이 해제되기 시작하여 학자들의 접근이 허용되었다. 그것은 거대한 광맥에 대한 발굴허가였다. 예컨대 『한국전쟁의 기원』으로 유명한 브루스 커밍스는 "1971년부터 1988년까지 거의 20년간" 북한노획문서를 포함하여 "접근할 수 있는 모든 문서를 가지고" 6·25전쟁을 연구했다고 한다. 1981년 그의 책 제I부가 출간되었을 때 그것은 국내학자들에게 엄청난 충격파를 던졌으니, 자료의 장벽을 처음으로 넘은 데서 오는 경이였다. 이 무렵부터 그 분야에서 큰 공헌을 한 분은 재미학자 방선주方善柱 선생으로서, 그는 1980년대 이후 주한 미24군단 군사실 문서철과 북한노획

문서철을 본격적으로 소개함으로써 국내 연구자들에게 '새로운 자료의 신천지'를 보여주었다고 평가된다. 또, 1990년대에는 소련이 해체되고 그쪽 자료가 많이 공개되어 연구에 큰 활력을 불어넣었다. 러시아사 연구에서 시작하여 차츰 한국현대사 연구로 옮겨온 와다 하루끼和田春樹의 저서들은 이데올로기에 대한 균형잡힌 시각뿐 아니라 러시아쪽 새 자료의 활용이라는 점에서도 뛰어난 연구였다.

왜 분단은 장기지속되는가

브루스 커밍스, 와다 하루끼 같은 외국학자를 포함하여 많은 한국 학자들의 연구에서 중심적 분야는 6·25전쟁이다. 이것은 어쩌면 당연한 노릇일 것이다. 6·25전쟁은 엄청난 인명희생과 끔찍한 국토파괴를 동반했음에도 60년 세월이 지난 오늘까지 평화적 종결에 이르지 못했기 때문이다. 이번에 소개하려는 홍석률洪錫律 교수의 『분단의 히스테리』(창비, 2012)도 넓은 의미에서는 이 범주에 드는 연구이다. 이 책을 읽고 난 감상을 우선 한마디 한다면, 한반도는 아직 전쟁의 그늘에서 벗어나지 못하고 있다는 것이다. 그리고 오늘의 현실을 제대로 파악하자면 남북분단과 6·25전쟁에 대한 공부를 피할 수 없다는 탄식이다. 다만, 휴전 이후 남북대결은 정치와 외교라는 더 복잡한 외양 안에 숨겨진 형태로, 말하자면 은폐된 형식으로 전개되고 있을 뿐이라는 사실을 절감하지 않을 수 없다.

그러나 이 책은 기왕의 전쟁연구서와는 연구대상과 초점을 상당히 달리한다. 왜냐하면 이 책은 6·25전쟁 자체의 연구서가 아니라 전쟁의 결과로 조성된 한반도현실이 어떤 고유한 원리에 따라 움직이는가를 밝히는 데 목적을 둔 논저이기 때문이다. 저자 자신의 말로 하면 "분단상황을 장기지속시키는 한반도 내외의 역학과 구조는 무엇인지에 대한 질문"(『분단의 히스테리』, p. 24, 이하 쪽수는 같은 책)이 문제의식의 핵심이라고 요약할 수 있다. 그러니까 커밍스의 『한국전쟁의 기원』을 비롯한 많은 저서들이 '왜 전쟁이 일어났는가' '전쟁은 어떻게 전개되었는가'를 주로 묻는다면 홍석률의 이 책은 '왜 전쟁은 끝나지 않고 있는가'를 묻고 있는 셈이다.

이를 위해 그가 채택한 방법들은 대체로 다음과 같다. 첫째, 최근 공개된 미국 정부문서들, 주로 미 국무부 문서들에 대한 분석이다. 이 방면에 문외한인 나로서는 이 문서들이 얼마나 획기적인 것인지, 그리고 이에 근거한 홍석률의 연구가 선행 업적들의 어느 부분을 수정하고 보완했는지 판별할 능력이 없다. 다만 그가 자인한 대로 주로 미국측 자료에 의존했으므로 "미국 자료에 비친 중국의 대외정책"이 중국 자신의 관점과 배치될 수 있고, 일본과 소련도 일면적으로 다루어질 수밖에 없다는 점은 유념할 필요가 있다. 물론 분단의 당사자인 한반도사회 안에도 분단과 전쟁을 보는 다양한 입장들이 공존하고 갈등하리라는 것은 짐작하기 어렵지 않다.

둘째, 이 책은 분단시대 전체가 아니라 특정한 시기의 남북관계를 한정적으로 조명한다. 즉, 저자는 북한 특수부대의 청와대 기습사건이 시도된 1968년 1월부터 판문점 도끼살해사건이 발생한 1976년 8월까지의 기간을 대상으로 남북관계의 전개과정을 연대기적으로 추적해나가는 것이다. 이 기간에 연구의 초점을 집중한 것은 의도적인 것이다. 저자가 보기에 1970년대 전반기는 "한반도의 분단이 국제적 분쟁에서 남북한의 문제로 내재화되어가는 중요한 전환점"(p. 29)을 이루는 시기다. 알다시피 6·25전쟁은 남북한 간의 국지적 무력충돌이 전면전으로 확대되고 여기에 미국 중심의 유엔군이 참전하고 이어서 중국군이 진입한, 즉 국내전이 국제전으로 비화된 전쟁이다. 그런데 이제 미－중접근에 따라 분쟁은 축소의 과정 즉 한반도화의 길로 들어서게 되는 것이다. 홍석률이 이 책에서 1968년부터 1976년까지를 연구대상으로 삼은 것은 '위기→화해국면→위기'(p. 25)를 반복했던 남북관계의 첫 순환주기가 바로 이때라고 생각되었기 때문이다.

셋째, 이 과정에서 그의 렌즈가 향하는 것은 분단을 둘러싼 세 차원의 관계이다. 즉, 저자는 "국제외교관계, 남북관계, 남북한 내부의 정치적 관계를 모두 교차시켜 다차원적인 접근을"(p. 40) 하되, 특히 한미관계와 남북대화가 어떻게 연결되었는지를 주로 분석하고자 한다. 이처럼 다차원적 접근을 할 수밖에 없는 것은 분단체제의 유례없는 독특성 때문이다. 그리고 이 독특성이야말로 분단극복의 유례없는 난해성의 이유이다. 분단은 한반도가 하나의 통일국가를 지향해가는 단일한 문제이자 남북정권 각각의 내부적 정치상황에 직결된 두 개의 문제이며, 미국에게는 일본－타이완－필리핀을 잇는 동아시아전선의 핵심고리를 관리하는 문제의 일부이고 중국에게도 국가안보의 사활이 걸린 중요문제의 일환이다. 일본과 러시아도 한반도에 그 나름으로 물러설 수 없는 이해관계를 가진다고 여길 것이다. 저자는 이 모든 관련들의 얽힘을 분석함으로써 분단체제의 작동원리를 파악하고자 한다.

위기와 화해의 순환 싸이클

앞에서도 얘기했듯이 『분단의 히스테리』에서 저자는 분단체제의 전개과정에 일정한 패턴이 작동하는 것 같다고 본다. 좀 길지만, 저자의 설명을 직접 들어보기로 하자.

> 1960년대 말 북한은 대남 무력공세를 강화하면서 어느 때보다도 미국에 대해 적대적인 태도를 보이며 반미 선전공세를 강화하고 있었다. 그럼에도 불구하고 북한은 위기국면을 활용하여 미국과 협상을 하고, 미국정부로부터 자신의 국가적 실체를 인정받는 기회로 활용하였다. (중략) 일반적으로 말할 때 적대적이었던 국가가 서로를 인정하려면 대화와 협상, 화해와 협력의 분위기가 필요하다. 그러나 분단된 한반도에 있는 북한은 위기를 고조시키는 방법으로 미국과 직접 접촉과 대화를 하려 한다. 사실 이 방법 이외에 다른 뚜렷한 방법도 없는 형편이다. (중략) 그러다 보니 (미국은) 위기가 고조되어 어쩔 수 없이 협상을 할 수밖에 없는 상황이 되어야 불가피하게 대화에 나선다. 여기서 적대적인 위기상황을 창출해야 대화가 시작된다는 북미관계의 '이상한 공식'이 출현하는 것이다. (p. 78~79)

저자가 '이상한 공식'이라 부른 북미관계의 특이한 패턴이 나타나기 시작한 것은 1960년대 말부터였다. 이 책은 말하자면 그 첫 번째 싸이클의 진행 경과에 대한 면밀한 추적·분석인 셈이다.

그런데 이 책은 자료수집과 논리전개에서는 학술적 기준을 따르면서도 내용구성과 서술에서는 마치 추리소설과도 같은 서사기법을 원용한다. 제1장은 '김신조 사건'으로 속칭되는 북한 특수부대의 청와대 기습 미수사건(1968.1.21), 미 첩보함 푸에블로호 납치사건(1968.1.23) 및 북한 무장부대의 울진—삼척 침투사건(1968.10.30~11.2) 등 잇따른 충돌사건의 묘사로 시작한다. 제2장은 1971년 7월 9일 이른 새벽 미국 대통령안보보좌관 키신저가 변장을 하고 파키스탄 차클랄라 공항에 나타나는 장면으로 시작한다. 제3장은 1972년 5월 1일 오전 중앙정보부장 이후락이 청와대 인근 안가(박정희 암살사건이 일어난 바로 그곳)에 중정 간부들을 모아놓고 "내일 평양에 다녀오겠다"는 폭탄발언을 하는 것으로 시작한다. 제5장은 "1972년 2월 21일 닉슨이 베이징에 도착한 때는 현지시간으로 월요일 오전 11시 30분이고, 미국 시간으로는 20일 밤 10시 30분이었다"는 문장으로 시작한다. 제6장은 1973년 8월 21일 베이징에 있는 미국 연락사무소에 북한 대사관으로부터 전화가 걸려오는 것으로 시작된다. 제7장은 1976년 8월 18일 오전 10시 30분 판문점 공동경비구역에서 미군 대위가 약간명의 병력과 노무자들을 이끌고 미루나무 가지치기를 하러 나갔다가 시비가 붙어 북한 군인에게 '도끼살해'되는 사건으로 번지게 되는 과정을 묘사한다.

이렇게 저자는 매 장마다 서두에서 독자의 호기심을 잔뜩 유발한 다음 사건의 배후에 얽힌 복잡한 국제관계 및 한반도 내부현실 속으로 독자를 끌고 들어간다. 그리하여 우리는 하나의 사건을 출발점으로 해서 저자의 안내에 따라 남한과 북한, 미국과 중국, 일본과 러시아, 때로는 베트남과 타이완 등 크고 작은 수많은 나라들의 상반된 이해관계가 연합하고 길항하는 복잡한 드라마를 순차적으로 통과하게 된다. 가령, 닉슨의 베이징 방문에 대한 나라들마다의 다른 속셈이 어떻게 교차하는

지 흥미롭게 읽을 수 있다. 그러니까 미국은 중국과의 접근을 통해 소련을 봉쇄하고자 했고, 중국은 미국을 지렛대로 해서 소련에 대항하고자 했다. 북한은 미군철수 주장의 명분을 찾으려고 미-중접근을 지지하는 반면 소련과 베트남은 중국의 배신에 반발했다. 일본은 '닉슨 쇼크'에 놀라 미국보다 오히려 먼저 중국과 수교했다. 한편 "닉슨의 베이징 방문선언은 한국정부가 북한측에 직접접촉과 교류를 제안하는 결정적 계기가 되었다. 남북의 정책변화는 누가 먼저라고 하기 어렵게 동시에 이루어졌다."(p.156)

그러나 이미 우리가 잘 아는 바와 같이 남북한 정부는 입으로는 통일을 말하면서도 실제로는 내부의 체제강화에 주력했다. 소위 '10월유신'이 그것인데, 한마디로 그것은 개인권력의 절대화이자 자유민주주의의 폐기였다. 북한은 북한대로 사회주의헌법의 제정을 통해 주석제를 채택하고 개인우상화에 더욱 박차를 가함으로써 민주주의에서 더욱 멀어지는 길을 걸었다. 이런 과정을 살펴본다면 이 시점에서의 남북대화는 남북정권 각자의 목표 추구를 위한 수사적 겉치레에 불과했음이 분명하다. 따라서 결국 양자는 오래지 않아 종래의 적나라한 적대관계로 돌아가는 수순을 밟을 수밖에 없었다. 일시적 화해국면이 끝나고 다시 위기가 찾아옴으로써 분단체제를 지배하는 '이상한 공식'의 첫 번째 순환주기가 어이없이 마감되는 것이다.

남북문제는 정쟁의 도구가 아니다

『분단의 히스테리』를 읽고 있노라면 1970년대 초의 상황을 기술하고 있음에도 불구하고 때로는 2010년대 초의 현실을 설명하고 있는 듯한 착각에 빠진다. 그 사이 베트남과 독일이 통일되고 중국이 G2로 우뚝 서고 남북한이 6·15선언(2000)과 10·4선언(2007)을 도출하는 데 성공했음에도 그런 사실이 있었다고 믿어지지 않을 만큼 40년 전의 일이 여전히 되풀이되고 있는 듯하다. 그러나 다시 정신을 차리고 둘러보면 분단체제는 내리막길로 들어선 것이 확실하다. 그런 점에서도 이 책은 분단의 극복을 위한 연구자의 고뇌가 짙게 깔려 우리의 감동을 자극한다.

마지막으로 최근 대선과정에서 논란이 되고 있는 북방한계선NLL에 관하여 이 책의 내용을 참고 삼아 소개하겠다. (p. 357~361) 북한이 서해5도 주변해역을 분쟁지역화한 것은 1973년 12월부터였다. 왜 그때 문제가 되었나. 1953년 휴전협정은 육상경계선에 대해서는 세밀하고 정확하게 규정했지만, 해상분계선은 명확하게 확정하지 않았다. 서해5도는 38선 이남이어서 전쟁 전에는 남한 관할이었고 전쟁 중에도 북한군이 점령하지 않았다. 오히려 압록강 앞바다의 작은 섬도 유엔군이 점령하였다. 휴전회담 때 섬의 영유권은 전쟁 이전의 상태로 환원하기로 합의되어, 그 점이 휴전협정에도 명시되었다. 그러나 주변해역에 관해서는 명문규정을 만들지 못했다. 그런데 휴전 직후 유엔군사령관은 일방적으로 북방한계선을 설정하여 남측 선박(군함이든 어선이든)이 그 이남에서만 활동하도록 조치했고, 북측도 여기에 이의를 제기하지 않았다. 그러다가 1973년 12월 1일 북한은 군사정전위원회에서 서해5도 주변해역을 자신의 관할이라고 주장함으로써 문제가 발생하였다.

그렇다면 왜 북한은 그 시점에서 그런 주장을 폈고 그것이 노리는 바는 무엇인가. 홍석률은 그 점을 예리하게 분석한다. 그가 주목하는 것은 북한의 주장이 "유엔에서 언커크(유엔한국통일부흥위원회)가 해체된 직후에 이루어졌다"는 점이다. 언커크가 해체된다는 것은 유엔군사령부의 존재가 문제화된다는 뜻이었다. 유엔군사령관은 휴전협정에 서명하고 그 이행을 담보하는 존재이기 때문에, 그가 사라지면 불가피하게 휴전협정이 개정되거나 평화협정으로 대체되어야 한다. 한편, 북한의 관할권선언은 남한과 미국을 향한 것이지만 중국을 겨냥하는 측면도 있었다. 예로부터 그곳은 중국 어선들이 자주 출몰하는 해역일뿐더러 북한으로서는 미·중 공조로 언커크가 해체된 데 대해 중국에도 불만이 있었던 것이다. 그런데 이때 미국은 해상경계선을 남북한 간에 해결해야 할 문제로 취급하고 분쟁에 간여하려 들지 않았다. 아무튼 그후에도 이 해역은 남북관계 및 미중관계의 변화에 따라 일촉즉발의 충돌지역으로 변했다가 다시 평온해지는 오르내림을 거듭하고 있다.

엊그제(2012.10.24) 국회 외교통상위 국감장에서 류우익 통일부장관은 노무현 대통령의 NLL에 대한 입장을 묻는 질문에 "남과 북은 서해 해상경계선 문제에 대해서 '쌍방은 지금까지 관할해온 불가침경계선을 준수하기로 한다'고 합의했고 지금까지 당시 합의를 존중하고 있다"고 대답하고, "역대 정부는 일관된 입장을 지켜왔다"고 말했다. NLL을 '영토선'이라고 할 수 있는지를 묻는 질문에 류우익 장관은 "헌법이 규정한 영토의 개념으로 보면 영토의 경계라고 할 수 없다"면서도 "남북 간의 특수상황을 감안하면 영토선에 준하는 경계선이라 할 수 있다"고 말했다. 이것은 어느 정도 합리적인 답변이라고 할 수 있다. 요컨대 이 문제를 정쟁의 도구로 삼는 것은 그 누구에게도 이익이 되지 않는다는 점을 분명히 할 필요가 있다 하겠다.

(2012. 10)

가장 가까운 나라의
아주 낯선 풍경

일본에서 북한은 어떻게 이해되나

"일반적으로 북한에 대한 미국 언론과 학계의 이미지는 부정적이다. 최근에 북한의 핵개발 문제가 언론에 종종 등장하지만, 북한의 역사적·사회적·문화적 배경 및 현재의 위기를 깊이 생각하지 않은 채 가난하고 예측불가능하고 비합리적인 체제라는 극히 천박한 북한상이 그려질 뿐이다." 이것은 미국에서 북한이 일반적으로 어떻게 인식되고 있는지를 소개하는 찰스 암스트롱 교수의 글 서두이다. 암스트롱은 미국 컬럼비아대학교 역사학부 교수이자 그 대학 한국학연구센터 소장으로서 우리말로도 번역된 『북조선 탄생』(김연철·이정우 옮김, 서해문집, 2006)의 저자이다. 손꼽히는 한반도문제 전문가라 할 만하다.

방금 인용한 글의 출처는 와다 하루키和田春樹와 다카사키 소지高崎宗司가 함께 엮은 『북한을 읽는다』(이윤정 옮김, 녹두, 2003)이다. 따라서 암스트롱의 글은 최소한 10년 전에 씌어진 것일 텐데, 몇 글자 고치면 10일

전에 썼다고 해도 이상할 게 없을 정도로 현재적이다. 그만큼 북한에 대한 미국인들의 이미지는 변함없이 부정적이다.

그런데 와다, 다카사키 두 교수가 『북한을 읽는다』를 엮게 된 배경이 예사롭지 않다. 지금은 기억도 희미해졌지만, 2002년 9월 당시 고이즈미 일본 총리가 북한을 전격 방문하여 김정일 국방위원장과 정상회담을 갖고 평양선언을 발표한 바 있었다. 김 위원장은 놀랍게도 일본인 30명의 납치를 인정하며 공식사과했고, 이에 대해 고이즈미 총리는 역사청산과 경제협력을 약속함으로써 북—일 국교정상화 전망을 밝게 했던 것이다.

그러나 실제상황은 너무도 다르게 전개되었다. '납치의혹'이 사실로 드러나면서 그에 따른 충격과 분노가 일본사회를 강타했던 것이다. 납치된 희생자 가족과 귀국한 생존자 5명을 둘러싸고 두 달 넘게 연일 비슷한 내용의 보도가 계속되었다. 그러지 않아도 일본에서 북한에 대한 부정적 언론공세가 이어져오던 터라, 납치사실의 확인은 반북여론을 더욱 폭발시키는 계기가 되었다. 심지어 일부 텔레비전에서는 김일성 사망 당시 통곡했던 주민들은 동원된 배우라느니 평양 지하에 서울을 모방한 위장도시가 있다느니 하는 황당무계한 내용을 방송하기도 했다. 『북한을 읽는다』는 이렇게 들끓는 여론의 왜곡을 바로잡고 균형을 되찾기 위해 만들어진 책이다.

『북한을 읽는다』의 서론에서 와다 교수는 일본에서 횡행하는 반북 캠페인의 요지를 다음의 5가지로 요약하고 있다. 1) 김일성은 가짜이며 소련군에 의해 집권한 꼭두각시에 불과하다. 2) 김정일은 세습을 통해 권좌에 앉은 무능하고 비뚤어진 성격의 소유자다. 3) 북한은 김일성 부자를 절대시하는 개인숭배 국가이고 수용소로 유지되는 억압체제이며, 경제적으로는 파산상태여서 아사자가 속출하고 있다. 4) 북한체제는 머지않아 붕괴될 것이다. 5) 북한은 전쟁준비에만 몰두하고 있으며 반드시 남한을 침공할 것이다.

사실 와다 교수는 이미『김일성과 만주항일전쟁』(이종석 옮김, 창비, 1992) 및 『북조선』(서동만·남기정 옮김, 돌베개, 2002) 같은 본격적인 저서를 통해 김일성의 항일활동과 북한 역사의 전개에 관해 심층적인 연구를 발표한 바 있었다. 따라서 이 저서들을 읽은 사람이라면 황색언론의 반북 캠페인이 상당 부분 악의적 날조거나 근거 없는 추측에 불과함을 알고 거기에 현혹될 리가 없을 터였다. 하지만 한국에서나 일본에서나 진지한 독서인구는 늘 소수인 반면, 다수는 흥미위주의 선동적 보도에 휘둘리기 마련이다. 그런 현실을 생각하면 와다 교수가 학자로서의 본업을 잠시 접고 『북한을 읽는다』 같은 대중적 해설서를 엮은 충정은 존경할 만한 것이라 하지 않을 수 없다.

반북 캠페인은 얼마나 사실에 근거해 있나

일반적으로 와다 교수는 진보적 성향의 학자이자 시민운동가로 알려져 있다. 하지만 저서와 문필로 판단하건대 그는 특정한 이념에 치우치거나 경직된 노선을 앞세우는 사람이 결코 아니고 어디까지나 사실 자체에 충실한 중립적인 학자이다. 앞에서 소개한 일본 내의 반북 캠페인 주장들을 검토할 때에도 그는 합리적 근거에 입각해서 인정할 것은 인정하고 반박할 것은 반박하는 중립적 자세를 견지한다. 왜곡된 북한관에 대한 그의 해명을 다음에 간단히 들어보기로 하자. 주로 일본인 독자를 대상으로 한 것이지만, 우리에게도 직접적인 설득력이 있다.

1) 1945년 10월 14일 평양에 처음 모습을 드러낸 김일성은 33세라는 실제 나이보다도 훨씬 더 젊어 보였다. 그래서 군중들 사이에서는 가짜가 아니냐는 수군거림이 일었던 게 사실이다. 이것이 김일성 위조설의 출발인데, 이 '가짜 김일성'설은 한국과 일본에서 1990년대 초까지 되풀이 유포되었다. 하지만 와다 자신이 연구한 바에 따르면 김일성은 북한의 신화와는 다르지만 실제로 만주에서 항일무장투쟁을 이끈 지휘관임에 틀림없다.

2) 여러 가지 증거로 보아 김정일은 바보가 아니며, 자신의 능력을 바탕으로 후계자 지위에 오른 인물이다. 영화인 신상옥과 최은희의 증언에 따르면 김정일은 북한의 후진성을 예리하게 인식하고 있었다고 한다. 요컨대 김정일 역시 장단점을 고루 지닌 사람으로서, 그런 대로 유능한 지도자이고 독재자라고 보는 것이 타당하다.

3) 북한 정치체제가 극도의 개인숭배에 기초하고 있다는 것은 의심할 여지가 없다. 어떤 점에서 북한체제는 전시(1930년대부터 1945년까지) 일본의 천황중심 동원체제와 유사하다. 수용소의 존재 및 수용자의 비참한 상황도 사실일 것이다. 하지만 수용소는 사회주의 국가의 일반적 현상이었다. 스탈린시대의 소련을 감옥국가라고 부르지 않는 것처럼 북한을 수용소국가라고 단정할 수는 없다. 경제적으로도 1960년대 말까지는 북한이 남한보다 앞섰다. 물론 그 후에 경제가 곤경에 빠졌고, 특히 1990년대 중반 연속된 자연재해로 대기근이 엄습하여 많은 아사자가

발생했다. 하지만 탈북자들이 말하는 고통만으로 북한 전체를 판단하는 것은 균형 잡힌 시각이 아니다.

4) 1990년대 중반부터 머잖아 북한체제가 붕괴할 것이란 전망이 일각에 자리 잡았다. 하지만 지금까지 그 전망이 실현될 기미는 보이지 않는다. 북한정권이 추구해온 경제재건 노력이 성공할지 여부도 아직 미지수지만, 여하튼 북한정권이 여전히 국민을 장악하는 힘을 가지고 있다는 것은 인정할 필요가 있다.

5) 김일성 사후 북한이 남한을 공격한다는 내용의 소설이 많이 나왔다. 하지만 북한의 병력은 한미연합군에 비해 심한 열세이며, 핵개발도 공격용이라기보다는 미국과 불가침조약을 맺기 위한 카드일 것이다. 따라서 한반도에서 전쟁은 미국의 제재와 관련해서만 일어날 수 있다. 미국이 공격해올 것이라고 판단되는 상황에서 먼저 공격하지 않으면 전멸할 수밖에 없다고 느껴지는 절체절명의 순간이 되면 북한이 공격을 시도할 수 있다. 하지만 이는 그 누구도 원치 않는 비극을 초래할 것이다.

위의 설명 가운데 1)과 2)는 김일성과 김정일이 이미 사망했으므로 더 이상 논란의 실효성을 잃어버렸다고도 볼 수 있다. 하지만 김정은 삼대세습이 그 연장선상에서 이루어진 일이므로 북한체제의 본질 속에는 김일성·김정일 권력이 그대로 살아 있으며, 나머지 항목들도 여전히 현재적인 쟁점이라 해야 할 것이다. 특히 5)는 최근 남북 간에 벌어지고 있는 대치국면을 상기할 때 놀랄 만큼 시사하는 바가 크다. 알다시피 지난 2월 12일 북한의 제3차 핵실험이 있었고, 이에 대한 유엔 안보리의 제재결의가 뒤따랐다. 이어서 북한의 격한 반발과 남한의 양보 없는 대

웅이 이어져, 결국 개성공단의 잠정적 폐쇄에까지 이르렀다.

그러나 생각해보면 이것은 위기의 일면이고, 이 일면과 짝을 이루는 다른 일면의 진행을 간과해서는 안된다. 그것은 한미 합동군사훈련이라는 이름의 북한에 대한 막강한 무력시위의 측면이다. 핵실험을 하든 군사훈련을 벌이든 남과 북은 자신들의 행위가 공격용 아닌 방어용이고 전쟁억지의 수단일 뿐이라고 약속한 듯이 주장한다. 하지만 억지력과 억지력이 부딪치면 곧 전쟁으로 발전할 수도 있는 것임을 잊어서는 안 된다.

북한연구의 새로운 지평

그런 점에서 우리에게 무엇보다 필요하고 중요한 것은 북한의 실상을 있는 그대로 아는 것이다. 하지만 오랫동안 한국에서는 객관적인 연구가 쉽지 않았고, 좀 덜했을지는 모르지만 미국이나 일본 학계도 냉전의 영향에서 자유롭지 못했을 것이다. 이런 상황이 개선되기 시작한 것은 1970년대 미-중 접근으로 이데올로기 지형에 변화가 생기면서부터인데, 알려진 대로 1980년대 초에 출간된 와다 하루키나 브루스 커밍스의 저서들은 북한연구의 새 지평을 열었다고 평가된다.

그러나 의도적인 왜곡을 피하는 것만으로 학문의 객관성이 보장되지 않는다. 도대체 학문의 세계에 객관적 진리라는 것이 존재할 수 있는가, 라는 근본적인 물음까지 가지 않더라도, 무수한 사실들의 취사선택을 통해 하나의 대상을 구성하려 할 경우 일정한 가치판단의 개입을 막기 어렵다는 것은 너무도 자명하다. 더욱이 북한처럼 내부적 접근이 원천적으로 제약되어 있는데다가 공개된 자료들의 신뢰성에도 의문이 가는 나라를 연구한다면 해석자의 자의는 더 크게 작용할 것이다. 북한연구가 종종 이론적 가설假說을 중심으로 전개되는 것은 그 때문일 것이다.

이런 서론을 앞세운 까닭은 실은 최근 간행된 권헌익權憲益·정병호鄭炳浩 공저의 『극장국가 북한』(창비, 2013)을 제대로 읽기 위해서이다. 이 책의 먼저 눈에 띄는 특징은 저자들이 정치학자나 역사학자가 아닌 인류학자라는 것인데, 와다 교수의 『북조선』을 비롯해서 고 서동만 교수의 『북조선 사회주의체제 성립사 1945~1961』(선인, 2005)나 백학순 박사의 『북한권력의 역사』(한울, 2010) 같은 근년의 역저들이 대체로 통사적인 접근임에 비해 이 책이 구조적 분석에 가깝게 서술된 것은 저자들의 인류학적 학문배경과 연관될 것이다. 아무튼 내가 아는 한에서 이 책은 북한연구의 방법론에서 매우 독보적인 업적이다.

당연한 노릇이지만, 『극장국가 북한』의 저자들은 몇몇 선배학자들의 이론과 개념을 자신들의 분석도구로 차용하는 데서 논의를 시작한다. 그들이 북한 혁명정치의 작동원리를 해명하기 위해 먼저 활용한 개념적 전제는 독일 사회학자 막스 베버Max Weber, 1864~1920의 카리스마 권력이론이다. 베버는 정치권력의 유형학에 관심을 가지고 있었던바, 그에게 카리스마적 권력이란 전통적 황제권력이나 현대적 관료제권력에 비해 기이할 것 없는 사회적·역사적 현상이었다. 즉, 카리스마 권력이 출현하게 되는 상황은 평범하지 않을지언정 그 본질은 특이한 것이 아니라는 것이 베버의 생각이었다. 이렇게 베버의 관점을 차용함으로써 저자들이 말하고자 하는 바는 북한 정치체제가 결코 예외적인 것이 아니라 "현존하는 다른 어떤 정치체제만큼이나 현대적인 것이며 또한 글로벌한 현대성과 접촉하면서 만들어진 산물"(『극장국가 북한』, p.10~11, 이하 쪽수는 같은 책)이라는 사실이다. 이것은 실상 와다 교수의 연구가 견지한 이론적 전제이기도 하다.

그런데 베버가 보기에 카리스마 권력은 사회적 위기가 고조되는 이례적인 시기에 나타나기 때문에 격변이 수습되고 나면 결국 전통적 권력으로 돌아가거나 합리적 관료구조의 형태로 발전하게 마련이다. 즉, 카리스마 권력이란 본질적으로 한시적인 것이다. 베버는 카리스마적 정치권력의 지속가능성에 대한 이러한 불신을 '혁명적 카리스마의 관례화'(p.62)라고 불렀는데, 『극장국가 북한』의 저자들은 이 관례화의 유일한 예외가 북한이라고 지적한다. 다시 말하면 "북한 정치체제의 수수께끼는 특이한 개인숭배의 관행에 있는 것이 아니라 이러한 관행의 특이한 지속성에서 비롯된다"(p.13)는 것이다. 바로 이것이 저자들이 해명하고자 하는 이 책의 주제이고, 그런 점에서 본다면 '카리스마 권력은 어떻게 세습되는가'라는 부제가 책의 제목으로 더 적합할지 모른다는 생각도 든다.

'극장국가' 개념에 관한 논란

『극장국가 북한』의 저자들이 북한사회의 변화와 북한 정치체제의 작동방식 간의 연관성을 해명하기 위해 선배 학자로부터 받아들인 더 중요한 개념은 책의 제목에도 사용된 '극장국가'이다. 그것은 미국 인류학자 클리퍼드 기어츠^{Clifford Geertz, 1926~2006}가 19세기 인도네시아의 섬 나라 발리의 왕권행사를 설명하기 위해 만들어낸 개념이었다. 그런데 그 개념을 처음으로 북한연구에 원용한 학자는 실은 와다 교수였다. 와다는 "왕은 정치적 행위자이자 기호 중의 기호이며 권력 중의 권력이었다. 왕을 창조하고 왕을 군주에서 우상으로 끌어올린 것은 왕의 의례였다"는 등 기어츠의 설명을 인용한 다음, 극장국가 개념의 북한적용에 한계가 있음을 다음과 같이 주장했다. (기어츠의 저서 『네가라 : 19세기 발리의 극장국가』 초판은 1979년에, 일역판은 1981년에, 와다의 『북조선』 초판은 1998년에, 그리고 『북조선』 한국어 번역판은 김정일의 선군정치 선언에 대한 와다의 해석을 보완하여 2002년 간행되었다.)

김정일이 연출가이자 디자이너로 있는 북조선의 유격대국가는 바로 기어츠가 규정한 '극장국가'의 성격을 분명히 부분적으로는 띠고 있다고 할 수 있다. 그러나 발리 섬의 전근대적인 전통적 왕권은 '극장국가'로 존재할 수 있으나 현대세계에서의 국가는 '극장국가'로 유지될 수 없다. '극장국가'는 아무래도 정태적인 질서를 전제로 하고 있어 역동적인 변화에는 적합하지 않다. 따라서 김정일은 자신이 만들어낸 것에 스스로 얽매이는 딜레마에 처해 있다. (와다, 『북조선』 한국어판, p. 156)

그러나 『극장국가 북한』의 저자들은 와다의 이런 설명에 동의하지 않는다. 오히려 현대정치에서의 카리스마 권력의 위치와 운명에 대한 관심이 기어츠로 하여금 발리의 전통적 정치형식에 눈을 돌리게 만들었다고 저자들은 생각한다. 베버, 기어츠, 와다가 모두 관련된 정치이론적 문제로서의 극장국가 개념을 논하는 것은 내 능력을 벗어나는 일이지만, 어떻든 여기서 중요한 것은 저자들이 이 개념을 통해 밝히고자 하는 다음과 같은 문제의식이 이 저서의 핵심에 해당한다는 사실이다.

북한연구의 맥락에서 긴요한 문제는 어떻게 국가의 강력한 '과시의 정치 politics of display'를 전근대적인 봉건적 현상이 아니라 근본적으로 현대적인 정치적 수행으로 받아들이고, 이 극장국가의 공연에서 어떻게 임기응변과 혁신의 요소를 찾아낼 것인가이다. 효성을 정치적 충성의 원리로 바꾸어낸 것은 북한이라는 현대적 극장국가의 한 구성요소이자, 동시에 김일성의 대체할 수 없는 개인화된 카리스마와 그것을 세습적인 카리스마 권력의 형태로 영속시켜야 할 필요성 사이에 발생하는 갈등을 해결하려는 노력과정의 구성요소이기도 하다. (p.97)

요컨대 김일성이라는 탁월한 개인의 카리스마적 권위를 세습적 카리스마로 영속시키는 것이 북한정치의 핵심적 과제였던바, 이 과제의 실현을 위해 수많은 극장국가적 장치들 즉 과시적 연극·의례·건축·기념물들이 만들어졌다는 것이다.

극장국가의 탄생

1970년대는 북한 경제성장의 활력이 둔화되는 시기이기도 했다. 식량 부족의 징후는 이미 1977년부터 나타났고, 국가배급체계도 불안의 조짐을 보이기 시작했다. 더 심각한 것은 사회주의 대국 소련과 중국 간에 갈등이 노골화하고 반면에 미국과 중국의 접근이 현실화함으로써 국제정치의 지형에 근본적 변화가 일기 시작한 것이었다. 그와 함께 남한경제는 고속성장에 돌입하고 있었다. 북한으로서는 이 모든 사태에 대응하지 않으면 안 되었다. 그런데 "경제적 활력의 상실과는 대조적으로 1970년대 정치무대에서는 북한의 국가권력과 권위의 연극성과 화려한 과시가 체계적으로 증폭되었다. 북한은 이 시기에 김일성 개인숭배를 총력을 다해 추진했으며 그의 만주 빨치산 전설에 지극히 영광스런 권위를 부여했다. (중략) 바로 이 시기에 북한이 극장국가로서 실질적으로 태어났다고 할 수 있다."(p.184)

김정일은 1970년대 초 정치무대에 본격 등장한 이후 세상을 떠나는 날까지 40년 동안 북한 정치문화의 독특한 연극화 및 이에 결부된 김일성 혈통의 우상화 즉 극장정치를 이끈 인물이다. 실제로 김정일의 정치경력은 예술활동으로 시작되었다. 그는 북한인민들에게 "정치지도자일 뿐 아니라 위대한 예술가이자 예술이론가"로 간주되며, 그가 집필한 「영화예술론」(1973)은 북한예술사에서 "사회주의 예술철학을 혁명화한 걸작"으로 여겨진다고 한다. (p.76) 또한 그는 1971년 김일성의 60회 생일 기념행사 준비의 일환으로 피바다국립극단을 만들어 「피바다」(1971) 「꽃 파는 처녀」(1972) 같은 대중적 혁명가극을 제작하였다. 가극 「꽃 파는 처녀」는 곧 영화로도 만들어졌는데, 이 작품은 국내외적으로 큰 성공을 거두어 북한에서는 "혁명예술의 완전히 새로운 시대를 열었다"(p.77)는 찬사를 받았고, 심지어 근래에는 최초의 '한류'라는 평도 있다고 한다.

여기서 유의할 것은 이 혁명가극들이 순수한 창작이 아니라 "전통의 재창조"(p.79)였다는 점이다. 즉, 1930년대 만주 빨치산투쟁 시기의 김일성의 창작에 근거한 것 또는 당시의 고난을 배경으로 한 것이었다는 점이다. 한마디로 이 작품들의 제작은 북한체제가 자신들의 "도덕적·정치적 정체성을 일제강점과 그에 맞선 저항에 대한 집단적 기억을 끊임없이 재생산하는 데서 찾으려 한다"(p.86)는 사실을 말해준다. 그것은 바로 와다 교수의 '유격대국가'론이 규정한 북한 정치체제의 기본성격에 대응되는 것이다. 그것은 북조선 국가창건 이후 20년 동안 전개된 권력투쟁에서 김일성과 만주파가 최종적 승리를 거둔 현실의 반영이기도 하지만, 동시에 "유격대국가의 구조 안에서 만주시대의 역사와 신화는 과거의 것으로 치부될 수 없고, 현재의 살아 있는 역사로 몇 번이고 되풀이해서 실제현실 속으로 자꾸 불러들여와야만" 하는 국가적 당위를 의미하기도 한다. 그런 점에서 저자들은 "유격대국가는 극장국가의 예술정치에 내용을 제공하고, 극장국가는 유격대국가의 전설과 통치권 패러다임에 형태를 제공"(p.86)한다고 말한다. 다시 말해 북한에서 유격대국가체제와 극장국가체제는 상호보완적인 구성물인 셈이다.

극장국가의 출구는 어디인가

앞에서 언급했던 1970년대부터의 여러 난관들은 1990년경을 고비로 심각한 위기로 증폭되어 북한을 덮쳤다. 주지하는 것처럼 1989년부터 동유럽 사회주의국가들이 차례로 무너졌고 1991년에는 소련이 해체되었으며, 마침내 냉전의 종식이 현실로 되었다. 중국과 베트남도 시장경제를 받아들이고 대외개방에 나섰다. 북한에게는 절체절명의 위기가 강요된 것이었다.

이때 북한은 잠시 다른 선택의 가능성을 모색했다고 한다. 김일성과 그의 측근들은 남한과의 관계에서 중국-대만 경제교역 모델을 따름으로써 곤경을 넘어설 계획을 세웠다는 것이다. "이러한 노력은 1991년 10월 김일성의 중국방문에서 분명히 드러나는데, 방문기간 동안 그는 중국의 경제우선 사회주의 모델에 따른 북한의 발전계획에 관하여 중국의 덩샤오핑 및 장쩌민과 논의했다고 한다."(p.241) 그러나 알다시피 이 계획은 좌절되었고, 그 와중에 1994년 김일성 주석이 사망했다. 이듬해부터 자연재해가 찾아왔고, 이에 따라 유례없는 대기근이 엄습했다. 이 일련의 사태가 북한 역사에서 얼마나 침통한 의미를 가진 것인지『극장국가 북한』의 저자들은 이렇게 기술한다.

1994년 이후의 북한은 그 이전의 북한과 같은 나라가 아니다. 이것은 부분적으로 북한이 도덕적·정신적 일체성의 최고중심인 김일성을 그해 7월에 잃었고 그후 강력한 추모정치가 시작되었기 때문이다. 그러나 그해에는 또한 북한현대사에서 유례가 없는 총체적 위기이자 한국 근현대사 전체를 통해서도 가장 엄청난 인도적 재앙 중의 하나가 시작되었다. 이 재앙은 바로 북한대기근으로, 근래 북한에서는 이를 고난의 행군이라고 부른다. (p.230)

그럼에도 불구하고 이 시기에는 김일성의 죽음에 대한 거국적인 장례

행사만이 모든 것을 압도했고, "이러한 공적인 집단적 애도에 대기근의 희생자들에 대한 사적인 애도가 들어설 자리는 없었다."(p.53) 그리하여 1994년부터 1998년 사이에는 눈부시게 호화로운 금수산기념궁전이 만들어졌고, 비슷한 시기에 거대한 조선로동당창건기념탑이 세워졌으며, 고조선·고구려·고려왕조의 시조들을 기리는 대규모 역사기념물이 건설되었다. 평양과 묘향산 국제친선관람관을 연결하는 전용 고속도로도 닦였다. 국가배급체계가 완전히 붕괴된 극심한 기근상태에서 "주민들이 열성적으로 기념물 건립사업에 참여한 것은 아이러니다."(p.54) 이와 때를 같이해서 등장한 정치적 구호가 '선군先軍'인데, 와다 교수가 1990년대 말 "유격대국가에서 정규군국가로의 불가피한 이행"(『북조선』 p.325)이라고 보았던 북한 정치체제의 변화가 그것이다.

극장국가의 설계자이자 건설자인 김정일이 사라진 이제 북한은 어디로 갈 것인가. 당연히 그것을 아는 사람은 있을 수 없다. 그러나 어쨌든 북한 바깥의 관찰자들로 하여금 '유격대국가' '극장국가' 또는 '가족국가'(이문웅) '신유교국가'(김성보) 등 다양한 이름으로 부르게 했던 이 나라의 앞날이 밝지 않다는 것은 분명하다. 북한에 관해 논의한 두 저서의 마지막 대목을 결론 삼아 옮겨 독자들의 참고에 제공하고자 한다.

자랑스러운 성취는 그러나 동시에 비극적 실패이기도 했다. 북한은 카리스마의 자연적 수명에 저항하여 영원한 권위를 성취하겠다는 각오로, 인위적이고 과장된 대중동원의 예술정치로 무장한 극장국가로 변모해가기 위해 스스로를 몰아쳐갔다. 이러면서 (중략) 20세기 혁명국가로서의 근본목적으로부터 점점 더 멀어져갔다. 카리스마 권력에 대한 숭배는 정치와 행정 권력의 극심한 중앙집중을 가져왔고, 이는 사회주의혁명의 민주적 원리를 파괴했다. (『극장국가 북한』, p.275)

현재의 북조선은 전쟁 말기의 일본과 닮은 부분이 많다. 공장은 가동되지 않고 식량도 바닥난 상태에서 생필품이나 먹을 것을 스스로 찾아나서야 했고 (중략) 공습으로 초토가 되어서도 정부가 결정한다면 본토결전, 본토옥쇄라 해도 기꺼이 따를 각오를 하고 있었다. 자신들의 지도자 천황을 믿는 길 외에 달리 어찌할 도리가 없었다. 그러면서도 천황이 전쟁종료를 선언하자 일본국민은 이를 기꺼이 받아들였고 천황을 비판하려는 생각도 없이 미군의 진주를 환영했으며 천황의 '인간선언'까지도 받아들였다. (『북조선』, p.294~295)

(2013.5)

독일통일의 경험이
가르쳐주는 것

나라마다 다른 분단의 성격

다들 아는 것처럼 대표적인 분단국가들 가운데 베트남과 독일은 통일을 이루었고 한반도는 여전히 분단상태로 남아 있다. 이렇게 된 까닭은 물론 간단한 것이 아니다. 단지 불운했기 때문이 아니라 그렇게 될 수밖에 없는 객관적 조건이 있었고 주체적 역량도 모자랐다고 보아야 할 것이다. 따라서 우리가 해야 할 일은 그 점을 연구하고, 이제라도 뜻을 모아 분단극복에 기여하는 것이다. 통일까지는 요원하더라도, 적어도 평화가 정착되도록 하는 데는 우리 모두의 정성을 보태야 한다고 믿는다.

세 나라는 분단의 성격이 다르고 분단극복에 기울인 노력의 과정이 달랐다. 베트남은 외세의 식민지배에서 벗어나려는 독립운동세력과 식민지지배를 계속하려는 프랑스·미국 등 제국주의 외세 간의 싸움 속에서 일시적으로 분단국가가 되었다. 그런 점에서 베트남전쟁은 전형적인 민족해방전쟁이자 통일전쟁이었다. 따라서 이 나라에서 통일은 외세의 지배에 대한 베트남 인민의 투쟁의 전국적 승리를 의미하는 것이었다.

독일과 한반도는 제2차 세계대전에서 승리한 연합국 군대의 분할점령이 분단의 출발이었다는 점에서 외관상 비슷하다. 그러나 독일은 연합국 군대가 엄청난 희생을 치른 전투 끝에 점령에 성공한 반면, 한반도는 일본의 무조건항복에 따라 별다른 전투 없이 연합국 소련군과 미군이 진주함으로써 점령되었다. 독일과 일본은 입이 열 개라도 할 말이 없는 전범국가인 동시에 승전국의 점령을 감수할 수밖에 없는 패전국가였다. 하지만 한국은 베트남이 프랑스의 지배에 대항해 싸웠던 것과 마찬가지로 일본의 지배에 대항해 오랜 저항운동을 벌여왔고, 따라서 연합국들이 전쟁 중에 합의한 대로 정당한 절차를 밟아 독립국가로 승인하기만 하면 되는 처지였다.

그런데도 한반도는 일본 대신 독일처럼 분단의 운명을 맞았다. 유럽 대륙을 동서로 갈라놓은 분단선이 동북아시아에서는 한반도를 남북으로 쪼개놓은 것이었다. 더욱 비극적인 것은 6·25전쟁이었다. 이 전쟁의 진실이 무엇인지 아직 충분히 밝혀지지 않았지만, 분명한 것은 통일을 목표로 벌인 전쟁이 결과적으로 한반도 내부에, 그리고 한반도 주위에 반통일적 대결구조를 강화시켰다는 것이다. 정전 60돌을 맞은 오늘도 우리는 역사의 정상적 흐름에 역행하는 분단의 구조물들 때문에 매일같이 고통을 받고 있다. 어떻게 하면 이 땅에 제대로 된 민주주의를 건설하고 평화로운 미래를 후손에게 물려줄 수 있을까.

이런 고민을 가지고 나는 두 권의 책을 통해 우리보다 먼저 통일을 이룬 독일의 경험을 살펴보려 한다. 하나는 리하르트 폰 바이츠제커의 회고록『우리는 이렇게 통일했다』(탁재택 옮김, 창비, 2012)이고, 다른 하나는『변화를 통한 접근』(김누리·김동훈·배기정·안성찬·오성균·이노은 지음, 한울, 2006)이라는 인터뷰집이다. 둘 다 독일과 관련된 책들인데, 어느 페이지를 펼쳐 읽든 우리 자신의 경우를 떠올리며 탄식과 선망을 금치 못하게 된다.

동방정책을 지지한 기독교 정치인

바이츠제커Richard von Weizsäcker, 1920~ 는 1981년부터 84년까지 서베를린 시장으로, 그리고 1984년부터 10년 동안은 독일연방공화국(서독) 대통령으로 재직했던 인물이다. 그러니까 가장 책임 있는 자리에서 독일의 분단현장과 통일과정을 경험한 정치가라고 할 수 있다. 하지만 그가 고위직에 있었기 때문에 그의 회고록이 중요한 것은 아니다. 그는 독실한 개신교도로서 1964년 기총(기독교총연합회) 의장에 선출될 만큼 깊숙이 종교계에서 활동했었고 정치인으로서 소속정당도 기민련(기독교민주연합, CDU)이었다. 그럼에도 그는 국회의원으로서나 대통령으로서나 일관되게 사민당(사회민주당, SPD) 정부의 동방정책을 지지했다. 요컨대 그는 기독교정신에 투철한 정치가이자 정파적 이해관계에 휘둘리지 않는 균형 잡힌 지식인이었다. 어떻게 그럴 수 있었을까.

바이츠제커의 회고록에서 흥미로운 것은 저자가 독일의 '통일에 이르는 길'(책의 원제가 Der Weg zur Einheit이다)을 단지 정치사적으로만 돌아보지 않고 그것을 자신의 개인적 체험들과 연결시켜 사고하고 있다는 점이다. 사민당 정부에서 에곤 바르Egon Bahr, 1922~ 가 설계하고 브란트 수상이 추진한 동방정책은 실상 동독만을 대상으로 한 것이 아니라 동유럽 전체를 염두에 둔 것이었는데, 바이츠제커야말로 개인적으로도 동유럽문제 해결을 필생의 정치적 과제로 삼을 수밖에 없는 운명의 소유자였다. 제2차 세계대전이 발발한 바로 1939년 9월 1일 그는 독일 침략군의 일원으로 폴란드 국경을 넘은 병사였던 것이다. 이튿날인 9월 2일 같은 대대 소속의 작은형이 불과 수백 미터 떨어진 곳에서 전사했고 그는 밤새 형의 시신을 지켰다. 이 아픔이 자신의 인생에 결정적인 영향을 끼쳤다고 그는 회고한다.

1945년 8월 포츠담협정은 구舊독일령 중 동프로이센 북부를 소련령으로, 오더-나이세 강 동쪽지역을 폴란드령으로 결정하였다. 동프로이센으로 시집간 바이츠제커의 누이를 포함해 수백만 독일인들이 오랜 삶의 터전에서 쫓겨나 서독으로 이주했다. 동독과 폴란드는 이른바 사회주의 형제국이었지만 그들 사이에 우정은 찾아보기 어려웠다. 그런데 이 무렵 폴란드 주교단으로부터 화해를 청하는 서한이 독일 가톨릭에 전해졌고, 독일 주교단은 실향민의 무거운 운명과 관련하여 폴란드 측에 깊은 감사를 표했다. 이를 계기로 서독 정계에서는 오더-나이세 국경선 인정문제를 둘러싼 격렬한 논쟁이 벌어졌다. 새로운 동방정책의 등장이 불가피해진 시점이었다.

이런 상황에서 브란트 수상은 1970년 12월 오더-나이세 국경선을 인정하는 바르샤바 조약에 서명했고, 자신의 의지와 관계없이 폴란드 침공에 앞장섰던 군인 출신 바이츠제커는 의정활동 첫해를 이 과제에 몰두하며 보냈다. 서독과 동유럽 간의 역사적 화해가 첫걸음을 내디딘 것이었다. 1972년에는 동서독 간에 상호기본조약이 체결되어 우호관계의 수립, 양독 사이 현 국경선의 인정, 유엔 동시가입을 결정했다. 국경선도 영토선도 아닌 NLL(북방한계선)을 가지고 온통 나라를 뒤집어놓은 사람들이 1970년의 브란트 수상과 바이츠제커 의원에 대해서는 뭐라고 비난할 것이며 후일 언젠가 통일이 된 다음에는 또 뭐라고 자신들을 변명할 것인지 지켜볼 일이다.

통일운동의 중심에 선 교회

분단의 순간부터 통일의 그날까지 독일 역사전개의 가장 중요한 내적 동력은 교회였다. 분단 이후 동독과 서독은 "서로 현저하게 다른 방식으로 불확실한 미래를 향해 걸어가고" 있었지만, 그럼에도 양쪽 국민들 간에 공동체의식은 이어져 있었다. 그 가능성을 뒷받침한 것은 바로 교회, 특히 개신교였다. 19세기에 출범한 평신도운동인 독일 기총은 나치시대에 중단된 적도 있으나 종전 후 빠르게 재건되었다. 특히 동독에서는 교회가 "유일무이하게 자립적이면서 정치적으로 자유롭게 활동할 수 있는 기관"이었다. 바이츠제커는 1964년부터 1970년까지 동서독 양 지역 신도들에 의해 선출된 기총 명예의장으로서 양쪽 업무를 총괄했으므로 교회의 핵심적 역할을 누구보다 잘 알았다.

바이츠제커에 의하면 1949년의 첫 기총 행사에서도 중심문제는 통일목표를 세우는 것과 사람들 간의 결속을 이어가는 것이었다. 1950년 에쎈 행사에는 신도 15만 명이 모여 동서독이 하나로 연결되어 있음을

확인하는 동시에 국가정책과 무관하게 통일된 사회적 의견을 제시하고
자 했다. 1951년 베를린 행사의 마지막 날에는 "우리는 형제입니다"라
는 모토 아래 30만 신도들이 모여 국민적 단결을 과시했다. 동독 신도
들의 서독행이 어려워진 1954년에도 동독지역 라이프치히에 60만 동서
독 신도들이 집결하여 강력한 연대를 보여주었다. 이 행사의 폐막 때 낭
독된 다음과 같은 선언은 당시의 독일인에게뿐만 아니라 그로부터 60
년이 지난 오늘의 한국인에게도 살아있는 감동을 준다.

> 동서독이 통일될지 안 될지는 아무도 모른다. 길고 험한 여정이 될 수도
> 있다. 어느 한쪽이 지쳐 무너지고 다른 한쪽이 자신만 살려고 할 위험성도
> 있다. 우리는 그것을 용납해서도 안 되고, 또 그것을 원하지도 않는다. 우
> 리는 서로 힘을 모아 단결해나갈 것이다. 주님의 평화가 우리를 지켜주실
> 것이기 때문이다. (『우리는 이렇게 통일했다』, p. 40)

하지만 차츰 동독인들의 행동에 제한이 가해지고 기총 공동행사도
어려워지게 되었다. 1961년 베를린 장벽의 설치는 결정적 사건이었다.
그래도 연결이 끊어지지는 않았다. 동독에서 열리는 행사에 서독인의
참석은 허용되었기 때문이다. 그랬기에 1983년 동독 비텐베르크에서
열린 루터 탄생 500주년 기념행사에 바이츠제커는 서베를린 시장 자격
으로 참가하여 수만 명 군중 앞에서 이렇게 연설할 수 있었다.

> 우리는 서로 다른 여건, 서로 다른 사회제도, 서로 다른 개인적 활동의
> 여건 속에서 각자 살아가고 있습니다. 그래서 우리 중 누구도 상대방에게

부적절한 충고를 하려 하지 않습니다. 우리는 지금 비록 분단상황에서 살고 있지만 같은 독일인입니다! 우리는 언어, 문화, 역사에 대한 책임으로만 서로 연결되어 있는 것이 아닙니다. 우리 앞에 놓인 근본적인 목표들은 우리 공동의 것입니다. (중략) 우리가 그토록 갈망하는 평화는 동서로 나뉠 수 없습니다. 가난과 굶주림을 최소화하고 세상의 정의를 장려하는 것은 산업사회를 살아가는 우리 모두의 책임입니다. (앞의 책, p.78)

1980년대 통일과정에서 동독 교회가 그야말로 선도적인 역할을 수행했던 사실을 상기한다면 우리는 한반도의 상황이 얼마나 열악한지 새삼 깨닫게 된다. 북한에는 정부권력으로부터 독립된 목소리를 낼 수 있는 자립적 종교가 아예 존재하지 않은 지 오래고, 남한에서도 대형교회·부유사찰의 지도부는 기득권체제의 울타리 속으로 들어가 민주주의의 퇴보와 분단의 강화에 오히려 봉사하고 있지 않은가.

통일이라는 교향곡

통일의 달성에 동서독 간의 내부적 합의는 필요조건이지만 충분조건은 아니었다. 1945년 이후 동독과 서독에 소련군과 미군이 계속 주둔하고 있다는 사실이 그 점을 극명하게 입증한다. 따라서 통일정책을 추진하는 정치가들로서는 승전 4대국의 동의를 구하는 데 힘써야 할뿐더러 폴란드·체코·네덜란드 등 주변국들에게도 통일독일의 탄생이 새로운 위협의 출현이 아님을 납득시켜야 했다. 통일을 위한 국제적 환경의 조성이 절대적으로 필요했던 것이다.

미국은 서유럽의 연대를 전제로 처음부터 통일의 목표에 찬성하는 입장이었다. 프랑스의 미테랑 대통령과 소련의 고르바초프 서기장은 새로운 독일에 경계심을 가지면서도 통일의 역사적 필연성을 인정했다. 영국의 마가렛 대처만은 유럽공동체에 대해 거리감을 느끼는 차원에서 독일통일에 대해서도 싫은 기색을 숨기지 않았다.

독일 정치가들은 강대국의 이러한 정황을 정확하게 파악했고 현명하게 대처했다. 그들은 각자의 체질에 맞게 강대국 지도자들과 우정을 맺고 그것을 통일정책의 추진에 활용했다. 바이츠제커는 미테랑이나 고르바초프와 나누는 지적인 대화를 즐겼고, 헬무트 콜은 레이건과 배짱이 맞는 편이었다. 에곤 바르와 헨리 키신저는 최고수준의 외교 책략가들로서 완전히 친구 사이가 되었다. 이 모든 것들이 적절한 편제를 이루어 통일이라는 교향곡을 만들어내는 데 기여했다.

바이츠제커는 냉전의 종식이 다가오고 있음을 감지했고 독일통일을 이 시대적 변화에 대한 적응의 일환으로 간주했다. 무엇보다도 그는 독일통일이 유럽통합과정의 일부라고 믿었다. 그렇기 때문에 그는 1990년 10월 3일 마침내 통일의 날이 왔을 때 베를린 중심가 필하모니 홀에서 거행된 통일기념식에서 다음과 같이 연설할 수 있었다.

우리의 통일은 그 누구에게도 강요된 것이 아니며 평화롭게 합의된 것입니다. 독일통일은 민족의 자유와 유럽대륙의 새로운 평화질서 정착을 목표로 하는 유럽 역사발전 과정의 한 부분입니다. 이러한 목표에 우리 독일인들은 기여코자 합니다. 우리 통일은 이에 봉헌합니다. (중략) 국경이 더 이상 분리의 선으로 인식되지 않게 하는 것이 더 절실합니다. 독일의 모든 국경은 인접국들과 이어주는 가교가 되어야 합니다. 이것이 바로 우리의 의지입니다. (앞의 책, p. 122~123)

물론 특별한 날에 행한 기념사로서 이 연설은 현실의 묘사라기보다 이상의 표현에 가까울 것이다. 그러나 어쨌든 분명한 것은 통일 이후 20여 년이 지나는 동안 독일이 19세기 후반부터 제2차 세계대전 패배까지 그랬던 것과 같은 헤게모니 권력을 추구하지 않으리란 확신을 세계에 주는 데 성공했다는 사실이다. 문제는 오히려 국제관계보다 동서독 간의 심리적·사회문화적 통합이라는 내부적 과제의 해결이었다. 『변화를 통한 접근』이 주로 다루는 주제가 그것이다.

적을 동지로 바꾸는 기술

독일통일 15주년을 맞아 통일정책·통일운동의 주역들 18명과 가진 인터뷰를 정리해서 묶은 책이 『변화를 통한 접근』이다. 사실 나는 이 책에 약간의 개인적인 추억이 있다. 정년퇴직을 하고 나서 2007년 초여름부터 초겨울까지 베를린에 거주할 때 독문학자 김누리 교수를 만나 그의 안내로 작센하우센 집단수용소를 비롯한 나치시대의 유적지 몇 군데를 둘러본 적이 있는데, 그러고 나서 그로부터 기증받은 책이 『변화를 통한 접근』이었다. 당시 바쁜 일로 읽다말다 하다가 책을 들고 귀국하면서 후일을 기약했다. 그러다가 이번에야 겨우 약속을 지키게 되었다.

인터뷰집이라곤 하지만, 대표저자인 김누리 교수를 비롯한 여섯 연구자들이 공동토론을 통해 주제를 정하고 인터뷰 대상의 선정부터 그 대상자의 활동경력·사회적 입장·저술 등에 대한 면밀한 사전조사를 바탕으로 진행했으므로, 현장연구서와 같은 전문성을 지닌다. 하지만 결코 딱딱한 학술서는 아니다.

이 책의 원래 의도는 통일 이후 동독주민들이 겪는 사회경제적·문화심리적 갈등의 실상이 어떤 것이고 그것들이 통일사회 안에서 어떻게 치유·극복되고 있는지를 탐구하는 것이었다. 그런데 인터뷰 대상자들로서는 그 점을 얘기하자면 먼저 통일과정에서 자기들이 어떤 일에 관여했고 어떤 역할을 맡았는지 말하지 않을 수 없었다. 그들의 그런 경험담은 통일 후에 발생한 문제들의 뿌리를 드러내기 위한 것이지만, 여전히 분단시대를 살고 있는 우리에게는 본래의 주제보다 오히려 더 절실하게 다가오는 점이 있다. 그들의 경험에서 극적인 긴장감과 소설적 재미를 맛보는 것도 역설적이지만 우리의 분단에 내재한 상시적 위험 때문이다.

인터뷰 대상자들은 정치가 3명, 작가와 지식인 4명, 시민운동가 4명, 종교인 3명, 언론인 4명으로서 대부분 우리에게 생소한 사람들이다. 하지만 독일통일을 논할 때 빼놓을 수 없는 이름들이며, 책을 기획한 취지에 비추어 당연히 그들 대부분은 동독 출신이다.

이 가운데 브란트 수상의 핵심참모이자 '접근을 통한 변화'라는 동방정책 목표의 창안자였던 에곤 바르의 이야기부터 들어보자. (이 책의 제목은 바르의 그 구호를 뒤바꾼 것이다.) 브란트가 수상이 되고 바르가 정부의 정책기획팀을 맡게 되었을 때 "독일을 둘러싼 국제정치의 문제"를 어떻게 풀어나갔는가를 묻는 질문에 바르는 이렇게 대답한다.

동방정책을 추진하기 전 2년반 동안 우리는 일어날 수 있는 모든 문제들을 검토하여 답안을 만들었습니다. 독일문제와 관련하여 4대 강국과 동독은 물론 폴란드, 덴마크, 네덜란드, 체코 등 주변국들의 이해관계에 대해 면밀히 검토했지요. 가능한 모든 질문을 제기하고 여기에 답하는 방식으로 문제를 검토했는데, 이것을 정리한 문건만도 2,000쪽에 달했습니다. 이것을 요약하여 27쪽으로 만들고, 다시 한 쪽 반으로 축약한 문서를 회담에 제출했습니다. (『변화를 통한 접근』, p. 48)

당시 소련 외상 그로미코는 서독 당국자에게 많은 질문을 던졌다. 그러나 서독 측은 철저한 사전준비를 했기 때문에 거침없이 대답할 수 있었다. 이런 과정을 거쳐 1970년 모스크바 조약이 체결되었다고 바르는 회고하는데, 이 철저한 준비야말로 정책성공의 담보였고 우리가 그에게서 배워야 할 가장 중요한 덕목이다. 또한, 그는 한 보수적인 언론인이 "정부각료로서 공산주의자들과 협상의 수준을 넘어 개인적으로 친밀한 관계를 맺었다"고 사상공세를 퍼부은 데 대해 질문을 받고 다음과 같이 대답한다.

언론인으로서는 여론의 어느 한쪽 입장에서 관찰하고 비판만 하면 됩니다. 하지만 정치가로서 회담이나 협상에 임할 경우에는 상대방을 적으로 볼 것인가 아니면 파트너로 볼 것인가를 우선 결정해야 합니다. 더구나 나는 많은 경우 상대방이 적일지라도 파트너로 바뀔 수 있다는 가능성을 배제하지 않았습니다. 어느 시대에나 정치에는 항상 비밀통로가 있기 마련입니다. 국내정치와 국제정치를 막론하고 실제로 중요한 결정은 여기서 이루어집니다. (앞의 책, p.58)

이 답변은 특히 우리 정부의 고위지도자와 대북문제 전문가들이 깊이 새겨들을 필요가 있을 것이다. 바르는 한반도 상황에 대해서도 예의 주시해오고 있고 날카롭게 판단하고 있음을 다음과 같은 발언으로 증명하고 있다.

통일이 반드시 현실적 목표여야 할 이유는 없습니다. 오히려 그것은 매우 위험한 일일 수도 있습니다. 북한 사람들은 60년 동안 동독보다 더 극단적인 집단주의적 사회화를 겪었습니다. 또한 남한도 서독처럼 북한을 돈으로 살 수 있는 처지가 못 됩니다. 남북한 모두 서서히 접근하고 변화하는 과정을 필요로 한다는 말입니다. 서로를 잘 알려는 노력부터 시작해야 합니다. 여기에만도 오랜 시간이 걸릴 것입니다. (앞의 책, p.63)

지옥에 이르지 않기 위하여

분단시대가 고통과 모순에 가득찬 시대였던 만큼 그 시대를 살아간 사람들의 삶 또한 평범한 것일 수 없다. 『변화를 통한 접근』에 등장하는 인물들의 삶도 당연히 평탄한 것이 아니었다. 나름대로 흥미롭지 않은 사람이 없지만, 그중에서도 나는 시인이자 작곡가·가수인 볼프 비어만Wolf Biermann, 1936~ 과 작가이자 언론인인 리타 쿠친스키Rita Kuczynski, 1944~ , 역사학자로서 시민운동에 참여했던 토마스 클라인Thomas Klein, 1948~ 및 분자의학계의 저명한 학자로서 시민운동가인 옌스 라이히Jens Reich, 1939~ 등에게 커다란 매력과 깊은 감동을 느꼈다. 이 가운데 비어만 한 사람만 소개하겠다.

비어만의 아버지는 유대인 공산주의자로서 1943년 아우슈비츠 수용소에서 학살되었고, 어머니는 유일한 혈육인 아들에게 어려서부터 "공산주의 사명"을 통해 인류구원에 헌신하라고 가르쳤다. 그런 조기교육 덕분에 그는 17살 되던 1953년 고향 함부르크를 떠나 "영혼의 조국인 동독"으로 이주한다. 어머니도 당연히 함께 가고 싶어했지만 '다행스럽게도' 당에서 허락하지 않았다. 그런데 비어만은 동독으로 건너간 직후부터 자신의 생각과 느낌을 솔직하고 자유롭게 표현해서 당국을 곤혹스럽게 만들었다. 동독 당국은 한편으로 그가 아직 철이 없기 때문이라고 여겨서, 다른 한편 서독에 대한 선전도구로 이용하고 싶어서 그를 방임해 두었다. 그러는 사이 그의 시와 노래는 점점 더 널리 퍼져 당국이 통제할 수 있는 수준을 넘어서게 되었다. 마침내 공산당 지도부는 그의 어머니에게 아들의 배신행위를 인정하고 용서를 빌라고 요구했는데, 어머니는 동독 당국자에게 다음과 같이 대답했다고 비어만은 회고한다.

보통의 어머니라면 "동지들, 내게는 이 아이뿐입니다. 내 하나뿐인 자식에 대해 그런 말을 할 수는 없습니다"라고 하소연했을 겁니다. 하지만 내 어머니는 그렇게 하지 않았습니다. 오히려 이렇게 말했지요. "볼프는 진정한 공산주의자다. 공산주의의 적은 바로 너희들이다. 볼프야말로 진정한 혁명가이고, 너희들이 바로 반혁명분자들이다." 어머니는 모성 본능보다는 공산주의자로서 내 편에 섰던 것입니다. 이것이 내게 큰 힘이 되어 주었습니다. (앞의 책, p.125~126)

결국 비어만은 11년간 동독에서 취업을 금지당한 끝에 1976년 11월 서독에서의 공연을 허가받아 출국한다. 그러나 이것은 비어만에 대한 동독 정부의 계획적인 추방조치였다. 왜냐하면 그는 쾰른에서 공연하는 도중 시민권 박탈로 동독 입국이 불허된다는 소식을 들었기 때문이다. 이 사건은 동서독 전체에 엄청난 파장을 일으켰다. 어떤 역사가들은 이것이 "동독 종말의 시작"이라고 평가하기도 했다. 왜냐하면 동독 안에서 많은 작가와 지식인들이 이를 계기로 정부 비판에 나섰기 때문이다. 하지만 비어만 자신은 당시를 이렇게 돌아본다.

당시 이곳의 많은 사람들이 나를 이해하지 못했습니다. 그들은 이렇게 말했지요. "이런 바보천치가 있나. 이곳 서독에서 자유를 누리면서 마음껏 노래하고 많은 돈을 벌고 세계를 마음대로 돌아다닐 수 있게 된 것을 기뻐해야지!" 물론 그들의 말이 맞습니다. 다만 한 가지 그들이 이해하지 못했던 것은, 모든 인간은 자기가 필요한 존재이고 유익한 일을 할 수 있다고 느끼는 곳, 참된 자유와 진정한 적이 있는 곳에서 살고 싶어한다는 사실이었습니다. 그곳에서만 어디를 조준하고 어디를 가격해야 하는지 알 수 있으니까요. 이곳 서독에서 나는 유령 같은 존재라고 느꼈습니다. (앞의 책, p.129~130)

세월이 흘러 마침내 그는 자신이 소년시절 동독으로 건너갈 때 지녔던 꿈, 어머니가 그에게 이루어주기를 바랐던 소망이 실현 불가능하다는 걸 깨닫는다. 오히려 그는 사회적·정치적 이상이 남김없이 실현된 낙원을 억지로 건설하려는 것은 지옥으로 가는 지름길이 될 수도 있다고 말한다. 물론 불의와 죄악에 대해 투쟁함으로써 세계를 개선하도록 노력하는 일을 멈출 수는 없지만, 그것은 공산주의에서 말하는 낙원의 환상 때문이 아니라 현실 속에서 고통받는 사람들 편에 서기 위해서이다. 그것은 각자가 사는 사회의 역사적·문화적 성숙을 요구한다는 점에서 당연히 쉬운 일이 아니다.

비어만은 한국의 통일문제에 대해서도 다음과 같은 경고성 발언을 함으로써 우리의 통일운동이 가져야 할 철학적 깊이에 대해 심각하게 성찰하게 만든다.

단언하건대 한국의 통일은 독일과는 비교가 되지 않을 정도로 엄청난 위험성을 지니고 당신들 앞에 다가오게 될 것입니다. 우리 독일인들도 비싼 대가를 치렀지만, 당신들이 겪을 일에 비하면 그건 아주 값싼 대가로 여겨질 겁니다. (중략) 남북한의 통일이 낙원을 가져오리라는 믿음이 아니라, 지옥에 이르지 않게 하리라는 희망을 가지고 통일을 추구하라는 것입니다. 한마디로 이제 나의 희망은 천상적이고 이상적인 것이 아니라 지상적이고 현실적인 것에 근거를 두고 있습니다. 지상을 천국으로 만드는 것이 아니라 지옥에 이르지 않게 하는 것이 이제 나의 희망이라는 말입니다. (앞의 책, p.143)

『변화를 통한 접근』의 저자들과 인터뷰를 하고 나서 넉 달 뒤인 2005년 5월 비어만은 한국을 방문했다. 자신이 작시·작곡한 노래를 가지고 콘서트를 열기 위해서였다. 나는 가수 정태춘의 초대에 따라 그와 함께 갔던 학전소극장에서의 비어만 공연을 지금도 잊을 수 없다.

(2013.7)

냉전시대의 시작과 끝을
설계하다

당사자들의 육성을 통해

최근 번역된 두 권의 책은 전혀 다른 맥락에서 출발하고 있음에도 20세기 세계사를 움직인 두 거대국가의 정치와 외교정책을 하나의 끈으로 묶어 관찰할 수 있는 개념을 제시한다. 하나는 미국 외교관 조지 케넌George Frost Kennan, 1904~2005의 문집 『미국 외교 50년』(유강은 옮김, 가람기획, 2013)이고 다른 하나는 소련 정치가 미하일 고르바초프Mikhail Gorbachev, 1931~ 의 자서전 『선택』(이기동 옮김, 프리뷰, 2013)이다.

케넌과 고르바초프는 한 세대의 나이 차이가 날뿐더러 세계정치에서 차지했던 그들의 역할과 위상에도 엄청난 격차가 있다. 무엇보다 두 책은 성격이 아주 다르다. 케넌의 책은 엄밀한 학술서는 아니라 하더라도 강연이라는 자유로운 형식에 의탁하여 미국 외교정책의 역사를 그 나름의 시각으로 개관한 일종의 논술서이다. 이에 비해 고르바초프의 책은 자신의 개인적 경험과 감상을 중심으로 서술한 자서전이다. 그런 점에서 두 책은 단순비교의 대상이 아니라고 할 수 있다.

하지만 케넌과 고르바초프는 수많은 이질성에도 불구하고 하나의 핵심적인 연결고리로 이어진 존재들이다. 그것은 바로 냉전이라는 고리이다. 케넌은 제2차 세계대전 직후 미·소 간에 냉전이 형성될 무렵 미국의 대소 봉쇄정책을 구상하는 데 관여한 외교관으로서, 책에 서문을 쓴 존 J. 마이샤이머의 표현대로 "냉전 초창기의 핵심적인 정책입안자"였다. 반면에 고르바초프는 잘 알려져 있다시피 냉전의 해체에 주도적으로 기여한 정치가이다. 냉전시대의 첫번째 전쟁 때문에 끔찍한 수난을 겪었고 아직도 그 그늘 속에서 살아가는 우리들로서는 냉전의 시작과 끝에 위치한 핵심 당사자 자신들의 육성을 통해 그때 그들이 무슨 생각을 했었는지 들어보는 것은 더할 나위 없이 중요한 일이다. 또, 중심국가 정책입안자들의 머릿속 구상이 현실 속에서 어떤 결과를 만들어냈고 그런 것들이 약소민족의 운명에 때로는 어떤 치명타를 가하는지 숙고해보는 것도 우리의 당연한 과제이다.

봉쇄정책의 탄생

케넌의 『미국 외교 50년』은 세 부분으로 이루어져 있다. 제1부는 그가 국무부를 떠난 직후인 1951년 시카고 대학에서 행한 6차례의 연속 강연인데, 이 책의 몸통이라 할 수 있는 부분이다. 제2부는 1947년 7월 및 1951년 4월 『포린 어페어즈*Foreign Affairs*』에 기고한 두 편의 논문이며, 제3부는 그로부터 적잖은 세월이 지난 1984년 그리넬 칼리지에서

행한 강연이다. 이 가운데 역사적으로 가장 중요한 의미를 갖는 것은 냉전사冷戰史를 논의하는 사람마다 으레 첫머리에 거론하는 1947년의 글이다. 이 글이 나오게 된 배경부터가 흥미롭다.

케넌은 대학을 졸업한 이듬해인 1926년 국무부 직원으로 들어가 독일과 소련을 비롯한 유럽 여러 나라에 근무하면서 히틀러와 스탈린의 통치를 현지에서 지켜보았고 세계대전의 발발을 눈앞에서 목격했다. 그런데 그는 단순한 외교관이 아니라 "미국 대외정책에 관해 중요하면서도 원대한 질문을 던지는 재능을 지닌 일류 전략사상가"였다. 세계사적 사건들의 현장에서 그가 주목한 것은 "미국이 하나의 민주주의 국가로서 자신을 둘러싼 세계와 어떻게 상호작용하는지를 식별하는" 일이었다. (『미국 외교 50년』, p.7, 미어샤이머의 서문)

그가 모스크바에 근무하던 전후시기에 미국인들은 전쟁의 동맹국이었던 소련을 이제부터 어떻게 대하는 것이 옳은지 혼란을 느끼고 있었다. 그래서 1946년 2월 소련에 대한 입장을 정리할 필요를 절감한 본국으로부터 소련의 최근 행동을 설명해달라는 요청이 왔고, 그는 '긴 전문'을 보내 이에 답했다. 이 전문의 내용은 유명한 '트루먼 독트린'(1947.3)의 이론적 기초가 되는데, 이듬해 그가 이 전문을 정리하여 'X'라는 가명으로 발표한 것이 이 책 제7장에 실린 「소련 행동의 원천」이다.

케넌이 관찰한 바에 따르면 소련 권력의 작동방식은 다음의 세 가지 원리를 따르고 있다. 첫째 자본주의와 사회주의 사이에는 본질적인 적대가 존재하며, 양자 간에는 타협이 있을 수 없다. 자본주의 세계가 추구하는 목표는 언제나 소비에트 정권에 대립하며, 때때로 소련 정부가 정반대 내용의 문서에 서명한다 하더라도 그것은 전술적 책략일 뿐이다. "자본주의의 궁극적인 몰락이 불가피하다는 이론에는 자본주의를 몰락시키기 위해 서두를 필요가 없다는 뜻이 담겨 있다."(『미국 외교 50년』, p.261, 이하 쪽수는 같은 책) 둘째, 소비에트 권력에서는 이론상 당 지도부가 유일한 진리의 원천이므로 당은 언제나 옳으며, 따라서 철의 규율이 지켜져야 한다. 셋째, 진리는 불변의 상수가 아니라 소비에트 지도자들이 그때그때 만들어내는 것이다. 다시 말해 진리는 역사의 논리를 대표하는 지도자의 지혜가 가장 최근에 표명된 것일 뿐이다. 소련 권력의 이러한 작동방식을 고려할 때 "미국은 정당한 확신을 가지고 확고한 봉쇄정책으로 나가야 마땅하다." 그리고 이 봉쇄정책은 소련이 세계의 평화와 안정을 해치려고 나서는 조짐을 보일 때마다 예외 없이 반격에 직면하도록 완벽하게 설계되어야 한다. (p.277)

진정한 변화는 내부에서

공산주의 이론과 소비에트 권력의 작동방식에 대한 케넌의 이해는 사실상 오랜 학문적 천착의 결과가 아닌, 즉 피상적인 것이다. 그러나 그의 사고가 빛을 발하는 것은 이론가로서가 아니라 전략가로서이다. 공산주의 이론가들은 자본주의가 필연적으로 몰락할 것이라 주장하는데, 케넌이 보기에는 소비에트 권력이야말로 자멸의 씨앗을 품고 있다. 공산주의자들은 '자본주의의 불균등 발전'이라는 모순에 대하여 논하지만, 케넌이 파악한 바로는 오히려 소련에서는 금속과 기계 같은 몇몇 부문만 급속히 발전했고 나머지 산업은 극도로 낙후해 있다. 그가 보기에 공포와 강제 아래서 일하는 지친 국민들로서는 이런 결함을 어떻게 바로잡아야 할지 알기 어렵다.

케넌이 소련에 관해 지적한 것들 가운데 가장 핵심적인 사항은 권력이양의 절차가 제도화되어 있지 않다는 것이었다. 스탈린이 레닌에게서 최고 지위를 물려받은 것이 유일한 사례인데, 이 권력계승이 공고화되기까지 12년이 걸렸고 그나마 이 과정에서 수백만 명이 목숨을 잃었다. 그렇다면 소련은 장차 어떻게 될 것인가.

「소련 행동의 원천」보다 4년 뒤에 발표된 논문 「소련의 미래와 미국」은 이에 대한 진지한 답변의 모색이다. 앞에서 보았듯이 냉전 형성기 소련에 대한 케넌의 입장은 매우 강경한 봉쇄정책이었다. 그러나 그는 군사주의적 해결책에 결코 동의하지 않았다. 그는 소련의 바람직한 변화 가능성을 전쟁이냐 평화냐의 문제로 치환하는 데 단연코 반대한다. 6·25전쟁 시 미군이 38선을 넘어 북진하는 것을 그는 비판했다. 그는 제정 러시아와 공산주의 소련 사이의 사회경제적 연속성에 주목하여 소련의 현재상황이 어느 정도 불가피하다고 인정했다. 따라서 앞으로도 소련에 미국식 자유민주주의 체제가 등장하는 것을 기대할 수는 없으리라 단언한다.

그러나 그는 조심스럽게 소련체제의 붕괴 가능성을 암시한다. 그러면서도 그는 자신이 소련 바깥에 있는 외부인으로서 '유리창을 통해 막연하게' 소련을 바라본다는 사실을 전제로 말한다. 어떻든 우리는 케넌의 이 글이 소련 해체 거의 40년 전에, 즉 소련의 최전성기에 씌어졌다는 사실에 놀라게 되는데, 소련의 해체가 내부적 변화의 결과로 나타날 것임을 내다본 다음의 문장에서는 더욱 놀라게 된다.

> 우리가 확신할 수 있는 한 가지는 다음과 같다. 주로 외국의 고무나 조
> 언을 통해 소련 정부의 이념과 실천에 근본적 변화가 일어나는 일은 없을
> 것이다. 이런 변화가 진정하고 지속적이며 다른 나라 국민들의 환영을 받
> 는 것이 되려면 그것은 소련인들 스스로의 구상과 노력으로 이루어져야 한
> 다. 외국의 선전·선동으로 한 나라의 삶에 근본적인 변화를 초래할 수 있
> 다고 기대하는 것은 역사의 움직임을 천박하게 이해한 결과이다. (p.318)

케넌이 생각하는 한국전쟁의 기원

그런데 우리가 케넌에게 관심을 갖는 것은 그가 단지 대소 봉쇄정책
의 입안자이기 때문만은 아니다. 그는 트루먼 행정부 시대에 소련 주재,
유고슬라비아 주재 대사로 잠깐 재직한 것을 제외하면 고위직에 있어
본 적이 없다. 한반도 정책에도 관여한 적이 없다. 하지만 그는 이 책에
서 한국 내지 한반도의 운명에 관련된 언급을 도처에서 하고 있고, 대부
분의 경우 그것은 우리 역사와 현실에 대한 무지를 드러내고 있어 우리
의 심기를 건드린다. 그가 한국에 대해 고의적인 편견을 가졌을 리 없음
이 분명하다면 그의 세계관 자체에 문제가 있다고 하지 않을 수 없다.

이 책의 몸통에 해당하는 시카고대학교 연속강연에서 그는 1898년
의 미국—스페인 전쟁부터 제2차 세계대전에 이르기까지의 세계정세를
미국인의 시각에서 돌아보고 있다. 그가 처음부터 전제하는 것은 이 반

세기 동안에 미국의 안전이 심각하게 위태로워졌다는 것이다. 그렇게 된 까닭은 무엇인가. 그가 보기에 미국의 안보가 의존하는 몇 가지 근본적인 요소가 있는데, 그중 결정적인 것은 "역사의 많은 시기에 걸쳐 우리의 안보가 영국의 위치에 의존했음을 알 수 있다"(p. 80)는 데서 드러나는 '미-영 공동운명체론'이라 할 수 있다. 그런 입장에서 볼 때 "유럽대륙의 단일 지상강국이 유라시아 땅덩어리 전체를 지배하지 않도록 하는 것", 즉 유럽대륙의 적절한 세력균형이 미국의 안보에 필수적이다. 그런데 제2차 세계대전의 결과 유럽에서는 오직 소련만이 압도적 강국으로 등장하게 되었다는 것이다.

동아시아에서 영국의 역할을 맡은 나라는 일본이다. 그는 1900년 전후의 시기부터 "아시아대륙에 대한 일본의 이익을 좌절시키려는 쪽으로 점차 옮겨간 정책이 과연 적절한지 의문을 제기한"(p. 156) 전문가들의 견해에 동조적이다. 그리하여 그는 중국문제 전문가인 외교관 존 맥머리 John V. A. MacMurray, 1881~1960가 1935년에 쓴 다음의 비망록을 경탄의 마음으로 인용한다.

> 일본이 패배한다 해도 극동문제에서 일본이 사라지지는 않는다. (중략) 일본이 제거되더라도 새로운 골칫거리들이 생겨날 테고, 동양의 정복을 꿈꾸는 (일본만큼 파렴치하고 위험한) 경쟁자로서 일본 대신 제정러시아의 계승자인 소련이 등장할 것이다. (p. 157~158)

맥머리의 예언이 있은 지 10년 뒤에 일본이 실제로 전쟁에서 패배함으로써 미국은 "일본이 반세기 가까이 한반도·만주 지역에서 맞닥뜨리고 떠맡은 문제와 책임을 물려받게"(p.158) 되었다고 케넌은 말한다. 1951년의 강연에서 표명된 이 견해는 1984년의 강연에서도 되풀이되는데, 한국전쟁과 베트남전쟁을 경험한 뒤임에도 불구하고 그의 관점에는 근본적인 진전이 없다. 여전히 그는 동북아시아에서 일본의 영향력을 몰아낸 것이 소련을 불러들였다는 입장을 견지하는 것이다. 강대국 중심주의에서 나온 그의 다음과 같은 발언은 우리의 뼈저린 반성을 촉구한다.

> 일본이 언제까지나 미국 군사력의 요새로 남고, 일본에 대한 평화적 해결이 합의되지 않으며, 모스크바가 일본의 상황에 참여할 기회를 얻지 못한다면, 모스크바는 보상의 형태로 한국에서 군사—정치적 입지를 공고히 하기를 원했습니다. 우리는 어쨌든 한국에 큰 관심을 기울이지 않는 것처럼 보였습니다. 제가 보기엔 이것이 한국전쟁의 기원이었습니다. (p. 335~336)

이 대목을 읽고 있노라면 케넌이 현직에서 물러난 지 60여 년의 세월이 흘렀고 강연이 있은 것도 30년이 지났음에도 마치 여전히 그가 미국 극동정책을 배후에서 지휘하고 있는 듯한 섬뜩한 느낌을 갖게 된다. 달라졌다면 소련 대신 중국이 새로운 적으로 떠올랐다는 점일 것이다.

스탈린 시대의 상처를 지니고

제2차 세계대전 이후 유럽과 아시아에서 영국·프랑스·독일·중국·

일본 등 전통강국들이—승전국이든 패전국이든—기진맥진 녹초가 되고 오직 사회주의 소련만이 유라시아 대륙을 석권하는 듯한 형국에서 미국이 엄중한 경계심을 갖게 된 것은 어쩌면 당연한 일이었다. 하지만 그 소련 자신의 내부적 상황은 실제로는 어떠했던가. 고르바초프의 자서전 『선택』에서 내가 예의 주목한 것은 그런 부분이었다.

고르바초프는 카프카스 산맥이 멀지 않은 러시아 남부 스타브로폴에서 평범한 농민의 아들로 태어났다. 그 자신 소년시절 트랙터 조수로 열심히 일해서 노동훈장까지 받았고, 정치가로 출세한 다음에도 농업 전문가로 능력을 발휘했다. 그런데 그가 성장기에 처음 경험한 것은 농촌의 가난이었고, 다음에는 스탈린 통치의 폭력이었으며, 마지막으로는 전쟁의 참상이었다. 1933년에는 끔찍한 기근으로 식량이 떨어져 겨울 동안 아이들 세 명이 굶어죽었고 봄이 와도 땅에 뿌릴 씨앗이 없었다고 한다. 1937년에는 외할아버지가 억울하게 트로츠키파로 몰려 14개월이나 모진 심문과 고문을 당했다. 외할아버지는 재판도 없이 사형언도를 받았으나 다행히 증거불충분으로 석방되었다.

> 외할아버지가 체포되고 외할머니 바실리사가 우리한테 와서 같이 지내게 되면서 우리 집에도 많은 변화가 일어났다. 이웃들이 발길을 끊었고, 어쩌다 찾아오는 사람도 한밤중에 몰래 왔다. 우리 집은 '인민의 적이 사는 집' 이라는 낙인이 찍혀 격리됐다. 그 기억은 나의 뇌리에 영원히 지워지지 않은 상처로 남았다. (『선택』, p. 24. 이하 쪽수는 같은 책)

고르바초프가 열 살 때 전쟁이 났다. 독일군은 잠시지만 그의 마을까지 밀어닥쳤다. 1921~1922년생인 청년들은 모두 징집되었는데, 그들 중 겨우 5% 정도만 살아남았다. 전시 하의 궁핍은 하루하루 배를 채우기도 어려운 절박함으로 다가왔다. 그의 아버지는 적령기를 넘긴 나이였으나 결국 징집되었고, 용케 살아 돌아왔다.

전쟁이 끝났을 때 나는 열네 살이었다. 전후 마을의 황폐한 풍경이 지금도 눈에 선하다. 집이라고는 진흙으로 지은 오두막뿐이고, 황량하고 빈곤에 찌든 정경이 사방에 가득했다. 우리는 전쟁의 아이들 세대이다. 전쟁은 우리의 성격과 세계관에 깊은 상흔을 남겼다. (p.34)

그의 반전사상의 뿌리를 엿보게 하는 대목이다. 어려운 여건이었지만 고르바초프는 모스크바 국립대학교에 입학했다. 법학부였다. 변방의 농촌 출신에게 면접도 필기시험도 없이 입학허가가 주어진 것은 '농민 노동자'라는 배경이 주효한 탓인데, 그것은 사회주의 체제의 미덕이었다. 대학의 지적 풍토는 그를 새로운 세상으로 인도했다. 그러나 스탈린의 저서 『소련공산당사』를 최고의 과학적 사상으로 추앙하는 강압적 현실과 숙청의 파도는 학문적 열정에 제동을 걸었다. 러시아에는 문학과 예술의 위대한 전통이 있고 그 전통을 현대적으로 계승하는 작가들도 많았지만, 스탈린 시대의 대학생들은 그런 것들을 제대로 접할 수 없었다. 후일 고르바초프는 이렇게 탄식한다.

많은 사람들이 똑같은 말을 하지만 나 역시 돌이켜 생각하면 학창시절에 이런 책들을 읽지 못한 것이 후회가 된다. 우리 세대는 정신적인 면에서 공허한 삶을 살았다. 공식 이데올로기가 떠넣어주는 한줌의 양식만 받아 먹었던 것이다. 스스로를 비교해보고, 다양한 철학적 사상을 접하며, 스스로 옳은 것을 선택할 기회를 온전히 박탈당한 채 살았다. (p.306)

미국과 더불어 세계정치를 양분하는 거대국가의 화려한 외피를 벗겨내면 그 안에는 이런 물질적 빈곤과 정신적 공허가 들어 있었던 것인데, 그럼에도 그 속에서는 젊음이 자라나게 마련이었다. 당시 학생들은 레닌의 저작을 탐독했고, 독서를 통해 레닌 철학의 진면목을 알게 되었다. 고르바초프도 그런 학생들 가운데 하나였다. 레닌은 자기 책에 반대파의 입장도 자유롭게 서술해놓았기 때문에, 학생들은 레닌을 통해 반대의 논리를 접할 수 있었다. 이에 따라 소련 정부는 학생들이 레닌의 『소련공산당 약사』를 공부하는 것에 대해 우려했다. 스탈린 시대의 자기 정체성을 고르바초프는 다음과 같이 요약한다.

스탈린 정권은 농부들을 농노처럼 취급했다. 기존질서가 정당한지에 대해 의문을 제기한 사람들이 도시 출신보다 농촌 출신 쪽에 더 많다는 사실은 우연이 아니었다. '집단화'나 '집단농장 시스템'은 도시 학생들과 달리 내게는 이론이 아니라 현실이었다. (중략) 나는 현실에서 어떤 일들이 벌어지는지, 스탈린 통치 하에서 무엇이 잘못되고 있는지 알았다. 그런 생각을 하는 사람이 나 혼자만은 아니었다. 우리는 엄밀한 의미에서 반체제는 아니었고 '수정주의자'들이라고 하는 편이 더 가까웠을 것이다. 우리는 '진정한' 사회주의가 회복되기를 원했다. (p.51~53)

고르바초프 성공의 비밀

스탈린 시대가 끝나갈 무렵 고르바초프는 결혼을 하고 대학을 마친 뒤 고향 스타브로폴로 내려와 당에서 일하기 시작했다. 때마침 흐루쇼프의 스탈린 비판이 소련 역사와 세계정치에 엄청난 파장을 몰아오고 있었다. 그것은 "전체주의적 소비에트 시스템을 본질적으로 부정하고 변화에 대한 희망을" 불러일으켰다. 고르바초프는 흐루쇼프가 한편으로 "역사의 흐름에 맞서는 용기와 결단력"을 보여주었지만, 다른 한편 고정관념에 사로잡혀 현상의 밑바닥에 있는 근본원인을 제대로 보지 못했다고 평가했다. 그가 보기에 흐루쇼프는 당을 현대화하고 당의 독점적 권력을 축소시키려는 옳은 방향을 취했으나, 이 과정에서 기득권세력의 엄청난 저항에 부딪쳤고, 그 때문에 결국 물러나게 된 것이었다. 흐루쇼프의 실패를 서술하면서 고르바초프는 27년 뒤 자신이 맞이한 운명을 돌아보는데, 그것은 거의 모든 공산주의 권력의 —또는 권력 일반의— 작동 메카니즘에 대한 쓰디쓴 희화화이다.

이 이야기를 쓰다보니, 우리도 페레스트로이카 과정에서 흐루쇼프의 경험을 좀더 참고했으면 좋았을 것이란 생각이 든다. 1964년 '궁정 쿠데타'를 통해 흐루쇼프를 실각시킨 것을 정당화하는 주장들은 넘쳐날 정도로 많다. 하지만 솔직히 말해 당시 그를 몰아낸 장군과 관료들이 '인민을 위해서'라는 명분을 내세웠지만, 사실은 권력을 장악하려는 욕심에서였다. 소련공산당 중앙위는 1957년 흐루쇼프가 '반당 그룹'에 도전할 때 그를 지지했다. 흐루쇼프는 1964년 10월 바로 이 그룹의 손에 의해 쫓겨나게 된다. (p. 93~94)

흐루쇼프가 쫓겨나던 그해 고르바초프는 지방당 조직부장이 되었고 1970년에는 제1서기로 선출되었다. 다시 8년 뒤에는 공산당 중앙위 농업담당 서기가 되어 거의 4반세기 만에 고향을 떠나 모스크바에 입성했다. 그리고 브레즈네프 시대의 억압과 침체, 안드로포프와 체르넨코의 짧은 과도기를 거쳐 1985년 그 자신이 당과 국가의 최고지위에 올랐다. 여러 복합적 요인의 도움이 있었다 하더라도 이것은 소련 같은 경직된 관료세계에서는 생각할 수 없는 기록적인 출세속도였다. 생각해보면 그의 이런 세속적 성공과 소련 관료제도에 대한 그의 통렬한 비판 사이에는 쉽게 해명되지 않는 심각한 모순이 있다고 하지 않을 수 없다. 아주 비근한 예를 가지고 생각해보자.

고르바초프는 드문 애처가였다. 혈액암으로 먼저 떠난 부인 라이사 여사에 대한 애틋한 그리움의 고백으로 자서전을 시작하는 것만 보아도 알 수 있지만, 중간중간에도 그는 부인과의 정다웠던 시절을 끊임없이 회상한다. 그는 공산국가의 정상으로서는 처음으로 부인을 대동하고 외교석상에 나타난 인물이기도 하다. 그런데 남편이 모스크바 정계의 고위직에 오른 뒤 라이사는 부인들끼리 모이는 특수집단에 섞이는 것을 힘들어하고 고위직 부인들 중 누구와도 가깝게 지내지 않았다. "부인들끼리의 관계는 그들의 남편 지위를 그대로 반영했다. 수다스러웠던 부인들 모임에 몇 번 참석하고 나서 라이사는 거만함과 천박함, 아첨이 뒤섞인 모임의 분위기에 충격을 받았다."(p.159) 라이사가 경험한 이 천박함은 공산주의 이념과는 아무 관계도 없는, 위계조직이 지배하는 관료사회의 타락상일 뿐이었다. 오히려 그것은 자본주의 체제의 살벌한 경쟁사회에서 더 전형적으로 나타날 수 있는 모습이다. 그런데 문제는 그런 인품의 라이사와 평생에 걸쳐 깊은 친밀성을 유지한 '따뜻한 남자' 고르바초프가 무슨 수로 그 냉혹한 관료조직의 정상까지 올라갔느냐이다. 두고두고 풀어볼 문제이다.

수평선 너머에서 보았다고 믿은 것

『선택』이 일종의 자서전인 만큼 자신의 정치적 입장과 선택에 대한 합리화가 바탕에 깔리는 것은 어느 면에서 불가피하다. 매순간 그 나름으로 최선을 다해 합리적 노선을 따르고자 애쓰는 것은 본인의 이익에도 부합하는 처사이기 때문이다. 다만 그것이 역사적 합리성이라든지 객관적 정의 같은 보편적 기준에 비추어 어떤 평가를 받을지 하는 것은 다른 문제이다. 알다시피 고르바초프는 최고위직에 오른 다음 '페레스트로이카'와 '글라스노스트'의 깃발 아래 소련정치와 사회를 대담하게 개혁하는 정책을 밀고나갔다. 그것은 스탈린과 브레즈네프 시대의 소련체제에 대한 강력한 비판적 인식을 바탕에 깔고 있었다.

브레즈네프 시대를 평가하는 핵심 키워드는 브레즈네프의 지도력이 시대적 요구를 감당할 능력이 없다는 것이었다. (브레즈네프는) 과거의 도그마와 사고에 얽매여 과학기술과 사람들의 삶과 행동에, 그리고 국가와 사회, 지구촌 전체에 엄청난 변화가 일어나고 있다는 사실을 인식하지 못했다. 소련은 결국 막다른 골목에 갇혀 시대에 뒤처지고, 심각한 사회적 위기를 향해 치닫고 있었던 것이다. (p. 198)

그러나 고르바초프가 사회주의를 부인하거나 자본주의에 투항하려
한 것은 결코 아니었다. 소비에트연방의 해체를 꿈꾼 것은 더욱 아니었
다. 그가 주관적으로 목표한 것은 투명하고 근본적인 개혁을 통해 소
련을 민주적이고 인간적인 국가로 살려내는 것이었다.

> 다시 처음으로 돌아간다 해도 나는 그때와 같은 목표, 다시 말해 더 많
> 은 민주주의, 더 많은 사회주의를 위해 싸울 것이다. 나는 페레스트로이카
> 를 통해 사회주의가 제2의 전성기를 맞을 것이라고 확신했다. 내 생각이 그
> 러했고, 안드로포프와 이야기하면서 '더 많은 민주주의'가 '더 나은 사회주
> 의'를 가져다줄 것이라는 생각은 한층 더 확고해졌다. (p. 286)

이 목표를 이루자면 냉전종식은 필수였다. 미국과의 군비경쟁으로
경제적 압박이 목을 죄는 터에 아프가니스탄 전쟁으로 사회적 질곡은
더욱 가중되고 있었던 것이다. 고르바초프는 이미 서기장으로 선출되
기 전인 1984년 영국 방문 시에 의회 연설을 통해 냉전의 종식을 주장
하고 핵을 포함한 무기의 감축과 제한을 위한 협상을 제안했다. "무엇
이 우리를 갈라놓든지 간에 우리에게는 단 하나의 지구뿐이다. 유럽은
우리가 사는 공동의 집이다. 유럽은 '군사작전을 하는 전장'이 아니라
바로 우리가 사는 집이다."(p. 244) 연설의 이 대목은 당시 언론에 특히
많이 보도되었다. 이후 고르바초프와 레이건은 여러 차례 정상회담을
가졌고 힘든 줄다리기를 되풀이했다.

그 가운데 한번, 아이슬란드 수도 레이캬비크에서의 협상이 성과 없
이 끝나고 고르바초프는 무거운 발걸음으로 기자회견장에 들어섰다.

수백 명의 눈이 그를 바라보았다. "인류 전체가 내 앞에 일어서 있는 것 같은 기분"을 느끼며 그는 기자들 앞에서 입을 열었다. "이것이 실패는 아니다. 이것은 하나의 돌파구이다. 처음으로 우리는 수평선 너머를 보았다."(p. 330) 우여곡절 끝에 냉전은 종식에 이르렀다. 그러나 수평선 너머에 있다고 그가 믿은 것이 냉전의 종식만은 아니었다. 진정한 평화가 아님도 그 후의 현실은 입증했다. 죽음 같은 경쟁과 무덤보다 더 암울한 삶이 오늘 대다수 인류의 것으로 되지 않았는가. 고르바초프의 이상주의는 적어도 아직까지는 한갓 백일몽에 불과한 것으로 판명되었다.

(2013. 9)

분단극복론에서
한반도 변혁론으로

긴급한 발언의 필요에 부응하여

설 직전에 출간된 백낙청 교수의 새 저서 『2013년체제 만들기』(창비, 2012) 때문에 연휴를 기약잖고 보람 있게 보낼 수 있었다. 새해를 맞으면 누구나 나름대로 '신년구상'을 해보게 되는데, 올해는 총선·대선 같은 중대한 정치행사가 기다리고 있는데다가 우리의 삶에 대한 정치의 규정력이 때로는 파괴적일 수도 있음을 실감하는 날들이 거듭되고 있어, 이 책의 문제제기는 더욱 절실하게 다가온다.

공교롭게도 올해엔 우리나라뿐 아니라 미국·중국·프랑스·러시아 같은 주요국가를 포함하여 세계 60여 개국에서 대통령선거 또는 지도자교체가 예정되어 있다고 한다. 이보다 앞서 지난 연말에는 북한 김정일 국방위원장의 급서로 그 파장이 한반도뿐만 아니라 동북아시아 전체에 미치고 있다. 2008년 9월 미국 월가에서 발생하여 지금 유럽 하늘을 덮고 있는 금융위기의 먹구름이 장차 어디로 향할지, 그리고 그것이 자본주의 세계질서에 어떤 치명상을 가할지도 심각한 관심사다. 한마디로 천하대란·거대전환의 시대임을 실감하지 않을 수 없는데, 백 교수의 『2013년체제 만들기』는 우리가 이 위기를 지혜롭게 넘는 첫걸음이 올해의 두 정치행사를 올바로 치러내는 데서 주어진다고 보고 그 역사적 의의와 나아갈 방향을 모색한 책이다.

어떤 점에서 이 책은 재작년 프랑스에서 출간되어 세계적으로 큰 반향을 일으켰던 스테판 에셀Stéphane Hessel의 『분노하라』(임희근 역, 돌베개, 2011)를 연상케 한다. 무엇보다 두 저서는 당면한 현실의 위기적 성격에 대한 통찰과 긴급한 발언의 필요를 반영하고 있다는 점에서 공통된다고 할 수 있다. 알다시피 에셀은 일찍이 드골 장군이 주도한 레지스탕스 운동에 참가하여 사형선고까지 받은 적이 있는 투사 출신의 활동가로서, 93세의 고령임에도 자신이 체험했던 저항운동의 정신과 공화국의 민주전통에 대한 높은 자부심에 입각하여 사르코지 시대 프랑스의 점점 더 벌어지는 빈부격차와 훼손된 인권상황을 신랄하게 비판하는 것이다. 그러나 『2013년체제 만들기』는 이명박 시대의 대한민국을 사르코지 시대의 프랑스에 비교하는 것조차 과분하게 느끼도록 만드는 '재앙' 수준의 사태에 직면한 현실진단인 만큼 『분노하라』와는 전혀 다른 역사적 배경과 훨씬 더 치밀한 공력의 산물이다. 불과 200쪽 미만의 소책자이면서도 만만한 접근을 허용치 않는 것은 그런 면과 관계가 있을 것이다.

방금 '긴급한 발언의 필요'라는 말을 했지만, 그 점은 『2013년체제 만들기』가 2009년 9월부터 2011년 12월까지의 기간, 즉 이명박 정권의 퇴행적 본질이 본격화한 기간에 발표된 논설들의 모음이라는 데서

도 드러난다. 그러나 집필기간이 비교적 짧고 현실대응의 직접성이 좀
더 명확하다 뿐이지, 거론된 내용의 이론적 뼈대는 오랜 사색과 끊임없
는 검증의 과정을 통과한 것이기에 낱말 하나, 문장 한 줄마다 높은
밀도를 함축한다. 그런 점에서 볼 때에는 이 책을 제대로 이해하는 것
은 대충이나마 백낙청의 지적 궤도 전체를 돌아보는 일을 겸한다고 할
수 있다.

분단체제란 무엇인가

먼저 지적할 수 있는 것은 1960년대 중반 문학평론에서 출발한 백낙
청의 글쓰기가 처음부터 강한 현실적 관심에 기반하고 있었다는 점이
다. 1970년대에 윤곽을 완성한 그의 민족문학론도 순수한 이론적 구성
물이 아니라 그 시대의 엄혹한 현실에 맞서 한국문학의 정당한 위치와
역할을 모색하는 과정에서 형성되었다고 할 것이다. 그런 점에서 백낙
청 민족문학론이 1980년대의 좌절과 격동을 겪으면서 우리가 몸담고
있는 현실의 더 본격적인 이해를 위해 그 심층으로 향하게 된 것은, 다
시 말해 분단현실에 대한 좀 더 체계적인 인식을 추구하게 된 것은 당연
한 발전이다. 내가 알기에 「민족문학론과 분단문제」(1987년 10월 대구 지
방사회연구회 심포지움 발제문)가 민족문학론으로부터 분단체제론으로의 이
론적 분화(내지 심화)를 보여주는 첫 번째 시도라면, 「분단체제의 인식을
위하여」(『창작과비평』, 1992년 겨울호)는 분단체제론이 공식석상에 모습을 드
러낸 첫 성과일 것이다.

이후 20년 동안 백낙청 분단체제론은 그때그때의 상황변동에 적응하면서 당면한 현실을 설명할 뿐만 아니라 현실변화를 추동하는 개념으로서 오늘까지 진화를 거듭해왔는 바, 최신의 담론인 '2013년체제'론도 그 연장선 위에서 성립되었다고 할 수 있다. 따라서 『2013년체제 만들기』를 제대로 읽으려면 분단체제론의 이해가 필수적이다. 그런데 '분단체제'란 말은 백낙청 자신이 여러 차례 언급했듯이 일상대화에서도 무심히 쓰일 수 있고 학술적인 글에서도 엄밀한 개념규정 없이 '분단현실'의 단순한 대용어로 사용되는 일이 흔하다. 따라서 백낙청 분단체제론에 옳게 접근하기 위해서는 편리한 대로 책에 있는 저자 자신의 설명을 통해 그의 독특한 용법을 알아볼 필요가 있다.

(한반도 평화체제를 만드는 일은) 단순히 한반도에서 전쟁위험을 제거하는 일이 아니다. 어느 나라 국민에게나 전쟁은 참혹하고 평화가 소중하지만, 분단체제에서는 평화의 의미가 남다른 바 있다. 양쪽의 기득권층이 상대방을 적대시하면서도 그 적대관계로 인한 긴장과 전쟁위협으로부터 자신들의 반민주적 특권 유지의 명분을 끊임없이 공급받는 체제가 분단체제이다. (『2013년체제 만들기』, p. 19, 이하 쪽수는 같은 책)

남과 북의 기득권세력이 한편에 있고 그 기득권세력이 유지하는 분단구조에서 손해를 보는 대다수 남쪽의 국민과 북쪽의 인민들이 다른 한편에 있는, 이런 이해관계의 상충이 더 기본적인 사회구조, 엄밀한 시스템은 아니더라도 체제 비슷한 것이 작동하고 있지 않느냐, 이게 분단체제론의 문제제기예요. 국가나 이념 위주가 아니라 민중 위주로 분단현실을 파악하

자는 발상이지요. (p.140)

　다른 말로 요약하면 한반도의 남과 북은 각각의 독립적인 실체로 단순히 분립되어 있거나 혹은 적대하고 있는 것이 아니라 독특한 상호관계 속에 '하나의' 체제를 이루고 있다는 것이 분단체제론의 기본발상이다. 1945년 8월에 미·소 양군에 의해 한반도의 분단이 결정되고 그로부터 3년 후 남북 단독정부의 수립으로 분단이 좀더 굳어졌지만, 그래도 그때까지는 아직 한반도 전체에 하나의 '체제'가 작동하고 있다고 말할 단계는 아니었다. 이러한 전사前史를 거친 다음 3년간의 참혹한 열전이 전쟁도 평화도 아닌 어정쩡한 정전협정으로 매듭지어짐으로써 비로소 '53년체제', 즉 특유의 분단체제가 성립했다고 백낙청은 보는 것이다.
　그런데 그는 하루하루의 생업에 매달린 일반인뿐만 아니라 과학적 현실인식을 본업으로 하는 학자들조차 이 엄중한 사실을 잊기 일쑤라고 되풀이 지적한다. 그러나 그가 보기에 우리의 한반도 현실에서는 모든 사회현상은 분단과의 연관을 피할 수 없으며, 어떤 긍정적 개혁도 분단에서 오는 근본적 한계를 벗어날 수 없다. 물론 그가 한반도의 현실을 규정하는 요인으로서 분단체제의 작동을 배타적으로 절대화하는 것은 아니다. 그가 강조하는 것은 한반도의 복합적이고 다층적인 현실을 인식하기 위해 분단체제가 관건적인 위치를 점하고 있다는 사실이며, 그런 입장에서 그는 분단체제가 이 시대 세계현실의 독특한 일부임을 강조하는 것이다. 그의 분단체제론 구상 자체가 이매뉴얼 월러스틴Im-manuel M. Wallerstein의 세계체제론에서 암시받은 바 있고 분단체제의 작동이 세계체제가 한반도에서 관철되는 방식의 하나임을 인정하는 것은 그와 같은 맥락에서이다.

포용정책 2.0

백낙청의 분단체제론이 특히 빛은 발하는 것은 그가 오늘의 현실을 향해 발언할 때이다. '87년체제'라는 용어와 그 내용에 관해서는 당연히 다양한 논의가 있을 수 있겠는데,(김종엽 엮음, 『87년체제론』, 창비, 2009. 참조) 그는 1987년 6월항쟁 이후 민주화시대의 성과와 한계를 분석함에 있어서도 자신의 분단체제론을 일관되게 견지한다. 가령, 그는 "민주화 이후 한국사회가 질적으로 나빠졌다"고 하는 최장집의 수사학적 단정(최장집, 『민주화 이후의 민주주의』 개정판, 후마니타스, 2005)이나 1997년 IMF 구제금융을 계기로 완전히 '신자유주의시대'로 들어섰다는 또 다른 논자들의 견해에 대해 단연코 비판적이다. 그는 6월항쟁 이후 한국사회가 정치적 민주화, 경제적 자유화 및 '자주'와 '통일'에의 요구라는 세 영역에서 모두 뜻깊은 성취를 이룩했다고 보면서, 1987년 이후의 민주화의 의의를 과소평가하거나 IMF 구제금융 이후의 사회변화의 의미를 과대평가하는 데 반대한다.

그러나 그는 6월항쟁 이후의 성취들이 "어디까지나 한반도 남녘에 국한된" 것이었음을 인정하며, 그렇기 때문에 그것이 "1953년 휴전 이후 굳어진 분단체제를 흔들기는 했을지언정 '53년체제'의 틀을 바꾸지는 못했"(p. 52)다고 지적한다. 그러니까 중요한 것은 세 영역에서의 성취

를 낳은 동력들이 원만하게 결합하여 상승효과를 발휘함으로써 87년
체제의 근본적 한계를 돌파하고, 그럼으로써 역사의 새 단계에 진입하
는 것이었다. 그러나 거기에 미달했기 때문에 1987년 이후 20여 년 세
월이 지나는 동안 민주주의는 지지부진의 양상을 보이고 경제적 자유
화 과정은 점차 신자유주의적 퇴행현상을 낳게 되었으며, 마침내 노무
현 정부 중반쯤에 이르러서는 87년체제의 긍정적 동력이 대부분 소진되
고 그 말기적 현상이 노골화되었다는 것이다. 그 결과 지금 우리가 경
험하는 것처럼 일시적이나마 이명박 정권 같은 터무니없는 세력의 등장
과 그들에 의한 가당찮은 역주행으로 귀결되었다고 그는 결론짓는다.

따라서 분단체제, 즉 53년체제를 극복하는 일은 백낙청의 사유에서
근본목표가 된다. 그런 입장에서 그는 지난날의 통일운동 과정을 점검
하고 김대중 전 대통령이 펼친 '햇볕정책'과 6·15공동선언의 역사적 의
의를 새롭게 평가한다. 그는 1972년의 7·4공동성명을 출발로 하는
민·관의 단속적인 통일노력과 통일정책이 2000년 6·15공동선언 발표
로써 일정한 완성에 이르렀다고 보고, 컴퓨터 용어를 빌어 이를 '포용정
책 1.0'버전의 출시라고 명명한다. 그러나 출시 당시의 비우호적인 국내
외 여건에 부딪혀 1.0버전의 한계 또한 분명하게 드러날 수밖에 없었다
고 그는 다음과 같이 지적한다.

햇볕정책이 더 많은 성과를 내지 못하고 초기의 압도적인 국민지지가 상
당부분 유실된 가장 큰 이유는 미국에 부시 행정부가 들어서면서 대북적대
정책이 채택되고 클린턴 시절의 한미공조가 흔들렸기 때문이다. 그렇다고
는 해도 김대중정부는 한반도의 평화정착과 통일이 시민참여의 꾸준한 확

대를 통해서만 가능한 장기적 '분단체제극복' 과정이라는 인식이 애초부터 미약했으며, 이 과정의 핵심이자 6·15공동선언의 가장 빛나는 성취에 해당하는 남북연합에 관해서 집권기간 내내 아무런 언급이 없었다. (중략) 앞절에서 언급한 포용정책 1.0의 문제점들 다수가 남북연합을 통해서만 해소될 수 있다는 인식이 얼마나 충실했는지 의문이다. (p.114)

따라서 분단체제를 제대로 극복하는 사업이 다시 제 궤도에 오르기 위해서는 "한동안 정지상태에 빠졌던 김대중·노무현 시대의 포용정책이 재가동되더라도 그것이 과거로의 단순한 복귀일 수 없고, 말하자면 '2.0버전'이라 불릴 만큼 획기적으로 쇄신된 내용이어야"(p.97) 한다. 바로 「'포용정책 2.0'을 향하여」가 백낙청의 그런 쇄신된 구상을 담은 논문인데, 이 글은 많은 선각자들에 의해 수십 년 이어져온 다양한 통일논의를 종합하여 한 단계 진전시켰다는 점에서뿐만 아니라 이러한 통일논의를 한반도 전역에 걸친 변혁운동의 요구와 불가분하게 결합시켰다는 점에서 우리의 시야를 획기적으로 또 전방위적으로 넓히고 있다.

한반도 변혁론으로서의 분단극복론

한마디로 '포용정책 2.0'은 백낙청 분단체제론이 도달한 최신의, 그리고 가장 종합적인 통일론이다. 포용정책 2.0은 앞의 인용문으로도 알수 있듯이 포용정책 1.0의 핵심을 계승하되 "획기적으로 쇄신된 내용"을 담았다고 말해진다. 6·15공동선언으로 완성된 1.0버전의 가장 빛

나는 성취는 선언문의 제2항 —"남과 북은 나라의 통일을 위한 남측의 연합제 안과 북측의 낮은 단계의 연방제 안이 서로 공통성이 있다고 인정하고 앞으로 이 방향에서 통일을 지향시켜 나가기로 하였다."—에 합의된 남북연합(안)이다. 이 합의의 바탕에 놓인 필연적 전제로부터 백낙청은 한반도의 재통일이 단계적 과정을 거치는 장기적 과업임을 읽어낸다. 그리고 그것은 우리 민족끼리 해내는 자주적 사업이고 남북 간의 적대를 해소하는 평화정착의 과정이어야 하는데, 그 점에서 2007년의 10·4선언은 중요한 전진이었다.

그러나 포용정책 2.0에서 백낙청의 강조점은 단순한 통일론에서 평화와 통일의 내재적 연계론으로, 그리고 분단체제 극복론도 좀더 적극적인 한반도 변혁론으로 옮겨가는 것 같다. "구호나 이상으로서의 평화가 아니라 한반도 현실이 절박하게 요구하는 평화체제의 수립을 설계하고 국민을 설득할 수 있어야 한다. 이때 유념할 점은 한반도에서의 평화는 점진적·단계적 통일과정의 진전과 직결되어 있다는 사실이다. 다시 말해 너무 급속하고 전면적인 통일을 추구해도 평화에 위협이 되지만, 통일을 제쳐두고 평화만을 이야기한다고 평화가 달성되지 않는다는 것이다"(p. 20)는 인식이 그 점을 보여준다. 그렇기 때문에 한반도에서의 통일은 베트남식 무력통일이나 독일식 흡수통일과는 전혀 다른 경로를 밟을 수밖에 없는 것이다. 아울러 통일은 분단체제를 해체해가는 점진적·단계적 과정의 최종단계를 의미하는 것이므로, 통일운동이란 남북 각 사회의 지속적인 자기쇄신을 통한 상호접근의 노력이 될 수밖에 없다.

그런 점에서 포용정책 2.0의 또 하나의 핵심요소는 통일과정이 '시민

참여형'이라는 것이다. 이미 지난번 저서 『어디가 중도며 어째서 변혁인
가』(창비, 2009)의 여러 글에서 백낙청은 한반도 현실에서 가능하고 또 바
람직한 통일방식이 '시민참여형'이 될 수밖에 없음을 거듭 주장하고 논
증한 바 있거니와, 따지고 보면 능동적 참여자로서의 시민이 통일사업
의 진정한 주체라는 생각은 "남과 북의 기득권 세력이 한편에 있고 그
기득권 세력이 유지하는 분단구조에서 손해를 보는 대다수 남쪽의 국
민과 북쪽의 인민들이 다른 한편에 있는"(p.140) 체제를 분단체제라고
보는 관점에서 필연적으로 나오는 것이라고 할 수 있다. 그런데 "시민
참여의 방법은 여러 가지다. (중략) 일차적으로는 남북연합 건설작업에
역행하는 정권을 견제하는 일이며, 나아가 시민참여형 통일과정을 수
용하는 국정운영체제로 하루속히 전환하는 일"(p.119)이 그것이다. 그
리하여 백낙청의 포용정책 2.0는 올해 총선·대선이라는 중대한 정치적
분기점을 맞아 단순한 이명박 정권 심판 또는 평면적인 정권교체에 그
치지 않고 한반도의 내일을 위한 훨씬 더 원대한 개혁의 프로젝트로 확
장되는 것이다.

가슴 벅찬 모험의 길을 향해

그 확장의 결과가 바로 '2013년체제론'이다. 흥미로운 것은 분단체
제론이 학계의 공인을 받는 데 상당한 시일이 걸렸음에 비해 '2013년체
제론'은 지식인사회에서뿐 아니라 언론계와 정계에서도 거의 순식간에
매력적인 의제의 하나로 떠올랐다는 점이다. 아마 그것은 '2013년체제

론'이 설계하는 민주진보세력의 선거승리가 지난 몇 해 동안의 재앙을 목격한 많은 사람들의 심정에 두말없는 즉각적 공감을 일으켰기 때문일 것이다. 아무튼 「'2013년체제'를 준비하자」(2011.3.10. 시민평화포럼 기조 발표문, 『실천문학』, 2011 여름호)를 비롯한 일련의 논문들은 올해를 슬기롭게 보내기 위한 광범한 토론의 출발점이 되었다.

당연히 '2013년체제론'은 '포용정책 2.0'의 구상을 전면적으로 수용하지만, 거기에 그치지 않는다. 무엇보다 눈에 띄는 것은 이 논의가 당면의 선거국면을 현명하게 돌파하기 위한 긴박한 실천론의 일환이라는 점이다. 동시에 간과할 수 없는 것은, 거듭되는 얘기지만, 그의 논의가 목전의 선거승리를 겨냥하되 그것을 단순히 야당승리를 위한 협애한 전략으로서가 아니라 더 높은 차원의 개혁운동에 시동을 걸기 위한 출발점으로 강조한다는 사실이다. 그렇기 때문에 그는 오히려 "선거에 논의가 너무 집중됨으로써 우리가 목표하는 선거 이후의 삶에 관한 사고를 제약하고 때이른 정치공학적 논의에 몰입"(p.14)하게 되는 것을 경계하는 것이다.

그렇다면 백낙청이 구상하는 '2013년체제'의 내용은 어떤 것인가. 앞에서 87년체제는 민주화·자유화·통일노력 등에서 많은 성취를 거두었음에도 53년체제의 근본적 한계를 넘어서지 못했고 그 결과 세월이 갈수록 개혁의 동력을 잃고 말기적 혼란에 빠지게 되었다고 지적했는데, 2013년체제는 바로 그와 같은 본질적 제약으로서의 53년체제를 타파할 것을 주요 과제로 삼아야 한다. 53년체제의 타파란 "정전협정을 평화협정으로 바꾸는 등 한반도 평화체제 구축과 더불어, 통일은 아니지만 완전히 별개 국가로 분립한 상태도 아닌 '남북연합'이라는 분단현실의 공동관리장치, 그러면서도 한반도의 맥락에서는 '1단계 통일'로 간주할 수 있는 단계를 성취"(p.52)하는 것을 의미한다. 남북 주민들의 주체적·능동적 참여에 의해 이 중간단계까지 가는 데 성공한다면, 그리하여 평화체제의 구축과 남북연합의 건설이라는 '1단계 통일'이라 부를 수 있는 상황이 이룩된다면 그것은 "남북이 공유하는 획기적인 새 시대로의 전환"(p.64)이 될 것이다. 이런 큰 원顯을 품고 미래를 내다볼 때에야 올해의 양대 선거, 그중에서도 먼저 닥치기 때문에 더 결정적 의미를 갖는 총선을 올바로 치르는 길도 뚫릴 수 있다. 백낙청의 호소가 유난히 간절해지는 것은 이 대목에서이다.

> 어렵지만 가슴 벅찬 모험의 길을 향해 다수 국민들이 열성과 지혜를 모으기로만 한다면 총선이라는 최대 난관을 돌파하는 현실적인 방안을 마련하지 못할 이유도 없다. 정치권의 타성과 작은 이익 챙기기가 한결 발붙이기 어려워지는 동시에, 분단체제 속에서 살면서 너무 완벽하고 상큼한 해결책을 기대하는 것도 또 다른 타성임을 냉철하게 인식하게 될 것이기 때문이다. (p.64)

여기서 말하는 '현실적인 방안'이란 구체적으로는 6·2지방선거(2010)부터 10·26서울시장 보궐선거(2011)에 이르기까지 정치권과 시민사회 간의 논의를 통해 부분적으로 시험해본 '연합정치'를 가리킨다. 연합정치의 원만한 달성에 의해 "중도 및 진보세력을 총집결하는 일"이 가능해진다면 그것은 2012년의 승리를 위한 가장 확실한 담보를 획득하는 것이 될 것이다. 그리고 "2013년체제는 바로 이러한 집결이 달성되어 분단체제 특유의 정치지형을 근본적으로 바꾸는 시대를 뜻한다."(p.90) 백낙청 교수의 『2013년체제 만들기』는 바로 그와 같은 차원에서의 역사의 전진운동에 발동을 걸기 위한 하나의 긴급호소이며, 그러한 근본적 현실변혁의 요구 안에 내포된 이론적 문제들을 검토한 일종의 거대담론이다.

☐ 이 글은 다산포럼(2012.1.27)의 것을 보완하여 『실천문학』(2012. 봄호)에 발표한 것이다.

동아시아공동체·일본·한국

일본 극우정권의 재등장

지난해 연말 북한 김정일 국방위원장의 죽음으로 시작된 지구촌의 정권교체 행사들이 2012년 12월 19일 한국 대선을 끝으로 일단 마무리되었다. 프랑스, 멕시코, 이집트 같은 나라들에서 새 대통령이 선출된 것도 세계적으로 또 지역적으로 나름의 중요한 의미가 있지만, 우리에게 미치는 영향은 아무래도 미미한 것일 수밖에 없다. 이에 비해 미국의 버락 오바마 대통령이 재선에 성공하고 중국에서 시진핑 체제가 등장한 것은 당연히 우리 현실에 중대한 관련이 있다. 러시아에서 블라디미르 푸틴이 대통령에 복귀한 것이나 타이완에서 마잉주 총통이 재선된 것도 동아시아 정치지형의 변화에서 무시 못할 변수일 것이다. 물론 우리에게 가장 중요한 것은 우리 자신의 선거결과, 즉 박근혜 새누리당 후보가 문재인 민주통합당 후보와 백중지세의 싸움 끝에 적잖은 차이로 승리한 사실이다.

미국·중국의 정치변화 못지않게 우리가 예의 주시해야 할 곳은 일본이다. 알다시피 일본에서는 불과 한 달여 전에 갑작스레 노다 요시히코 총리가 의회를 해산하여 12월 16일 총선에 돌입했고, 그 결과는 예상대로 자민당의 압승, 민주당의 대패로 나타났다. 그리고 고이즈미에 이어 잠시 집권했던 극우성향 아베 신조의 새 내각이 바로 어제(2012. 12. 26) 출범했다. 1885년 내각책임제가 도입된 이후 일본 총리대신의 평균 재임기간은 1년 3개월 정도라 하는데, 최근 20여 년 동안에도 이름을 익힐 만하면 바뀌기를 거듭해, 아마 일본인 자신들도 누가 현임총리고 누가 전임총리인지 헷갈릴 것 같다. 독특한 개성과 파격적인 행보로 일본 국민들의 인기를 얻었던 고이즈미가 유일한 예외일 텐데, 그 고이즈미의 5년 5개월도 이젠 아득한 옛일처럼 느껴지게 되었다.

하지만 그런 혼란 중에도 어떤 일관된 흐름이 있음을 간취할 수 있다. 그것은 미국의 보호와 지도 아래 전후 일본의 고도성장을 이끌어온 이른바 '55년 체제'의 점진적 붕괴라는 현상이 아닐까 한다. 다시 말해 자민당의 일방적 장기집권과 중간급 반대정당으로서의 사회당의 보조적 역할로 특징지어진 안정적 정당체제(소위 1.5당 체제)가 1990년 이후 종말에 이른 것이라 할 수 있다. 정당·정파들 간의 이합집산이 거듭되는 가운데 1996년 진보적 내지 리버럴을 자칭하는 다양한 그룹들의 연합체로서 민주당이 탄생하고, 2009년 9월 그 민주당이 총선에서 대승하여 역사적 정권교체에 성공한 것은 바로 '55년 체제'의 붕괴과정에 하나의 매듭이 지어진 것이다.

그러나 큰 기대 속에 출범했던 민주당 정권은 하토야마 유키오(2009. 9. 16~2010. 6. 8), 간 나오토(2010. 6. 8~2011. 9. 2), 노다 요시히코(2011. 9. 2~2012.

12. 26)로 이어지는 정치적 지리멸렬 끝에 몰락하고 아베의 자민당에 대
승을 안겨주었다. 그렇다면 자민당 집권체제의 붕괴라는 대세는 역전
되는 것인가. 일본 정치의 이런 혼란스런 변전 내부에 감추어진 지속적
논리는 무엇이고, 그것은 동아시아 내지 한국의 현실변화에 어떤 긍정
적 또는 부정적 파장을 일으킬 것인가.

이런 관심을 가지고 먼저 손에 든 책은 최근 번역된 테라시마 지쯔로
오寺島實郎의 『세계를 아는 힘』(김항 옮김, 창비, 2012)이다. 다음에는 그 책
과 일면 상통하는 바 있으면서도 외부자의 더욱 비판적 관점을 보여주
는 개번 매코맥Gavan McCormack의 『종속국가 일본』(이기호·황정아 옮김, 창비,
2008)을 잠깐 살펴보려고 한다.

친미입아親美入亞의 실험

『세계를 아는 힘』의 저자는 다채로운 경력의 소유자이다. 고도성장
기에 거대상사의 외국주재원으로 오래 근무했고 이를 바탕으로 그 상
사의 전략연구소 회장, 대학 학장, 재단법인 회장을 겸하면서 여러 권의
저서를 집필한 활동적인 인물이라 한다. "경영기획과 정보분석이라는
일을 하면서 산産·관官·학學 사이의 앎의 네트워크 속에서 마지널 맨(경
계인)으로서의 의지를 나선형으로 확충시켜왔다"(『세계를 아는 힘』, p. 184, 이
하 쪽수는 같은 책)고 스스로 자부하고 있듯이 그의 지식과 관점은 철저히
경험적이고 실용주의적이다. "지식의 프레임으로 보는 일본의 세계전략"
이라는 책의 부제 때문에 상당한 수준의 이론적 저술로 알기 쉽지만, 읽

어보면 실은 이 책은 긴장할 필요 없이 대할 수 있는 수필집 같은 저서이다.

저자 테라시마가 보기에 전후 대다수 일본인들은 일종의 고정관념에 사로잡혀 있다. 그에 의하면 일본인은 종전 후 오직 미국이라는 프리즘을 통해서만 세계를 바라보는 데 길들여져왔다. 그는 지금까지 많은 나라와 지역을 방문하여 그곳 사람들과 접촉하는 동안 자신의 세계관이 '전후라는 특수한 시공간'(p.20)에 갇혀 있음을 깨달았다고 한다. 가령, 러시아의 쌍뜨뻬쩨르부르그 대학에 갔을 때 그 대학 일본어학과의 모체인 일본어학교가 1705년에 설립된 사실을 알고 대경실색한다. 그러나 생각해보면 "러일관계는 미일관계보다 역사적으로 깊고 긴 연관을 지니고 있는 것이다."(p.37) 즉, 일본의 근대가 페리의 흑선 내항으로 시작되었다는 인식은 전후에 만들어진 편향일 뿐이다. 그는 이렇게도 말한다.

우리 일본인의 몸속에는 중국 등 아시아·유라시아를 기원으로 하는 2천 수백년에 걸친 역사시간이 축적되어 있다. 한편, 1945년부터 시작된 전후는 겨우 60년에 지나지 않는다. 2천 수백년을 하루로 환산하면 60년 따위는 30분도 채 되지 않는다. 그런데 최근 60년 남짓한 사이에 우리는 스스로의 몸속에 축적된 방대한 역사시간을 망각할 정도로 과도하게 미국의 영향을 받아왔다. (p.47)

한편 테라시마는 세상을 연관성의 관점에서, 즉 네트워크의 시각에서 바라볼 것을 권한다. 가령, 그는 베이징 올림픽이 끝난 뒤 후진타오 주석이 공로자들을 표창하는 자리에서 "중화민족의 역사적 성과"라는 표현을 사용한 데에 의문을 가진다. 왜 "중국인민의 노력"이라든가 "중화인민공화국의 위대한 성과"라고 하지 않았는가. 결국 그는 후 주석의 표현에 이중의 의미가 들어 있음을 알게 된다. 하나는 1912년 쑨원孫文의 '오족공화'(한족·만주족·몽골족·위구르족·티베트족의 합심협력)를 상기시키는 것이고, 다른 하나는 타이완·홍콩·싱가포르 등지에 사는 여러 중국인들의 감성에 호소하는 것이다. 이런 깨달음을 통해 그는 오늘날 우리의 세계인식과 지식구조에 거대한 전환이 일어나고 있음을 실감하며, 그런 전환이 지식의 영역에서만이 아니라 산업의 영역에서도 진행되고 있다고 지적한다. 그것은 "지금까지 우리에게 익숙했던 대규모 집중형 문명체계에서 분산형 네트워크 사회로의 전환"(p.106)이다.

그가 보기에 1990년 전후 냉전의 해체와 소련의 붕괴는 사회주의의 존립근거를 무너트렸고, 21세기 들어 이라크전쟁과 금융위기는 '미국 일극지배'의 만능시대를 끝장냈다. "미국 자신이 '체인지'라고 외치기 시작했고 '신자유주의'라 불린 시장원리주의와 결별하려 하고 있다."(p.119) 그런데도 일본은 냉전 이후의 이런 변화를 파악하지 못한 채 거의 20년 동안표류를 거듭하면서 사고정지 상태에 빠져 있었다고 그는 진단한다. 이 대목에 이르러 테라시마가 『세계를 아는 힘』에서 말하고자 하는 바의 핵심이 제시되는데, 그는 고이즈미식 구조개혁과 시장주의·경쟁주의를 벗어나야 하며, 그와 더불어 미군이 일본에 주둔해 있는 것과 같은 냉전시대적 상황이 재검토되어야 한다고 주장한다.

따라서 동아시아 안정을 위한 미군기지를 오키나와와 한반도로부터 하와이와 괌으로 이전하는 방안은 충분히 검토할 만하다. 동아시아 안정을 위한 긴급파견군을 유지하는 구상을 일본이 미국에 제안하고 거기에 필요한 경비를 일본이 응당히 부담하는 등, 새로운 안전보장체제를 꾀하는 방향도 검토되어야 한다고 생각한다. (p. 139~140)

이것은 우리 한반도의 입장에서도 매우 중요한 제안이다. 왜냐하면 그것은 일본에게 전후체제의 청산을 뜻하는 것일 뿐더러 한반도에 있어서도 냉전체제의 극복을 위한 결정적 한걸음이 되기 때문이다. 그러나 이러한 발상의 소유자인 테라시마가 반미주의자인 것은 결코 아니다. 그는 기본적으로 미일군사동맹의 유지를 찬성한다. 다만 그는 위의 인용문에 제시된 바와 같이 새로운 세계상황에 맞는 유연한 발상의 안전보장이 요청된다고 주장하는 것이다. 이러한 새로운 국가정책의 방향을 그는 '친미입아親美入亞'라는 슬로건으로 요약하는데, 그 자신의 설명에 따르면 그것은 "미국이 아시아에서 고립당하지 않도록 배려하면서 다른 한편으로는 일본이 아시아로부터 신뢰를 얻는 일"(p. 141)이다. 그리고 이와 같은 커다란 방향전환이 바로 '민주당정권 탄생이 의미하는 바'(p. 119)라고 그는 설명한다. 민주당 내각의 첫 총리 하토야마를 자신의 친구라고 부른 데서 짐작되듯이,『세계를 아는 힘』을 저술하게 된 중요한 목표 중의 하나는 민주당의 정치철학과 정책방향을 대중적으로 홍보하는 것이 아닌가 추측할 수 있다.

일본의 정치적 자기분열

앞에서도 언급했듯이 자민당의 54년 장기집권을 넘어 등장한 민주당 정부는 애초에는 상당한 기대를 모았다. '공정사회' '시장과 복지의 양립' '사회개혁과 분권사회' 등의 구호가 서민들에게 어필했을 뿐더러 미국 오바마 행정부의 출범과 시기적으로 맞물려 미국의 과도한 압력에서 얼마쯤 벗어날 수 있을 듯한 가능성도 엿보였다. 특히 중국이 크게 부상하는 시대적 변화에 부응하여 아시아 국가들과 새로운 관계정립에 성공한다면 그것은 21세기 일본의 국가적 진로에 획기적 전환의 계기가 될 수 있을 것이었다. 하지만 그러한 기대들은 어이없이 무너지고 말았다. 정책목표들이 나쁜 것은 아니었으나 실제의 정책수행에서 민주당 정부는 무능과 미숙함을 드러냈던 것이다.

무엇보다 결정적 요인으로 작용한 것은 말만 앞세운 민주당의 아시아 중시 외교였다. 이 경우 아시아란 구체적으로는 중국을 가리키는데, 일본이 '동맹국' 미국과 미국의 '잠재적 적국' 중국 사이에서 균형자 노릇을 자처한다는 발상은 미국으로서는 절대 용납할 수 없는 배신이었다. 게다가 오키나와의 후텐마기지 이전문제의 처리에서 보여준 불투명하고 우유부단한 태도는 때맞춰 발생한 한국에서의 천안함 사건 (2010. 3. 26)과 연결되면서 미국으로 하여금 하토야마를 강하게 압박할 빌미를 만들어주었다. 어떻든 민주당 정권의 몰락과정을 통해 새삼 입증된 것은 일본국가의 진로를 결정함에 있어 미국은 여전히 부동의 거부권을 가진 존재라는 점이었다. 이런 맥락에서 일본이 미국에 얼마나 종속적인 국가인가 하는 점을 극히 신랄하고 냉소적으로 묘사한 책이 매코맥 교수의 『종속국가 일본』이다.

이 책의 영어판 원본이 출간된 것은 2007년이고 한국어 번역판이 출간되는 것은 2008년인데, 그 이태 사이에 일본에서는 두 명의 총리가 새로 취임하고 사임하는 일이 벌어졌다. 이 사실을 지적하는 것으로 매코맥은 한국 독자에게 보내는 머리말을 시작하는데, 그는 일본에서 벌어지는 이러한 정치적 위기의 근본원인이 "전후 형성된 일본인의 자기정체성 혼란"에 있다고 본다. 그런데 오늘의 일본인 정체성은 미 군정기에 미 정부당국에 의해 의도적으로 만들어진 것이다. 즉, 오늘날 일본인의 내면을 지배하는 정치적 자의식은 일본에 대한 미국 전후정책의 치밀한 계획적 산물이다. 그 결과 일본에서는 다음과 같은 두 가지 역설적 상황이 나타난다.

첫째, 일본이 미국에 종속되기를 주장하는 사람들은 '내셔널리스트'라고 자칭하는 반면, 미국의 이익보다 일본의 이익을 우선시하는 사람들은 '비非 일본인'이라고 여기는 경향이 있다는 점이다. 둘째, '보수적'이라는 단어가 헌법개정을 포함하여 전후 일본사회를 재구성할 필요가 있다고 주장하는 사람들을 일컫는 데 사용되고 있다는 점이다. 이와 달리 전후 형성된 일본의 민주주의를 '지키려고 하는' 사람들은 진보주의 혹은 급진좌파로 분류되고 있다. (『종속국가 일본』, p. 4~5, 이하 쪽수는 같은 책)

일본에서의 이런 이념적 전도顚倒현상은 '평화헌법' '자위대' 등과 관련된 몇 가지 특수한 사안을 제외하면 한국현실에도 거의 그대로 적용될 수 있을 것이다. 그러나 매코맥은 전후 일본과 한국의 국가형성 과정과 형성의 조건이 똑같이 '미국과의 관계 맺기'에서 이루어졌고 그 조건에 아직 본질적 변화가 없다는 점은 같지만, 한국에서는 그동안 치열한 민주주의 혁명이 전개되어 국가와 시민사회의 관계에 커다란 전환이 일어난 반면 일본에서는 민주주의가 깊게 뿌리내리지 못하여 시민사회가 국가권력을 넘어설 가능성은 상상할 수 없다고 지적한다. 과연 일본의 경우 김대중-노무현 정부와 같은 민주개혁 정권의 등장은 적어도 이 책이 출간된 2007년의 시점에서는 가망 없는 일로 여겨졌던 것이 사실이다. 반면에 일본의 정치는 미국의 상대적 쇠퇴와 중국의 약진이 가시화될수록 이 책의 주된 분석대상인 고이즈미 정권에서처럼 모순적이고 자기분열적인 양태를 드러낸다.

중국이 경제강국으로 부상하고 남한에서 성숙하고 역동적인 시민 민주주의가 발전하는 사태에 직면하여 고이즈미 정권의 일본은 모순적이며 심지어 분열증적인 전략을 추구했다. (고이즈미가 이따금씩 평양을 방문한 데서 보이듯) 어느 순간에는 경이적인 경제성장과 민주적 제도에 토대를 둔 지역공동체 건설에 참여할 듯하다가도, 결정적으로 미국이라는 군사화된 세계제국에 의존하는 종속적 대리인 노릇을 하는 식이었다. 고이즈미는 매년 야스쿠니를 방문하여 아시아의 이웃들을 격분시키고 이라크와 다른 지역에 대한 미국의 군사작전에 협력하는가 하면, 북한과의 관계정상화를 개인적인 정치임무로 받아들이고 공동체로서 동북아시아의 미래에 대한 신념을 피력하기도 했다. (p.169)

그러나 이 종잡을 수 없는 정치적 자기분열은 고이즈미 개인의 병리적 인격을 반영하는 것이라기보다 절정기를 지난 서구문명과 회복기에 접어든 아시아문명 사이에서 방황하는 정치약소국이자 경제대국으로서의 일본의 딜레마를 보여주는 것인지 모른다.

동아시아공동체의 꿈

오늘날 일본과 한국(한반도)은 향후 국가진로의 모색에 있어 본질적으로 동일한 위기에 직면해 있다고 생각된다. 물론 양국은 근대전환의 경로가 달랐고, 따라서 오늘의 상황도 다르다. 그러나 지난 100년, 150년 동안 공히 부국강병 노선을 추구해온 점에서—성패를 떠나—크게 다른 것은 아니다. 하지만 이제 그 노선 자체의 정당성과 유효성을 재검토해야 할 시점에 이른 것도 확실하다. 일찍이 근대 초기에 일본인들이 설정했던 탈아입구脫亞入歐라는 목표 가운데 '아'와 '구'의 역사적 비대칭관계에 재균형이 생기기 시작했고, 뿐만 아니라 그 '아'와 '구'를 포함한 지구현실 전체가 이제 팽창의 한계에 다다랐음도 분명해 보이기 때문이다. 인류생존의 지속가능성을 함께 찾아볼 시점에 이른 것이다.

다른 한편, 냉전의 종결은 동아시아 국가들로 하여금 유일패권국 미국의 영향력 바깥에서 "어떻게 하면 평화롭고 정당하며 협력적인 질서를 건설할 수 있을 것인가"(p.196)를 모색하게 만들었다. 동아시아에서도 중국·일본·한국 및 북한과 타이완 등 동북아시아 국가들의 지역적 협력체 결성의 필요성에 대해 『종속국가 일본』의 매코맥 교수보다 먼저 문제제기를 한 사람은 일본의 와다 하루키和田春樹 교수였다. 그는 1990

년 7월 동아일보사와 아사히신문사가 공동주최한 서울의 한 심포지엄에서 "동북아시아 여러 나라가 평화적으로 상호협력하며 살 수 있는 공생의 형태"로서 소련 고르바초프가 제안한 '유럽 공동의 집' 아이디어에서 영감을 얻은 '동북아시아 공동의 집' 구상을 제안했다. 이후 와다 교수와 그의 학문적 동료 강상중姜尙中 교수는 그 문제의식을 더욱 발전시켜 각각 『동북아시아 공동의 집』(와다 하루키 지음, 이원덕 옮김, 일조각, 2004)과 『동북아시아 공동의 집을 향하여』(강상중 지음, 이경덕 옮김, 뿌리와이파리, 2002)를 간행하였다. 그중 가령, 강상중 교수는 일본 중의원 제151회 헌법조사회(2001.3.22)에 출석하여 발표와 토론을 하고 그 내용을 자신의 저서에 전재하였다. 그의 발표 가운데 다음과 같은 대목들은 강 교수가 테라시마의 '친미입아' 슬로건을 벌써 여러 해 전에 선취하고 있었음을 보여준다.

저는 현재 일본 국민의 마음속에는 미국에 대한 친밀감과 동시에 반발심 또한 엄청나게 쌓여 있다고 생각합니다. 저는 일본이 미일관계를 반석처럼 탄탄하게 유지하면서 어떻게 인근 아시아 여러 나라 가운데 참으로 이웃이라고 부를 수 있는 동반자관계를 구축해갈 것인지가 21세기 일본의 진로에서 가장 큰 주제가 아닐까 생각합니다. (『동북아시아 공동의 집을 향하여』, p.33)

이제 일본이 처음으로, 싫든 좋든 한국과 일본의 동반자관계를 만들고 그것이 한반도 전체와 일본의 동반자관계를 통해 미일관계의 왜곡을 조금씩 바로잡아가는 다극적인 관계로 축을 옮기지 않으면 안되는 시대를 맞이하고 있다고 생각합니다. 그저 워싱턴과 월가만 바라보고 있으면 안락한 삶을 누릴 수 있는 시대는 끝났습니다. 미일 안보체제를 기축으로 한다고 하더라도 어떻게 인근 아시아 여러 나라와 다극적인 관계를 만들어낼 것인가가 21세기 일본의 요체라고 말씀드리고 싶습니다. (같은 책, p. 46)

그리고 보면 노무현 정부의 '동북아 균형자'론도 발상의 뿌리에 있어서는 '친미입아'론과 맥을 같이한다고 할 터인데, 두 나라 정부들의 미숙한 대응은 미국의 압박을 돌파하는 데도 성공하지 못하고 국내 여론의 지지를 끌어내는 데도 실패함으로써 오늘과 같은 거대한 반동의 시대를 열고 말았다.

그런데 매코맥 교수는 동아시아 또는 동북아시아 개념이 해결해야 할 현실적 모순으로 다음 세 가지를 들고 있다. (『종속국가 일본』, p. 197~199) 첫째, 표면적으로 가장 분명하게 드러나는 모순은 일본 내셔널리즘과 중국 내셔널리즘의 대립이다. 두 번째는 아시아의 지역적 정체성과 전지구적 패권국가로서의 미국 사이에 있는 모순이다. 세 번째는 "아마도 가장 감지하기 힘든 것으로, 일본의 국가정체성 의식에 배어 있는 고전적 모순"이다. 즉, 일본이 역사적으로 그리고 현실적으로 자신을 어떤 국가로 규정할 것인가에서 발생하는 모순이다. 이 모두 깊은 고뇌와 현명한 대처가 필요한 국가적·세계사적 과제라 하겠다.

2012년 말에 나타난 한·중·일(및 북한) 3국(4국)의 정치적 선택은 '동아시아공동체'의 가능성을 거론하는 것조차 희화적으로 느끼게 할 만큼 퇴행의 모습을 보이고 있다. 최초의 발설자인 와다 교수부터 강상중·매코맥 교수까지 그들은 한결같이 자기들 저서에서 동아시아 평화체제의 건설과 정착에 있어 한국(한반도)의 역할이 중심적이고 결정적임을 입을 모아 강조한 바 있는데, 그 출발은 다름 아닌 남북한 간의 교류와 화해이다. 그런가 하면 남북한 화해구조의 성립에는 미·중의 우호적 협력이 필수적이라고 할 수 있고, 이 양대 국가로부터의 협력만 가능해진다면 2013년의 현안 즉 아베 정권의 경거망동을 제어하고 북핵문제를 해결하는 길이 열릴 수 있을 것이다. 그러나 무엇보다 중요한 사실은 그 길을 열기 위한 실낱같은 희망의 모든 이니셔티브를 쥐고 있는 유일한 당사자가 한국 정부와 한국 시민사회라는 점이다.

(2012. 12)

중국을 공부하자

중국 관련 서적의 열풍

유사 이래 중국은 언제나 우리에게 아주 특별한 존재였다. 중국은 워낙 인구가 많고 땅덩이가 넓은데다 유구한 문화전통을 지닌 거대국가이므로, 우리는 이런 나라 옆에 붙어 있다는 지정학적 위치만으로도 늘 문제적인 상황에 놓일 수 있다. 황허 유역에서 출발한 한족漢族문명이 끊임없이 비非한족세력을 흡수 동화하면서 중국대륙 전체로 지배영역을 확장해온 지난 4천여 년의 역사를 돌이켜보면, 우리가 중국문화의 압도적 영향 밑에서도 의연히 독립적 존재를 유지해왔다는 것은 보통 일이 아니다.

그런데 19세기 들어 유럽열강의 동아시아 침략은 이 지역의 정치지형에 커다란 혼돈을 가져왔고 특히 그 중심국가인 중국에 심대한 상처를 안겨주었다. 아편전쟁(1840~1842)·청불전쟁(1884~1886)·청일전쟁(1894)에서 잇단 굴욕을 맛본 중국인들로서는 자력으로 대륙에서 외세의 침탈을 물리치는 데 성공한 1949년에 이르러서야 비로소 자존심 회복의 출발점에 섰다고 할 수 있을 것이다. 그것이 바로 마오쩌둥에 의해 선포된 중화인민공화국의 성립인데, 유감스럽게도 뒤이은 6·25전쟁으로 말미암아 중국과 한국은 40여 년간 적대적 단절상태로 지내지 않으면 안되었다. 그 결과 우리 몸은 유교를 비롯한 전통중국의 유훈에 여전히 젖어 있으면서도 우리의 머리는 현대중국의 정치적 선택과 이념적 지향에 대해 무지할 수밖에 없었다. 한중수교(1992) 이후 중국관련 각종 서적들이 점점 더 봇물을 이루는 것은 그런 점에서 이해되는 측면이 있다.

중국 고대사를 보는 상대주의적 시각

'중공' '죽(竹)의 장막' 같은 낱말로 중국이 지칭되던 시절 그래도 우리에게 중국에 관해 공정한 지식을 전해주던 저자의 한 사람으로 나는 미국의 저명한 중국학자 존 K. 페어뱅크(1907~1991)를 기억한다. 1960년대에 주일대사를 지낸 에드윈 라이샤워(1910~1990)와 공저로 나온 『동양문화사』(全海宗·高柄翊·閔斗基 공역, 을유문화사, 1964)는 젊은 시절 내가 애독한 명저의 하나였다. 책의 제목으로 사용된 '동양'이란 말에서는 어딘지 일제잔재가 느껴지는데, 요즘 같으면 원저의 제목대로 당연히 『동아시아 문명사A History of East Asian Civilization』(1960)란 표제로 간행되었을 것이다. 이 책은 그후 여러번 개정판이 나왔으며, 지금도 독자가 끊이지 않는 것으로 알고 있다. 페어뱅크 사후에 출간된 『신중국사』(김형종 외 옮김, 까치, 2005) 역시 저자의 혜안과 통찰력이 돋보이는 명저이다. 중국사에 관한 대부분의 책들이 그렇듯이 이 책도 중국의 기원부터 서술해나 가지만, 그 까닭은 근대중국의 해명을 위한 기초작업으로서의 필요 때문이라 짐작된다.

반면에 최근에 내가 읽은 책 『열린 제국 : 중국, 고대~1600』(발레리 한 센 지음, 신성곤 옮김, 까치, 2005)은 페어뱅크의 『신중국사』가 소략하게 다루 고 넘어간 장구한 중국사의 앞부분, 즉 문자기록이 시작된 기원전 1200 년경부터 예수회 선교사들이 중국에 들어온 명말明末까지를 다루고 있 다. 그러나 이렇게 두 저서가 바라보는 곳은 상반되지만, 밝히고자 하 는 내심의 목표는 사실상 동일한 것이라고 말할 수 있다. 왜냐하면 고 대·중세 중국문명의 위대한 성취와 근대중국의 참담한 굴욕은 서로 무 관한 별개의 것이 아니라 마주보며 상대를 비추는 두 개의 거울 같은 것 이기 때문이다. 그런데 『열린 제국』이 나에게 흥미로웠던 것은 저자가 여성임을 상기시키는 여성주의적 시각뿐만 아니라 생활사적·문명교류 사적 관점이 역사 해석의 새로운 시각으로 작동하고 있다는 점이다. 나 아가 저자는 "역사기록에서 황제의 중요성을 과장하고 다른 사회집단 의 공헌도를 축소해온 전통적 역사의 모델, 이른바 왕조사관王朝史觀을 따르지 않는다"(『열린 제국』, p.16)고 천명하는데, 그런 입장에서 저자는 불 교의 전래가 왕조의 교체보다 민중들의 일상생활에 더 큰 영향을 주었 다고 주장한다. 아마 이보다 더 논란이 될 만한 것은 저자가 중화주의 내지 중화민족주의의 뿌리깊은 전통에 회의적인 시선을 보내고 있다는 사실일 것이다. 가령, 다음과 같은 설명을 읽어보자.

한漢왕조는 진秦의 유산을 토대로 400여 년 동안 통일제국을 이끌었다.

한왕조의 몰락까지 한어를 사용하는 집단은 중화제국의 영토 대부분을 정복해갔고, 한어를 사용하지 않는 수많은 집단을 제국의 주변부인 먼 산간 지역으로 내쫓았다. 한왕조는 3세기 초에 붕괴되었지만, 중국대륙은 그때부터 역사기록을 장악한 한어사용 집단에 의해서 채워져나갔다. 고고학적 증거를 보면 이 시기의 초기에 존재했던 지역적 다양성이 후기로 가면 훨씬 더 약화되었다는 점을 확인할 수 있다. (앞의 책, p.25)

오늘날 우리가 중국이라는 단수명사로 부르는 존재의 정체성이 태초부터 있었던 것이 아니고 진·한의 통일제국을 거치는 동안 역사적으로 형성되었다는 설명이다. 전문가들이 발레리 한센의 이 설명을 어떻게 받아들일지 나로서는 매우 궁금하다. 심지어 저자는 전국시대에는 단수 아닌 복수의 중원국가들이 황허 유역의 화북지역에 할거하고 있었으며, 양쯔강 유역은 중국 영역의 남쪽 변경을 이루고 있었을 뿐이라고 말한다. (앞의 책, p.76 참조)

한편, 5세기 초 불법을 구하러 인도에 왔던 한 중국인 승려는 인도의 수준높은 학문에 경탄한 나머지 "다시는 변방국가에 태어나지 않겠다"고 맹세했다 하는데, 한센에 의하면 자신의 조국을 변방국가라고 말한 중국인은 역사상 거의 전무후무라고 한다. 어떻든 우리는 이런 서술 속에서 '중국'의 절대적 중심성이 상대주의의 저울 위에 올려지는 것을 본다고 하겠다.

강대국이자 개발도상국

중국에 관해 씌어진 수많은 책들 중에서 정말 양서라 할 만한 것을 천거하는 일은 내 능력 밖의 일이고, 다만 내가 읽은 범위 안에서 두 권의 신간을 소개하는 것으로 책임을 면하려고 한다. 하나는 너무도 유명한 헨리 키신저의 최근 저서 『중국 이야기』(권기대 옮김, 민음사, 2012)이고, 다른 하나는 프랑스의 언론인 카롤린 퓌엘Caroline Puel의 『중국을 읽다』(이세진 옮김, 푸른숲, 2012)이다.

먼저 후자에 대해 간단히 살펴보겠다. 저자 퓌엘은 나에겐 완전히 낯선 인물이다. 속표지 날개의 저자 소개에 의하면 그녀는 파리정치대학을 졸업하고 중국외교학원에서 수학했으며, 1980년대 중엽 주중 프랑스대사관 언론담당관을 시작으로 지금까지 주로 언론 관계 일을 하면서 미술과 문학에 대해서도 많은 저서를 펴냈다고 한다. 그녀의 이런 이력은 이 책의 성격에도 잘 드러나 있다. 한마디로 『중국을 읽다』는 부도옹不倒翁 덩샤오핑이 우여곡절 끝에 권좌에 올라 중국의 지휘봉을 장악한 1980년 1월부터 장쩌민과 후진타오를 거쳐 시진핑으로의 권력승계가 가시화된 2010년 11월까지 30년간의 중국의 정치·경제·사회·국제관계 등 각방면의 사건과 변화들을 개관하고 있다. 어느 한 시기 또는 한 주제를 둘러싼 심층적인 분석을 찾을 수는 없으나, 대신 마치 '역사신문'의 파노라마를 보는 듯한 속도감 속에서 거대국가 중국이 그 무거운 몸집을 이끌고 어디를 향해 발걸음을 옮겨왔는지 실감나게 따라올 수 있다. 이 책에 서술된 다음과 같은 언명들은 비록 상식 이상의 것은 아니라 하더라도 바로 그렇기 때문에 여전히 우리에게 진지한 숙고의 과제를 남긴다고 하겠다.

　인류 역사상 이렇게 큰 나라가—유럽 23개국을 합친 것보다 더 넓고 인구도 더 많은 나라가—이렇게 짧은 기간에 이토록 대대적인 변화를 겪은 적은 없다. 중국인들은 서구와 일본이 산업혁명에 성공하여 앞으로 치고 나가는 동안 뒤처진 2백 년을 단숨에 따라잡기로 작정이라도 한 듯하다. 이 30년은 중국역사는 물론 세계사에서도 아주 중요한 시기로 기록될 것이다. (『중국을 읽다』, p. 37)

　경제 면에서 중국은 이미 세계 2위의 대국이 되었지만 이제 새로운 방향을 잡는 중이다. (중략) 이제 결산의 시간이 온 것 같다. 비록 한 세대 동안의 성공은 4억 명의 중산층을 형성하고 다른 4억 명을 절대빈곤에서 끌어냈지만—물론 이 성과도 대단한 것이다—국제통화기금에 따르면 2010년에도 중국의 구매력 평가기준 1인당 GDP는 세계 99위에 그쳤다. 중국은 강대국인 동시에 개발도상국이라는 역설적 위치에 있다. (앞의 책, p. 571)

'중국 전문가'의 증언

　키신저의 책에 대해 말하기 전에 최근 읽은 신문기사 하나를 소개하겠다. 다음은 『한겨레』(2012. 2. 7일자, 15면)의 기사내용이다 : 지난 4일 독일 뮌헨의 국제안보포럼에서 헨리 키신저 전 미국 국무장관이 진행한 「미국·유럽과 아시아의 굴기」 주제의 토론에서 패널로 나선 존 매케인 미국 상원의원은 "아랍의 봄은 중국에도 일어날 것"이라고 말한 뒤, 참석자인 장즈쥔 중국 외교부 부부장(차관)을 손가락으로 가리키며 "당신들은 아랍의 봄을 완전히 피할 수는 없다"고 재차 강조했다. (중략) 그러나 장즈쥔 부부장은 "중국에 소위 아랍의 봄이 일어난다는 것은 환상일 뿐"이라고 맞받았다. "서구 기관들의 여론조사에서도 중국 국민들은 정부에 70%가 넘는 지지를 표했다. 개혁개방 30여 년간 중국이 이룬 성취는 역사상 어느 단계보다 뛰어나다"고 근거를 댔다.

이 기사에서 우선 내 눈길을 끈 것은 키신저의 건강이었다. 그는 1923년생이므로 우리식으로 말하면 아흔인데, 그 나이에 국제적인 포럼의 사회를 맡을 만큼 지적인 활동력을 과시한다는 것이 실로 놀랍다. 하기는 『중국 이야기』 같은 두툼한 저서가 간행된 것도 2011년이다. 다음으로 주목되는 것은 존 매케인 같은 유명한 미국 정치인의 국제정세에 대한 관점이다. 매케인은 지난번 공화당 대통령 후보였으므로 단순히 개인적 견해의 표명에 그치지 않고 스스로 미국 보수층 전체의 입장을 대변한다고 자부했을 수 있다. 그렇다 하더라도 나는 그가 자신을 저우언라이 앞에 선 덜레스 같은 반공투사로 착각한 것이 아닌지 의심스럽다. 하지만 지금은 1950년대가 아닌 것이다. 그런데 문제는 오늘도 다수의 미국인들이 매케인과 같은 시대착오적 우월의식에 젖어 냉전시대의 눈으로 중국과 아시아·아프리카를 바라보고 있다는 사실이다. 그런 점에서 키신저의 『중국 이야기』는 미국 독자들에게 상당한 교정효과를 발휘할 것이다.

이 책의 '서문'에 나오듯이 키신저는 1971년 7월 닉슨 대통령의 특사로 처음 중국을 방문한 이래 지금까지 50번 이상 중국을 다녀왔다고 한다. 알다시피 이듬해 2월 21일부터 27일까지는 역사적인 닉슨의 중국 방문이 이루어졌으므로, 이 글을 쓰는 지금이 꼭 40주년 되는 기간이다. 외국의 주요인사로서 키신저만큼 자주 중국을 방문한 사람은 거의 없을 텐데, 그는 단지 자주 갔을 뿐만 아니라 마오쩌둥·저우언라이·덩샤오핑 같은 현대중국의 위대한 건설자들과 솔직한 대화를 나누고 개인적 친교를 쌓음으로써 누구도 대신할 수 없는 탁월한 '중국 전문가'가 되었다.

그는 중국 지도자들과 만나 대화를 나눌 때마다 상세한 기록을 만들었는데, 그것은 미국과 중국 고위층 사이에 오간 매우 중요한 외교문서이기도 하다. 내 짐작이지만, 키신저의 『중국 이야기』가 이렇게 늦게 간행된 이유의 하나는 외교문서의 비밀유지 기간에 관계될 것이다. 아무튼 세계를 움직이는 나라들의 최고위 지도자들이 만나면 무슨 이야기를 주고받는지, 그들도 상대의 안부를 묻고 농담을 건네는지, 입으로 하는 말과 가슴에 품은 생각이 어떻게 다를 수 있는지, 그리고 그런 것들이 이후 국제정치의 향방에 어떤 영향을 끼치는지 하는 것을 이 책만큼 구체적으로 증언해주는 사례도 많지 않을 것이다. 앞으로 이 방면 전공자들의 본격적인 후속연구가 따라야 할 것으로 본다.

번역의 중요성

마지막으로 『중국 이야기』의 번역에 대해 한마디 쓴소리를 하지 않을 수 없다. 번역은 대강의 뜻만 옮기면 되는 속편한 작업이 아니다. 언어란 단순히 사고의 결과물을 담는 그릇이 아니라 사고의 과정 그 자체이다. 그러므로 제대로 된 번역에서 원저자의 사유의 밀도와 문장의 호흡이 번역문에 반영되기를 바라는 것은 결코 과욕이 아니다. 키신저라고 하면 미국을 대표하는 외교 전략가이자 탁월한 국제정치학자이기도 한데, 번역판 『중국 이야기』의 문체는 조금도 키신저답지 않게 엉성하고 졸렬하다. 심지어 터무니없는 오역도 더러 눈에 띈다. 예를 들어보자.

> 중국 국경에 미군이 자리잡고 있는 것보다 마오쩌둥이 한층 더 싫어할 시나리오는 만주에 대한민국의 임시정부가 들어서 거기 사는 조선족과 접촉하고 일종의 주권을 주장하며 시도 때도 없이 한반도 쪽으로 군사적 모험을 감행하는 것임을 스탈린은 알고 있었다. (『중국 이야기』, p. 182)

이것은 6·25전쟁 중 중국군의 참전을 목전에 두고 스탈린·마오쩌둥·김일성의 이해관계가 첨예하게 엇갈리는 지점을 묘사한 대목이다. 김일성은 최악의 경우 만주에 임시정부를 세우고 끝까지 항전할 작정인 반면, 마오쩌둥은 그것을 중국 국경에 미군이 자리잡는 것보다 더 싫어하리라는 것, 그 사실을 꿰뚫고 있는 스탈린도 나름으로 주판알을 굴리고 있다는 것이다. 그런데 번역문은 상식에 어긋난 오류를 저지르고 있다.

물론 번역에서는 발신자와 수신자 간의 문화적·언어적 차이 때문에 넘을 수 없는 간극이 생기고 불가항력적 근사치로 때워야 하는 수도 적지 않다. 특히 시詩와 같은 민감하고 섬세한 언어조직의 경우 번역은 반역이란 말이 나오는 것도 무리가 아니다. 그러나 다종의 언어와 다양한 문화가 공존하는 지구현실에서 번역의 결정적 역할은 결코 감소하지 않을 것이다. 일찍이 19세기 후반부터 백여 년 넘는 동안 일본의 유럽어 번역자들이 치른 노고는 그들에게 그야말로 일본 근대화의 주역이라는 영예를 안길 만한 것이었다. 지난 세월 우리말 번역자들도 그 일본인 선배들의 수고에 덕본 바 적지 않을 것이다. 그러나 이제는 우리의 번역문화도 자립할 때가 됐다. 유럽어의 복합적 구문을 감당할 만큼 우리말의 표현가능성 자체가 어느 정도 신장되었다고 믿어지기 때문이다. 번역에 대한 사회적 관심과 지원 그리고 현장번역자들의 분발이 요청된다.

(2012. 2)

핵 없는 세상을
위하여

한반도를 지배해온 강대국 프레임

  오래전부터 많은 한국인에게 원자폭탄은 고마운 물건이라는 인상이 박혀 있었다. 미국이 떨어뜨린 원폭 두 발로 일제가 항복했고 그 덕분에 우리가 해방되었다는 신화가 이 나라를 지배해왔기 때문이다. 6·25 전쟁을 겪은 후에는 미국에 대한 의존이 더 심해져서, 오늘날도 이른바 북핵위기가 고조될 때마다 사회 일각에서는 미군 전술핵의 재도입을 추진하자느니, 독자적으로 핵개발을 모색할 때가 됐다느니 하는 터무니없는 공론이 일곤 한다. 1970년대 중반 박정희 정부에서 은밀하게 시도했던 핵무기 개발계획도 김진명의 베스트셀러 소설 『무궁화꽃이 피었습니다』(1993) 탓인지 실체적 사실과 무관하게 일반 대중의 애국주의 정서를 자극하는 기표가 되고 있다.

  이 신화의 주술에서 벗어나는 것은 당연히 쉬운 일이 아니다. 가장 중요한 이유는 두말할 것 없이 8·15 이후 오늘까지 미국이 한국인의 삶에 있어 거의 절대적 규정력을 발휘해왔기 때문이다. 해방과 분단, 6·25전쟁이 진행되는 과정에서 우리가 역사의 주인다운 노릇을 제대로 못했다는 것은 부끄럽지만 자인할 수밖에 없는 사실이고, 휴전 직후 체결된 한미상호방위조약(1953.10.1 체결, 1954.11.18 발효)도 단지 군사 분야에서의 외적 규정이었을 뿐만 아니라 정치·경제·문화 등 삶의 모든 영역에서 우리의 행동과 사고를 제약하는 심리적 규범이 되어왔다. 따라서 핵문제를 바라보는 미국 지배층의 관점은 그때그때 필요한 약간의 수정을 거쳐 그대로 한국인에게 전수되고 내면에 정착되었다.

이번에 소개하려는 『핵의 세계사』(정욱식 지음, 아카이브, 2012)는 그렇게 입력된 고정관념 아닌 다른 눈으로 핵의 역사를 보고자 한다. 저자는 제2차 세계대전 중 미국 원자탄 제작을 담당했던 맨해튼 프로젝트부터 최근의 일본 후쿠시마 원전사고와 북한 김정은 체제의 등장에까지 이르는 핵문제의 전개과정을 우리의 주체적인 시각에서, 그리고 평화지향적인 입장에서 연대기적으로 추적한다. 그렇게 함으로써 저자는 과거의 정치·군사·국제관계를 지배했던 강대국의 프레임들이 어떻게 여전히 한반도의 현재를 움직이는 힘으로 작동하고 있는지, 그리고 더 나은 미래를 만들어나가자면 그 프레임의 극복이 어떤 방향에서 이루어져야 할지 모색하고 있다.

핵무기와 핵발전은 얼마나 다른가

"저는 핵전쟁이나 지구온난화와 같은 재앙으로 인류가 1000년 이내에 멸망할 것이라고 생각합니다."(『핵의 세계사』, p.13, 이하 쪽수는 같은 책) 첫 페이지를 열면 이 인용문으로 프롤로그가 시작되는데, 이것은 유명한 영국 물리학자 스티븐 호킹 박사가 2012년 1월 8일 70세 생일을 맞아 위기의 세계를 향해 던진 경고라고 한다. 그러나 나 같은 사람은 1000 년은커녕 100년 앞도 장담할 수 없다고 생각한다. 어느 쪽이든 인류문 명의 종말이 다가오고 있다는 위기감의 근원에는 다른 무엇보다 핵문 제가 도사리고 있다는 것이 저자의 문제의식의 출발점이다.

이 책이 문제 삼고 있는 것은 '무기'로서의 핵뿐만 아니라 '에너지'로 서의 핵이다. 저자는 핵의 '군사적 사용'과 '평화적 이용', 즉 핵무기와 핵발전 사이에는 기술적으로나 국제법적으로 경계선이 모호하다고 지 적하며, 따라서 "핵무기와 에너지에 대한 통합적인 시각과 철학이 요구 된다"(p.15)고 주장하는 것이다. 이것은 매우 선진적이고도 근본적인 관 점이다. 그런데 실은 저자 자신도 핵에 대해 안이한 생각을 가지고 있 었다고 고백한다. 평화운동가로서 핵무기 없는 세계를 위해 노력하면 서도 그는 '핵의 평화적 이용은 어쩔 수 없는 것 아니냐'(p.21)고 여겨왔 다는 것이다. 그러다가 후쿠시마 참사를 계기로 '깨끗하고 안전한 핵' 이란 관념은 미신에 불과함을 깨달았다고 한다.

하지만 이렇게 말하면서도 실제로는 책의 대부분 내용은 한반도와 동아시아를 둘러싼 강대국들 간의 반세기 넘는 군사적·외교적 게임에 서 핵무기가 얼마나 오용되고 남용되어왔는가를 연대기적으로 추적하 는 데 바쳐지고 있고, 그 과정에 에너지로서의 측면이 어떻게 직·간접적 으로 개입되어 있는지는 세심하게 규명하지 못하고 있다. 전체 30장으 로 이루어진 저서 가운데 20장·21장·27장에서만, 그러니까 미국 스리마일 원전(1979.3.28), 소련 체르노빌 원전(1986.4.26), 그리고 일본 후쿠시마 원전(2011.3.11)에서와 같이 중대한 사고발생의 경우와 관련해서만 에너지문제가 다루어지고 있다는 것이 그 점을 말해준다.

핵의 군사적 사용과 '평화적' 이용 사이에 어떤 내적 연관이 있는지, 그리고 양자를 통합적 시각에서 바라본다는 것이 현대사의 심층을 투시하는 데 어떤 의의를 가질 수 있는지 하는 것은 내 생각에는 이 책이 문제로서 제기하고서도 충분히 해명하지 못한 과제이다. 그 점을 1953년의 시점으로 돌아가서 살펴보자.

당시 미국 아이젠하워는 한국전의 종식을 공약으로 내걸고 대통령에 당선되었는데, 한국의 입장에서 중요한 것은 그가 어떻게 전쟁을 끝내고자 하는가였다. 후일 국무장관 덜레스는 "우리는 이미 전장에 원자폭탄을 운반할 수 있는 조치를 취했다"고 증언했고, 아이젠하워의 보좌관 셔먼 애덤스는 1953년 봄에 "오키나와에 핵폭탄을 배치했다"(p.172)고 말했다 한다. 아이젠하워가 집권과 동시에 계획한 공약이행의 방법은 적지에 원폭을 투하하는 것, 적어도 원폭투하의 위협을 가하는 것, 다시 말하면 맥아더가 공공연하게 주장했던 방법이었다. 다행히 마침 미국과 중국을 전쟁터에 더 붙잡아두고 싶어하던 스탈린이 죽음(1953.3.5)으로써 오래잖아 휴전이 성립될 수 있었다. 그러나 아이젠하워의 지시를 받은 합참과 국무부는 정전협정의 잉크가 충분히 마르기도 전인 12월 7일 전쟁재발 시 북한·만주·중국에 "재래식 폭격과 함께 핵공격을 가해야 한다"(p.200)는 공동보고서를 작성했다.

그런데 믿을 수 없는 사실은 그런 보고서를 작성하고 난 바로 다음날(1953.12.8) 아이젠하워가 유엔총회에서 '평화를 위한 원자력' 계획을 발표하면서 다음과 같이 연설했다는 점이다 : "핵시대는 지구촌의 모든 사람들이 우려해야 할 속도로 진행되고 있습니다. (중략) 인간의 경이적인 발명품이 죽음이 아니라 생명에 기여할 수 있도록 모든 열정과 정성을 다해 노력할 것입니다."(p. 266) 나 같은 사람의 머리로는 이렇게 훌륭한 평화주의적 언명과 냉혹한 핵공격 준비명령이 어떻게 한 사람의 입에서 거의 동시에 나올 수 있는지, 그 날카로운 대위법을 이해하지 못한다. 그로부터 60년이 지난 오늘 이명박의 입을 통해서까지 되풀이되는 '원자력의 평화적 이용'이란 발상이 그 화려한 수사 이면에 정반대의 것을 내장하고 있을지 모른다고 의심하는 것은 그러므로 결코 신경과민이 아니다.

한국은 제2위의 원폭 피해 국가

원자폭탄은 출발부터 모순을 안고 있는 무기였다. 제2차 세계대전 직전 히틀러의 독일에 앞서 원폭개발에 착수하도록 권유하는 편지를 루스벨트 대통령에게 보낸 아인슈타인의 선의를 의심할 수는 없다. 맨해튼 프로젝트의 책임자 오펜하이머와 그 밖의 많은 과학자들이 원폭개발에 진력한 것도 히틀러의 광란을 더 이상 방치할 수 없다는 과학자의 책임감 때문이었을 것이다. 그러나 아인슈타인은 미국이 실제로 핵무기를 사용하는 것을 보고 자신의 실수를 자책했고(p. 30) 오펜하이머는 핵실험의 무서운 결과 앞에서 자신이 '세계의 파괴자'가 됐다고 괴로워했다. (p. 37)

아인슈타인과 오펜하이머의 가책은 그들 두 사람만의 것이 아니었다.

당시 일부 과학자들은 핵개발에 관한 "미국의 비밀주의와 핵독점이 또 다른 전쟁으로 이어질 수 있다고 우려했고, 이를 예방하기 위해 핵개발 사실을 소련을 비롯한 국제사회와 공유해야 한다고 주장했다."(p.46) 또, 그들은 1945년 4월 유엔 창설을 위한 회의가 열릴 예정이라는 소식에 "루스벨트가 유엔 창설을 추진한 목적이 핵시대를 맞이해 핵을 주권 국가가 아닌 유엔의 통제 하에 두려는 데 있다"(p.81)고 추측하기도 했다. 참으로 순진한 생각이었다. 원자폭탄은 실험에 성공하는 순간 과학자들의 손을 떠나 원폭개발을 배후에서 조종한 정치가·군인·자본가들의 계산에 맡겨지게 되었기 때문이다.

너무도 잘 알려진 사실이지만, 1945년 8월 6일에는 히로시마에, 사흘 뒤에는 나가사키에 원폭이 투하되었다. 그리고 며칠 후 일제가 항복했는데, 우리는 그것이 원폭 때문이라고 오랫동안 교육받아왔다. 개인적으로 내가 이 고정관념에서 벗어난 것은 『히로시마의 그늘』*이라는 문고판 저서에 의해서였다. 저자인 버체트^{W. Burchet, 1911~1983}는 오스트레일리아 출신의 언론인으로, 2차대전 직후 히로시마 피폭 현장에 최초로 들어가 취재한 기자들 중의 한 사람이고 한때는 6·25전쟁에도 종군한 적이 있다고 한다. 오래전에 읽어 기억에 남아 있는 것이 별로 없지만, 미국이 2차대전 말기 원폭의 실전實戰효과를 시험하기 위해 일본의 은밀한 항복교섭을 뿌리치고 폭격을 강행했다는 버체트의 논지는 나에

---

*윌프레드 버체트 지음, 표완수 옮김의 이 책은 1985년 창작과비평사에서 '제3세계총서 14번' 『히로시마 : 원폭투하의 진상과 냉전체제』라는 제목으로 출간되었다가 1995년 '창비교양문고 34'로 개정판이 나오면서 『히로시마의 그늘』이라는 원제(原題)를 찾았다.

게 큰 충격이었다. 그런데 이번에 『핵의 세계사』를 보니, 원폭효과의 시
험 이외에 더 결정적인 요인으로서 오랫동안 예견되었던 소련의 참전 및
종전終戰의 명분을 얻기 위한 미·일의 이해의 일치 등 여러 요인들이 복
합적으로 관계되어 있음을 알 수 있다.

『핵의 세계사』에서 내 의표를 찌른 문장의 하나는 "한국이 일본에 이
어 세계 2위의 피폭국가임에도 국제사회는 물론 한국인조차 이러한 사
실을 잘 모른다"(p.62)는 것이다. "히로시마와 나가사키 원자폭탄 투하
로 7만 명이 넘는 조선인 사상자가 발생했는데도 말이다. 이들 가운데
약 4만 명은 즉사했고 2만여 명은 귀국했다."(p.61) 우리들 대부분은 이
사실을 어느 정도 알고는 있지만, 평소 거의 잊고 지낸다고 자인하지 않
을 수 없다. 그러니 '한국이 제2위의 피폭국가'라는 단도직입적 문장은
잠든 의식을 일거에 깨우친다고 하지 않을 수 없다. 우리 자신의 무지
와 망각이 한국인 원폭피해자들을 이중의 고통 속으로 몰아넣었던 것
아닌가. 그들은 일본인 피폭자와 달리 한국과 일본 어느 나라 정부로
부터도 아무런 보상이나 치료를 받지 못했던 것이다.

이 대목에서 나는 오래전에 간행된 저서 한 권을 상기하게 된다. 그
것은 박수복朴秀馥 선생의 『소리도 없다 이름도 없다』(創元社, 1975)라는
책이다. 박수복은 1950년대 말 부산일보 기자로 일하다가 1962년 문
화방송 개국과 함께 PD로 근무했고 후에는 방송극작가로 활약한 분
이다. 그는 문화방송에서 논픽션드라마〈절망은 없다〉제작을 맡으면
서 이 프로에 8년 동안 전국 각지의 원폭피해자들을 취재해 다루었는
데, 그 취재노트를 정리한 것이 이 책이다. 제목 앞에는 '한국 원폭피해
자 30년의 기록'이란 문구가 부제처럼 붙어 있으나, 이 책은 엄격한 역

사적 기록이 아니고 피해자 개인들의 피폭 경위와 귀국 후 고난의 이야기를 받아적은 일종의 논픽션이다. "우리 박 여사는 피폭자와 같이 웃고 울고, 문장 한 줄 한 줄마다 피가 맺히고 정情이 서리고 한숨이 섞여 있다. 그러면서도 이 일에 가장 삶의 보람을 느낀다고 하던 작가 박수복. 이 한 권의 책은 우리의 삶의 역사요 세기의 증언이다." ―이것은 한국원폭피해자원호협회 전前회장 신영수辛泳洙씨가 책에 붙인 서문의 한 구절이거니와, 이 구절에는 피해자들의 한맺힌 신음뿐만 아니라 저자 박수복이 그들에게 쏟은 처절한 애정도 함께 배어 있어 감동을 준다.

여기서 다시 『핵의 세계사』로 돌아오면, 나는 박수복의 책에서 정욱식이 소개한 『체르노빌의 목소리』(스베틀라나 알렉시예비치 지음, 김은혜 옮김, 새잎, 2011)를 연상한다. 히로시마의 피해자와 체르노빌의 피해자들, 본질적으로 한 끈으로 이어져 있는 그들의 수난 속으로 들어가 그들의 증언을 생생하게 기록한 두 언론인이 모두 여성이라는 것도 우연이 아니지만, "사고가 발생한 지 벌써 20년이나 흘렀지만, 내가 증언하는 것이 과거인지 또는 미래인지 자신에게 묻고 있다"는 알렉시예비치의 발언(p. 280, 재인용)은 핵에 대한 그야말로 운명적인 고발이다.

북핵의 뿌리는 한국전쟁에 있다

『핵의 세계사』의 가장 중요한 성과는 핵이라는 프리즘을 통해 한국전쟁을 새롭게 조명해보고 한국전쟁을 통해 형성된 대결구도가 이후 지금까지 한반도 현실을 어떻게 왜곡된 방향에서 지배해왔는지 살핀 것이다. 저자도 지적하다시피 6·25전쟁에 관해서는 그동안 수많은 연구와 증언이 나와 있지만, 그러나 아직 해명되지 않은 의문들 또한 허다하다. 저자는 비밀 해제된 미국 문서를 추적하고 외국 연구자들의 업적을 분석하여 이 전쟁에 관한 몇 가지 새로운 결론을 확인하게 되었다고 말한다. 가령, 전쟁발발을 결정지은 가장 중요한 요인 가운데 하나는 핵위력에 대한 트루먼과 스탈린의 '엇갈린' 맹신이었다든지, 지금도 여전히 현안으로 되어 있는 "미국의 대북 핵위협과 북핵의 뿌리는 바로 한국전쟁에 있"는데 그 "한반도 핵문제의 기원은 바로 히로시마와 나가사키에 있"(p.18)다는 것들이 그것이다. 저자가 소개한 AP통신의 기사 내용도 그러한 문제의식과 같은 맥락 위에 서 있는 것으로 보인다.

AP는 한국전쟁 발발 60주년을 맞아 미국의 비밀해제 문서를 분석해 다음과 같은 말을 전했다. "1950년대부터 오바마 행정부에 이르기까지 미국은 반복적으로 북한에 대해 핵무기 사용을 고려해왔고, 계획해왔으며, 위협해왔다." 그러면서 "미국의 핵위협은 북한에 핵무기를 개발하고 보유할 구실을 주고 있다. 북한은 이러한 기본적 문제가 해결되지 않는 한, 핵무기를 포기하지 않을 것"이라고 결론지었다. (p.400~401)

이 시각을 좀더 확장하면 미국의 일방적인 핵공격·핵위협 정책은 2차 대전 시에는 일본에, 1960~70년대에는 베트남에, 그리고 21세기에는 이라크와 이란에 적용되고 있다고 할 수 있다.

여기서 특히 우리의 주목을 끄는 것은 미국뿐만 아니라 소련·중국 등 다른 강대국들도 자국의 이익과 안전을 위해 언제든 한반도를 희생의 제물로 삼을 용의가 되어 있었다는 점이다. 맥아더·트루먼·아이젠하워가 모두 핵무기 사용가능성을 배제하지 않았고 클린턴도 한때 북한 영변에 대한 폭격 직전까지 갔었음은 다 알려진 사실이지만, 마오쩌둥도 "언젠가 미국과의 일전이 불가피하다면 한반도를 전쟁터로 삼는 것도 그리 나쁘지 않을 것"(p.110)이라고 생각했으며, 스탈린 역시 "독소불가침조약을 통해 나치독일이 영국과 싸우도록 했던 것처럼 정전협정 지연을 통해 미국과 중국이 계속 싸우게 만드는 것이 유리하다"(p.156)고 판단했다는 것이다. 그런데 아연실색할 수밖에 없는 사실은 이 나라의 대통령 이승만이 원폭투하 가능성을 시사한 트루먼의 기자회견(1950.11.30)을 전폭 환영하고, 트루먼이 실제의 사용을 머뭇거리자 "왜 원자폭탄을 쓰지 않는가!"라며 워싱턴을 질타했다는 것이다. (p.154)

핵의 위험은 시대와 국경을 넘어선다

정욱식이 『핵의 세계사』를 통해 전하고자 하는 메시지의 또 하나의 핵심은 원전이든 원폭이든 그 위험성은 국경을 무의미하게 만든다는 것이다. 후쿠시마의 예에서 보듯이 원전 밀집지역이 되어가고 있는 동북아에서는 한 곳의 사고는 곧장 지역과 국가의 경계를 넘게 되어 있다. 저자가 '동북아에너지협력기구'의 창설을 제안하는 것(p.363)은 그 때문이다. 특히 한국의 원전은 외국과 달리 주로 대도시(부산, 울산 등) 인근에 세워져 있는데다 대피시설도 빈약하고 대피훈련도 거의 안 돼 있어서, 만약의 경우 엄청난 피해를 낼 수 있다. 그런데도 정부는 무모하게 끊임없이 원전 확대정책을 추진하고 있다. 게다가 원전가동에서 나오는 폐기물은 어찌할 것인가.

이 글을 쓰고 있는 중인데, EBS(교육방송) 〈국제다큐영화제〉(EIDF 2012)에서는 덴마크의 미카엘 매센Michael Madsen 감독이 만든 「영원한 봉인Into Eternity」을 상영한다. (2012. 8. 19) 이 작품은 세계 도처에서 매일 발생하는 고준위 핵폐기물의 안전한 저장문제에 대해 다룬다. 핀란드 정부는 얼어붙은 삼림지대에 지하 500미터까지 암반을 뚫고 들어가 앞으로 10만년 동안 어느 누구도 접근할 수 없게 설계된 공간(온칼로)에 핵폐기물을 가두려는 공사를 진행한다. 매센 감독은 핀란드 방사능안전청 고위관리를 포함한 북유럽의 관련전문가들에게 핵폐기물의 성질과 그 안전한 저장에 관해 다양한 질문을 던지고, 전문가들은 폐기물에 대해서뿐 아니라 인류의 과거와 미래에 대해 깊은 성찰이 담긴 대답을 한다. 그들은 말한다 : "오늘의 문명이 50년, 100년 후까지는 지금의 모양대로 존속하겠지만 300년, 500년 후에는 어떻게 될지 장담할 수 없다. 따라서 그보다 훨씬 더 오랜 세월이 지나 지금 만들고 있는 핵폐기물 지하 저장소가 우연히 발견되었을 때, 그 미래의 인간들에게 이 저장소의 치명적 위험성을 알려줄 방법이 있을지는 의문이다. 왜냐하면 그 미래의 인간들은 외모와 감각, 지능과 언어 등 모든 면에서 오늘의 인간과 전혀 달라져 있을 것이기 때문이다."

인류문명의 묵시록을 듣는 듯한 무섭고도 음산한 메시지이다. 그런데 지금 세계에는 벌써 최소 25만 톤의 핵폐기물이 그대로 쌓여 있다지 않은가!

(2012. 8)

제 3 부

잠들지 않는
과거

1989년 나는 김하기라는 신인작가의 단편소설 「살아 있는 무덤」을 읽고 큰 충격을 받았다. 내가 모르고 있던 현실의 이면이 너무도 생생하게 묘사되어 있었기 때문이다. 후에 알았지만, 김하기는 부산대 학생으로 부마항쟁에 참가하여 구속된 적이 있었고 그 뒤에는 부림사건으로 여러 해 감옥살이를 하고 나온 젊은 문학도였다. 부림사건은 평범한 변호사 노무현을 열렬한 인권운동가로 거듭나게 만든 바로 그 사건이다. 「살아 있는 무덤」은 작가가 옥중에서 목격한 이른바 비전향장기수의 참상을 증언한 내용이었다.

당시에도 나는 물론 반공법이나 국가보안법 위반으로 형을 살고 있는 장기수들의 존재를 모르지는 않았다. 그러나 그들이 '7·4남북공동성명'과 '10월유신' 이후에, 특히 1973년에 국가권력의 사주와 묵인 아래 그처럼 잔혹하게 고문과 폭력을 당하고 있을 줄은 꿈에도 짐작하지 못했다. 1평 미만의 좁은 감방은 소설의 제목 그대로 '살아 있는 무덤'이었다. 통칭 전향공작이라는 이름으로 알려진 그 폭력에 의해 여러 사람이 죽고 다치고 자살했으니, 그야말로 지옥의 체험이었다. 하지만 소설 「살아 있는 무덤」의 감동은 폭력의 고발 자체에 있다기보다 폭력에 굴복하기를 끝내 거부하는 인간의 강인한 내재적 존엄성을 형상화한 데 있었다.

그런데 오늘 이 소설에 다시 내 생각이 미친 것은 그 끔찍한 국가폭력이 왜 하필 그 시점에서 발생했는가 하는 점 때문이다. 알다시피 1972년은 대한민국 역사에서 지울 수 없는 두 사건으로 기록되는 해이다. 다름 아니고 7·4남북공동성명의 발표와 소위 '10월유신'의 선포가 그것이다. 조금 시야를 넓히면 그 무렵은 실로 세계사적 전환기였다. 무엇보다 획기적인 것은 닉슨의 베이징 방문으로 상징되는 미국과 중국의 접근인데, 그 배경에는 중·소분쟁과 베트남전쟁이 있었다. 수십 년 지구현실을 얼어붙게 했던 냉전체제에 지각변동이 일어나고 있었던 것이다. 이런 점들을 감안하면 박정희 정부의 7·4공동성명 채택은 국제정세의 변화에 그 나름으로 합리적으로 대응한 것이라 볼 수 있다.

그러나 유감스러운 것은 민족사의 커다란 전진으로 평가될 이 성명의 발표가 일종의 사기극일지 모른다는 의혹을 떨칠 수 없다는 점이다. 그것은 7·4남북공동성명에 뒤이은 '10월유신'의 폭거 때문이다. 박 정권은 유신쿠데타를 강행하면서 그것이 마치 통일사업의 원활한 추진을 위한 조치인 것처럼 위장하는 잔꾀를 부렸다. 홍석률 교수의 연구에 따르면, 당시 한국 정부는 유신선포 날짜를 10월 14일에야 급히 결정하고 이를 10월 16일, 즉 계엄선포 하루 전에 북한 측에 전달했다고 한다. 그리고 이틀 뒤인 10월 18일 남측 관리는 다시 북측 상대역을 만나 "외세의 힘에 의존하지 않고 자주통일을 하려 하는데, 여기에 반대하는 사람들이 많아 이들을 제압하기 위해 정치개혁을 하려는 것"이라고 설명했다 한다. (홍석률, 『분단의 히스테리』, p. 275)

어느 나라 정부든 중대한 결단을 앞두고 이를 관계국가에 귀띔하는 것이 상례다. 한 시간 전에 하느냐 하루 전에 하느냐를 정하는 것은 사안의 성격과 국가간 관계의 밀접도에 따를 것이다. 그런데 대한민국 역사에서 남측 정부가 북측 정부에 이처럼 친절하게 사태를 통보한 예는 아마 다시 없을 것이다. 그렇다면, 내 섣부른 추론이지만, 1972년 10월의 시점에서 쿠데타의 성공을 위해서는 미국이나 일본보다 북한과의 협조가 더 요긴하다고 박정희 정부가 판단했다는 얘기가 된다.

사실 북한에 사전통보한 것 자체는 원칙적으로 시비 걸 일이 아니다. 남과 북이 진심으로 서로를 믿고 의논하는 관계로 발전한다면 그보다 더 좋은 일은 없을 것이기 때문이다. 하지만 '10월유신' 전후 한반도 남북에서 양쪽 정권이 마치 공모라도 한 듯이 강행한 제반조치는 어떤 미사여구로도 분식되지 않는 적나라한 민주주의의 파괴이자 개인권력의 절대화이고 인권유린의 제도화였다. 그러므로 북풍조작으로 이득을 보려는 냉전세력들은 북방한계선(NLL)을 거론하며 노무현 정부의 평화노력을 음해하기에 앞서 박정희 정부의 표리부동한 행적을 먼저 살펴야 한다. 소설 「살아 있는 무덤」에 그려진 끔찍한 과거는 40년의 세월이 지난 오늘도 여전히 잠들지 않는 교훈으로 되살아나 우리 가슴을 친다.

(2012. 10. 22)

잘 나누어진
권력

　문재인과 안철수 사이에 단일화 정치협상이 진행되고 있고, 많은 국민들의 이목이 여기 쏠리고 있다. 단일화에 대한 국민들의 기대가 높아질수록 새누리당이 신경질에 가까운 반응을 보이는 것은 어쩌면 당연한 노릇일지 모른다. 상스러운 언사로 스스로 자기 인격을 훼손하는 사람들은 치지도외하는 게 낫겠지만, 박근혜 후보 자신도 지난 9일 부산에 내려가 '권력 나눠먹기' '단일화 이벤트'라며 공격적 발언을 마다하지 않았다.

　문재인과 안철수가 단일화에 성공할지 못할지 아직은 단언하기 어렵다. 그러나 1987년 12월의 강도 높은 선행학습에도 불구하고 협상이 실패한다면 두 사람은 더 이상 이 나라에서 낯을 들고 살 생각을 말아야 한다. 그런 뜻에서 협상의 결론은 이미 나 있다고도 말할 수 있다. 따라서 문제는 결론에 이르는 과정의 진정과 성심성의가 얼마나 국민들의 마음을 움직이는가, 그리고 결론에 담긴 구체적 내용들이 어떻게 한반도 역사의 새로운 미래를 창조할 건가일 것이다.

대통령 선출이라는 측면에서만 본다면 지난 60여 년의 한국 정치사는 크게 세 시기로 나누어볼 수 있다. 첫번째는 이승만·박정희의 독재권력 아래 명색 여당은 정치적 들러리 노릇을 하고 야당은 분열되어 있던 시기이다. 그 시절 야권은 언제나 후보 단일화라는 절차를 거치지 않을 수 없었는데, 가장 저명한 사례는 1955년 통합야당인 민주당의 출범일 것이다. 이듬해 제3대 대통령선거에서 민주당은 '못 살겠다 갈아보자'는 구호로 폭발적인 호응을 얻어 승리를 눈앞에 둔 듯이 보였다. 그러나 신익희 후보의 갑작스런 죽음으로 정권교체는 물거품이 되었고, 뒤를 이어 조병옥(1960)·윤보선(1963, 1967)·김대중(1971) 등이 야당 단일후보로 나섰으나 이런저런 원인으로 이승만·박정희의 벽을 넘지 못했다.

두번째는 1972년부터 1987년까지, 즉 국민들의 선거권이 사실상 박탈되었던 기간이다. 민주주의의 암흑기이자 민주회복을 위한 투쟁의 시기였다. 세번째는 그 후부터 오늘까지의 시기인데, 이 기간의 변함없는 특징은 여당이든 야당이든 통합세력의 단일후보가 늘 대선에서 승리했다는 것이다. 소위 '삼당야합'에 기반한 김영삼(1992), 디제이피DJP연합으로 무장한 김대중(1997)은 물론이고 노무현(2002)과 이명박(2007)도 각각 나름대로 자기 진영에서의 단일화가 승인이었다고 여겨진다.

이렇게 살펴본다면 박근혜가 문재인·안철수의 단일화협상을 비난하는 것은 대한민국 대통령 선출의 역사 전체를 비난하는 것이다. 뿐만 아니라 그 자신 지난 5년 동안 이 나라의 국정을 이끌었던 정당의 단일후보라는 사실을 외면하는 것이다. 비록 당명이 바뀌기는 했지만, 한나라당의 공과를 책임질 정당이 새누리당 말고 어디 따로 있을 수는 없다.

물론 박근혜는 단일화 자체를 공격한 것이 아니라 대선이 임박한 시점에서의 촉박한 단일화를 문제 삼았다. 후보검증의 시간을 못 갖게 됐다는 것이다. 그러나 문재인도 안철수도 그동안 국민들 앞에 충분히 노출되어 왔다고 볼 수 없는 것이 아니다. 다만, 단일화협상의 시점이 늦어진 데 대해서는 그들의 지지자라면 불평할 권리를 가질 수 있어도, 그들과 경쟁하는 후보로서는 관여할 바가 아닐 것이다.

더구나 '권력 나눠먹기'라는 공격은 적어도 박근혜의 입에서는 나와서 안 될 말이다. 왜냐하면 과거 유신체제가 총칼로 '권력 혼자 먹기'를 추구한 시대임을 우리는 너무도 똑똑히 기억하고 있기 때문이다. 한 사람의 끝없는 권력욕에 얼마나 많은 사람들이 죽고 다치고 감옥에 갔으며, 그러느라 또 얼마나 많은 사람들이 꽃 같은 인생을 허무하게 망가트렸던가. 그러므로 민주주의란 어느 한 사람에게 권력이 집중되는 것이 아니라 모든 국민에게 권력이 적절하게 배분되도록 제도화하는 기술이다. 그런 점에서 문재인·안철수의 정치협상 성사 여부가 그 자체로서 민주주의의 내용적 성숙을 보장하는 것이 아님을 우리는 똑바로 알 필요가 있다. 후보들 자신과 그들을 돕는 일꾼들 모두에게 그야말로 멸사봉공의 희생정신이 있어야 정치쇄신은 진정한 실체를 획득할 것이다. 그리고 보면 '단일화 이벤트'란 말은 발설자의 의도와 전혀 다른 차원에서 명심해야 할 교훈을 담고 있다 하겠다.

(2012.11.12)

토론 없이는
민주주의도 없다

　미국의 저명한 법철학자 로널드 드워킨은 『민주주의는 가능한가』(홍한별 옮김, 2012)라는 책에서 선거의 민주성은 투표 자체보다도 선거과정의 정치적 논쟁이 어떤 성격의 것이냐에 달린 문제라고 말한 바 있다. 그가 보기에 다수결주의는 단지 어떤 의견이 공동체 안에서 어떻게 분포되어 있는가를 보여줄 뿐이고 그것이 어떻게 형성되었는가와는 무관하다. 따라서 민주주의의 진정한 가치는 의견의 분포를 해석하는 차원에 있는 것이 아니라 의견이 형성되어가는 차원에 있다. 즉, 정치토론의 과정이야말로 민주주의의 실현을 담보하는 것이다. 그러므로 드워킨은 "정치논쟁의 부재는 민주주의에 심각한 결함이 있다는 뜻"이라고 주장한다.

　그런데 지금 우리의 대선풍경은 어떤가. 주요 후보들이 추운 날씨에 매일 전국을 강행군하는 모습은 보기에도 딱하거니와, 무엇보다 민주주의의 핵심을 실현하는 과정이라 보기도 어렵다. 물론 유세를 통해 사람들에게 직접 호소하는 것도 필요한 일이기는 하다. 과거의 신익회

(1956), 김대중(1971)처럼 수십만 군중 앞에서 열변을 토하는 것이 때로 는 국민의 정치적 열망을 극적으로 대변하는 것일 수도 있었다. 하지만 이제 유세장에 모이는 사람의 숫자는 극히 제한적이다. 더구나 후보들 의 활동과 발언은 신문과 방송의 의도적 '편집'을 통해 전달되기 때문에 현재와 같은 언론환경에서는 객관성·공정성을 보장하기 어렵다.

한 가지 예를 들어보자. 박근혜 후보는 노무현 정부의 실패를 거론 하면서 그 원인 중 하나가 코드인사라고 주장하고, 따라서 실패의 중 요한 책임이 문재인에게 있다고 비판하였다. 반면에 문재인 후보는 박 근혜가 이명박 정권의 안주인 노릇을 했던만큼 박근혜의 당선은 이명박 정권의 연장일 뿐이라고 맞받았다. 문재인은 처음부터 참여정부의 일부 잘못을 시인하고 자신은 그 경험을 바탕으로 새로운 정치를 하겠노라 고 역설했고, 박근혜는 뒤늦게 이명박 정권의 민생실패를 인정하면서 자 신은 서민경제를 살리는 대통령이 되겠노라고 약속했다.

이 공방에 동원된 명제들은 많은 정치적 쟁점들을 함축하고 있어서, 언표된 주장만으로는 어느 쪽이 옳고 그른지 판별하기가 쉽지 않다. 분명한 것은 유세장 같은 데서 단도직입적으로 이렇게 말하는 것이 대 중을 향한 감성적 선동이지 합리적 설명은 아니라는 점이다. 가령, 이 명박 정부에서 추진한 부자감세와 재벌특혜를 국회의 힘을 통해 저지 할 수 있었던 거의 유일한 사람이 박근혜였는데, 그땐 수수방관으로 일 관하다가 이제 와서 새삼 서민경제를 말하는 것은 생각이 바뀐 것인가 서민들의 표가 필요하다는 것인가. 그런 점을 따지고 들어 해명을 들 을 수 있는 기회가 다름 아닌 토론이다. 생산적 토론을 통해 진실이 드 러나도록 하는 과정 자체가 드워킨이 말하는 민주주의적 가치의 실현인 것이다.

다시 쟁점으로 돌아가 보자. 노무현·이명박 정권은 어떤 면에서 얼마나 실패했는가. 그리고 문재인과 박근혜는 그 실패에 각각 얼마나 책임이 있는가. 실패의 원인 중 하나로 지적된 인사문제에 있어, 노무현 정부는 과거 보수언론으로부터 '코드인사'라는 욕을 먹었고 이명박 정부는 '정실인사' '회전문인사'라는 비난을 들었는데, 그 비판은 얼마나 실제에 부합하는가. 무엇보다도 박근혜와 문재인이 대통령으로 당선되어 실천하겠다고 내놓는 약속들은 과연 얼마나 믿을 만한가. 혹시 5년 전 이명박의 7-4-7(7% 성장, 4만 달러 소득, 7대 경제대국 진입)공약처럼 일시적 속임수로 국민들을 현혹하는 것은 아닌가.

이런 쟁점들이 제한된 시간 안에 이루어지는 짧은 문답으로 온전히 밝혀질 수는 없다. 지난번 문재인·안철수의 후보단일화 토론도 문제점을 깊이 파고들지 못해 불만이었는데, 바로 다음날 이어진 박근혜 토론 프로는 한마디로 가관이었다. 그것은 토론이 아니라 정책에 관해 교습받은 내용을 방송에서 암송한 면접시험에 지나지 않았다. 그러므로 이런 부실함과 불공정을 극복하고 후보의 자질과 능력을 제대로 검증하려면 그들이 충분히 말하고 자유롭게 반박할 수 있도록 넉넉한 시간을 주어야 한다. 그리고 그런 토론의 전 과정이 가장 보편적인 매체 즉 텔레비전을 통해 가감 없이 생방송으로 중계되어야 한다. 드워킨의 말처럼 정치토론이 없다면 그것은 이미 민주주의가 아니다.

(2012. 12. 3)

때는
다가오고 있다

『새벽』이라는 월간지를 기억하는 사람은 많지 않을 것이다. 최인훈의 소설 『광장』이 그 잡지에 발표되었다고 하면 아! 할지 모른다. 도산 안창호 선생이 창립한 홍사단에서 일제강점기 간행한 잡지가 『동광』이고 그 후신이 『새벽』이다. 이 잡지는 1959년 10월에 혁신호를 내면서 '정권교체는 가능한가'라는 대담한 제목의 특집을 기획하여 이승만 독재에 도전장을 던지는 한편, 「생각하는 백성이라야 산다」는 논설로 유명한 함석헌 선생의 의미심장한 글을 권두에 실었다. 당시로서는 실로 과감한 기획이었다. 함 선생의 논설 제목이 「때는 다가오고 있다」인데, 지금 이 칼럼의 제목은 바로 거기서 빌려온 것이다.

50년이 훨씬 넘는 세월이 흘렀지만 오늘도 이 잡지의 특집을 살펴보면 가슴이 뛰는 걸 느낀다. 어떤 필자는 「자유당은 정권을 내놓아야 한다」는 직선적인 제목 아래 그렇게 하는 것이 자유당의 사는 길이라고 주장했고, 다른 필자는 집권당의 부정선거 음모를 어떻게 막느냐에 정권교체의 가능성이 달려 있다고 전망했다. 또 다른 필자는 "후진국이기 때문에 정권교체가 순조롭지 못한가, 정권교체가 불가능하기 때문에 후진성이 극복되지 못하는가?"라는 문제제기를 하기도 했다. 당시의 통합야당 민주당이 1959년 11월 26일 후보지명대회에서 조병옥과 장면을 정·부통령 후보로 선출했고 이듬해 3·15선거가 실시되었음을 상기하면, 그런 중요한 정치일정을 앞둔 이 잡지 편집자들의 강렬한 문제의식이 지금도 생생하게 전해져온다.

　그동안 우여곡절을 거치면서 많은 정치발전이 있었다곤 하지만, 공정한 선거과정을 통한 평화적 정권교체의 가능성은 지금도 한국 정치문화의 자명한 공식이 아니라 힘든 쟁취의 대상이다. 명백히 실패한 정권임에도 그 정권의 집권연장이 이루어진다면 그것은 민주주의의 작동에 심각한 이상이 발생했음을 의미한다. 물론 유신시대의 체육관선거 같은 것은 없어졌고 이승만 시대의 부정선거도 사라진 것이 사실이다. 그 최소한의 민주화를 위해서만도 수많은 사람들의 희생과 노고가 치러졌음을 우리는 알고 있다. 그러나 자유와 민주주의를 위한 그동안의 모든 헌신에도 불구하고 기득권세력의 사실상의 권력독점은 보는 바와 같이 여전히 지속되고 있다. 그것은 간단히 말해서 민주정치 실현의 물질적 수단이 대부분 그들 수중에 장악되어 있기 때문이다. 예컨대 방송매체가 그렇다. 요즘처럼 기계적 중립주의의 틀을 통해 선거의 쟁점을 흐리는 방송이 계속된다면 그것은 차라리 군사독재시대의 노골적인 편파방송보다 더 사악한 효과를 발휘할 수 있다. 요즘 한국 언론에서 경험하는 것과 같은 정치적 권태와 혐오의 조장은 사실상 합법을 가장한 선거부정에 불과한 것이라고 하지 않을 수 없다.

　지금 박근혜 후보는 이명박 정권의 실패를 마치 남의 일인 양 비판하면서 자신에게 표를 달라고 호소하고 있다. 심지어 박 후보는 정권교체의 역사적 당위성에 편승하여 '시대교체'라는 말로 유권자들의 착각을 유도하고 있다. 생각해보라. 이명박의 한나라당과 박근혜의 새누리당은 무엇이 다른가. 박근혜가 한때 한나라당 대표였던 사실은 차치하더라도, 그 둘은 인적 구성이 거의 같고 정치적 기반이 완전히 동일하며 정치이념도 다를 바 없다. 따라서 이명박에서 박근혜로의 바톤터치는 대표선수 간의 남녀교대일 수는 있어도 '시대교체'란 터무니없는 기만적 선전이다. 뿐만 아니라 선거를 앞두고 내놓은 '민생'구호들은 언제든 조건만 되면 다시 대기업 중심주의로 회귀할 수 있다. 원칙과 약속을 지키는 정치인이라는 이미지도 오래 준비된 정치공작의 산물이 아닌지 의심해볼 필요가 있다.

그런데 앞의 글에서 함석헌 선생이 말한 '때는 다가오고 있다'는 예언은 단지 정권교체의 임박한 도래만을 암시한 것이 아님을 되새길 필요가 있다. 물론 그의 발언은 일차적으로는 선거를 통한 정권교체를 염두에 둔 것이다. 하지만 그는 거기에 그치지 않고 다음과 같이 말한다. "선거란 곧 하늘의 말씀에 대한 민중의 대답이다." 그에게 진정으로 중요한 것은 민중이 잠에서 깨어나는 것이었고, 그렇게 깨어난 민중이 현실 속에서 하늘의 도리를 행사하는 것이었다. 그러므로 그에게 '때가 다가온다'는 것은 단순한 정권교체 이상의 역사적 전환이 일어나는 것, 높은 차원에서 진리실현의 계기가 구체화되는 것을 의미했다. 냉전이 최고조에 달한 1950년대의 암흑을 살면서도 함석헌 선생이 미·소가 악수하는 때가 오고 있다, 38선이 터지는 날이 오고 있다고 거침없이 주장할 수 있었던 것은 그가 다른 무엇 아닌 진리의 자리에 서서 하늘의 도

리를 보고 있었기 때문이다. 그의 비전을 실천하는 책임은 이제 우리의
것이 된 지 오래다.

(2012. 12. 17)

박근혜 시대에
적응하기

5년간 하도 터무니없는 일이 벌어졌기에 지난 대선에서 정권교체는 국민 과반수의 절실한 소망이었다. 하지만 우여곡절 끝에 결과는 허망하게 나타나, 많은 사람들이 낙담을 넘어 한동안 공황 상태에 빠졌다. 만나면 서로 위로를 나누었고, 헤어지면 혼자 긴 우울의 시간을 보냈다. 그래도 생각해보면 이런 경험 자체는 정신적 성숙을 위한 밑거름이 될 수도 있을 것이다. 고통 없이 어찌 참된 깨달음에 이를 수 있겠는가.

대선 이후 한국 현대사를 다룬 책들의 판매가 급증했다는 뉴스를 보고도 얼었던 마음이 조금은 풀리는 느낌이다. 오늘의 현실이 안고 있는 문제의 뿌리를 역사의 맥락 속에서 탐색해보려는 노력이 늘고 있다는 것은 분명 희망의 조짐이기 때문이다. 그런데 눈에 띄는 사실은 역사서 구매층이 주로 젊은 여성이라는 점이다. 한 인터넷서점의 집계에 따르면 한홍구 교수의 『대한민국사』 구매자의 30.7%가 20대 여성, 23.1%가 30대 여성이고 전체 남녀비율은 35.3% 대 64.7%라고 한다. 그러니까 전체 구독자의 절반 이상이 젊은 여성인 셈인데, 이 지나친 불균형은 당연히 바람직한 현상이 아니다.

사실 이번 대선을 통해 입증된 것 중의 하나는, 좀 엉뚱하게 들릴지 모르지만, 우리 독서문화의 취약성 즉 우리 사회 전반의 지적인 빈곤이다. 그런 측면과 결부해서 더 지적한다면 독서문화의 기반이 되는 교육 현실의 황폐화이다.

가령, 이런 사안에 대해 생각해보자. 얼마나 효과를 거두었는지 알 수는 없으되, 선거기간 중 '반反대한민국적'이란 말이 야당후보를 공격하는 무기로 사용되었다. 그 말의 사용자가 의도한 주관적 목표는 대한민국의 정통성을 수호한다는 것이었지만, 그러나 실제로 입증된 것은 그 말의 사용자가 대한민국의 역사적 유래와 대한민국 헌법의 형성 과정에 대해 아주 무지하거나 극히 왜곡된 지식을 갖고 있다는 사실뿐이었다. 하지만 물론 그들은 단지 무지함을 과시한 데 그치지 않았다. 매카시즘의 원조인 미국의 조지프 매카시가 그러했듯 한국의 극우논객들이 공론 현장에서 보여준 것도 말의 품위를 지키고 참과 거짓을 가리는 일에는 관심이 없다는 점이었다.

어쨌거나 이제 우리는 박근혜 시대 5년을 받아들이고 거기에 현명하게 적응하는 방법을 익혀야 한다. 그러기 위해서 할 일 가운데 빠트릴 수 없는 한 가지는 한나라당 비상대책위원장으로서 또 새누리당 대통령 후보로서 박근혜가 어떻게 불리한 국면을 돌파할 수 있었는지를 연구하는 것이다. 돌이켜보면 야권에서 줄기차게 물고 늘어진 쟁점 중의 하나는 그가 '독재자의 딸'이라는 것이었다. 박정희가 합법정부를 총칼로 뒤엎고 정권을 잡았으며, 통치기간 18년 동안 민주주의를 유린했다는 것은 만인공지의 사실이다. 그래서 딸인 박근혜도 선거기간 중 유신의 피해자들에게 사과의 뜻을 표한 바 있었다. 물론 그것으로 독재의 죄과가 청산되는 것은 아니지만, 그 점을 더 이상 딸에게 추궁하는 것이 충분히 납득할 만한 것은 아니다. 게다가, 아버지의 잘못에 대한 책임을 딸에게 물을 바에는 대선이 임박한 시점에 물을 것이 아니라 그보다 훨씬 먼저, 즉 박근혜가 정계에 입문하던 1998년의 시점부터 물었어야 되는 것 아닌가.

더 중요한 사실은 박정희가 단순한 독재자가 아니라는 데에 기인한다. 그의 정부가 노동자를 무자비하게 탄압하고 수많은 사람들의 인권을 짓밟은 사실을 공공연히 부인하는 사람은 없다. 그러나 많은 국민들에게 그것은 지금의 일상생활과는 이미 거리가 멀어진 역사의 일부로, 즉 한갓 지나간 정치쟁점으로 축소되어 있다. 반면에 그 탄압의 대가로 축적된 물질적 부는 현재의 풍요를 가능하게 한 필수적 기반으로 미화되어 있다. 수많은 병사들의 희생으로 얻어진 전쟁의 승리가 다만 일개 장군의 공훈으로 기억되는 것과 같은 역사의 부조리가 박정희의 이름에는 새겨져 있는 것이다. 박근혜는 선거 때마다 그 부조리를 자신의 정치적 자산으로 활용하는 데 성공했고, 민주 개혁세력은 그 부조리가 역사의 전진을 원천적으로 가로막는 암초임을 증명하는 데 실패했다.

어떻든 이제 대통령 자리에 오른 이상 박근혜는 매순간의 정치적 결정과 정책적 선택을 통해 아버지의 역사적 유산을 현실 속에서 해석하는 과제를 피할 수 없게 되었다. 막중한 업무의 수행을 통해 그는 아버지로부터 독립된 존재로서의 자신의 독자적인 이름을 역사에 기록할 기회를 갖게 된 셈인데, 필요한 비판을 마다 않음으로써 그의 성공을 돕는 것은 그것이 우리의 삶에도 직결되는 일이기 때문이다.

(2013. 1. 14)

언젠가 찾아올
초월의 날에

알 만한 사람은 다 아는 사실이지만, 유미리는 유명한 재일동포 작가이다. 연극을 하다가 소설로 전향해서 많은 작품을 발표했고, 그 대부분이 한국에서 번역되었다. 이런저런 이유로 한국을 여러번 방문하기도 했다. 하지만 나는 유미리에 관해 막연한 지식만 갖고 있을 뿐, 작품을 읽어볼 생각은 하지 않았다. 그러다가 연초에 그의 북한방문기 『평양의 여름휴가』(이영화 옮김, 2012)를 다룬 기사 제목에서 강한 인상을 받았다. "선입견 빼고 있는 그대로 보고 싶어 방북했다"(『한겨레』, 2013. 1. 7)는 기사가 그것인데, 이것은 유미리에 대해 선입견밖에 가진 것이 없는 내 의표를 예리하게 찌르는 것이었다.

마침 뉴스에서는 북한의 제3차 핵실험 사실이 요란하게 보도되기 시작했고, 나는 마음의 진정을 위해 유미리의 책 『평양의 여름휴가』를 사다가 펼쳐들었다. 중국을 비롯한 주위 모든 나라들의 만류와 경고를 무릅쓰고 핵도박을 감행한 북한은 대체 어떤 나라인가. 전문가들이 해설하듯 작금의 상황은 북-미간 협상국면으로 들어가기 위해 계획된 수

순을 밟고 있는 것인가, 아니면 최종적 파국을 향해 돌이킬 수 없는 한 걸음을 떼어놓는 것인가. 물론 나는 『평양의 여름휴가』라는 책에 이런 의문을 풀어줄 단서가 숨어 있으리라고는 애초에 생각하지 않았다. 그러나 민족문제 같은 것과는 너무도 먼 곳에서 살아온 일탈의 경력이 오히려 이 예민한 작가로 하여금 북한에서 남이 못 본 것을 보게 했을 수도 있지 않을까 하는 기대를 은연중 품은 것은 사실이다.

유미리는 2008년 10월, 2010년 4월과 8월, 이렇게 세 번 방북했다. 세 번째는 열 살 난 아들까지 데리고 갔다. 그런데 나 같은 독자의 입장에서 뜻밖인 것은 북한에서 보인 유미리의 반응이었다. 북한에서는 관광이든 취재든 안내인의 동행 없이 마음대로 돌아다니는 것이 허용되지 않는데, 그는 자유분방한 소설가답지 않게 그런 제약을 아주 당연하게 받아들인다. 길에서 안내인이 "걸어가면서 사진을 찍으면 안 됩니다"라고 주의를 줘도, 단지 "서서 찍으면 괜찮은가" 하고 속으로 생각할 뿐 반발하지 않는다. 마라톤 풀코스를 완주해보았고 달리기가 취미인 유미리로서는 평양거리와 대동강변을 달려보는 것이 소원인데, 그것이 허락되지 않는데도 불평할 생각을 하지 않는 것이다.

오히려 놀라운 것은 이런 규제의 분위기 속에서 오랫동안 닫혀 있던 그의 내면의 문이 차츰 열리기 시작했다는 사실이다. 그는 새벽에 깨어나 호텔방 창문을 열고 맑은 공기를 들이마실 때면 형언할 수 없는 감동이 온몸을 훑어내리는 것이 느껴졌다고 서술한다. 해질 무렵 대동강가를 걸으면서 구경한 소소한 광경들이 "오즈 야스지로의 초기 무성영화와 같은 아름다움으로 가슴에 사무쳐왔다"고 또한 그는 고백한다. 그러나 그는 이것이 민족의식에 기인하는 감정은 아니라고 분명하게 토를 단다. 스스로를 '데라시네(뿌리 없는 풀)'라고 여겨오던 유미리가 마침내 뿌리내릴 땅을 찾은 듯한 원초적 귀속감에 휩싸이게 된 것이었다.

하지만 그의 방북기에 이런 감상만 있는 것은 아니다. 판문점을 방문했을 때 만난 인민군 중좌에게서 그의 아버지 이야기를 듣는데, 그 아버지는 황해도 신천 출신으로 여섯 살 때 가족과 친척 열한 명이 미군에게 몰살되고 혼자만 시체들 틈에 숨어 있다가 목숨을 건진 사람이었다. 고아로 자란 그는 후일 다섯 아들을 모두 군에 입대시켰고, 아들 중 한 명인 그 중좌는 "통일되는 날까지 군복을 벗지 마라"는 아버지의 유언에 따라 현재 군에 복무 중이었다. 판문점보다 먼저 방문했던 신천박물관에서 유미리는 1950년 전쟁 때 미군에 의해 주민 35,383명의 학살당한 증거들이 전시되어 있는 것을 목격한다. 전시물 앞에서 유미리는 숨쉬기 힘든 고통을 느끼는데, 안내인은 그에게 "우리나라는 두번 다시 다른 나라에 침략당하지 않기 위해 군비를 갖추어왔습니다"고 설명한다.

민족의 파멸조차 불사하겠다는 듯한 오늘 북한의 비이성을 단지 6·25전쟁의 트라우마로만 설명할 수는 없을 것이다. 그들의 과격한 언사가 무모한 도발인지 계산된 전략인지도 좀더 지켜볼 노릇이다. 하지만 나는 유미리가 아들과 함께 방문한 판문점 앞에서 다음과 같이 다짐하는 것을 읽으며, 거기서 위기를 넘어설 영속적 지혜의 단초를 보았다. "갈등과 충돌은 적지 않을 테지만, 조선민족이 '분단'이라고 하는 '한'을 초월할 날은 언젠가는 반드시 찾아올 것이다. 내가 살아있는 동안은 어렵다 하더라도 아들이 살아있는 동안에 남북통일이 이루어진다면, 아들은 반드시 다시 이 땅을 방문할 것이다." 이 문장에서 유미리가

어렵다고 한 일이 이 칼럼을 쓰는 내게는 더욱 어려운 일일 텐데, 그럼에
도 이 대목을 읽으며 나는 뭉클한 감동으로 눈시울이 젖어오는 것을 어
쩌지 못한다.

(2013. 2. 18)

후쿠시마 2년,
더 위험해진 세계

　알다시피 2년 전 오늘 일어난 동일본 대지진과 뒤이어 덮친 쓰나미는 엄청난 재앙이었다. 하지만 이것이 역사상 초유의 사건은 아니다. 최근 10년 사이에만도 2004년 12월 인도네시아 지진해일은 인도양 전역에 걸쳐 동일본 대지진의 열 배인 20만 희생자를 냈고, 2008년 2월 중국 쓰촨성 지진과 2010년 1월 아이티 지진도 50만 가까운 사상자를 냈다고 알려져 있다. 역사는 이런 끔찍한 재난이 드물지 않게 발생함을 기록하고 있는데, 당연히 인간은 태풍·한발·화산폭발·지진 등 과격한 자연변화에 순응하며 사는 길밖에 다른 도리가 없다. 미리 예측해서 피해를 최소화하려는 노력도 순응의 일부임은 말할 나위가 없다.

　그런데 동일본 대지진의 유례없는 점은 그것이 후쿠시마 제1원전의 폭발사고로 이어졌다는 것이다. "원자로에서 망가진 핵연료를 꺼낸 뒤 안전하게 처리하기까지 30~40년은 걸릴" 거라는 게 후쿠시마 제1원전 소장의 말이고 보면, 재앙은 이제 겨우 시작된 것에 불과함을 알 수 있다. 하기는 1986년 체르노빌 원전사고 때 현장에서 즉사한 연구원의 시신은 아직 오염구역 안에 남아 있다고 한다. 방사능으로 인해 구조대원의 진입이 불가능하기 때문이다. 뿐만 아니라 체르노빌 원전에서 가까운 드넓은 지역은 사람이 살 수 없는 죽음의 땅으로 변해 있다. 어쨌든 분명한 것은 후쿠시마든 체르노빌이든 두 사고 모두 현재진행형이고, 원인이 지진 때문이든 설계결함 때문이든 또는 직원의 조작실수 때문이든, 원전이란 근본적으로 시한폭탄과 같이 위험한 존재라는 사실이다.

이 문제와 관련하여 우리가 간과하는 아마 가장 중요한 사실은 원자력의 군사적 사용과 '평화적' 이용이 본질적으로 같은 뿌리에서 출발하고 있다는 점이다. 핵폭탄과 원자력발전은 동일한 원리에 기반해 있고, 따라서 핵무기 개발과 원전건설은 핵심적 과정에서 겹치는 부분이 많다는 것이 전문가들의 일치된 견해이다. 지진다발국가인 일본에 수많은 원전이 건설된 불가사의를 설명하자면 '원전 마피아'라고 속칭되는 일본 지배층의 군사적 야망을 거론하지 않을 수 없고, 세계 제5위의 원전강국임을 자랑하는 한국도 그런 혐의를 벗어나기 어렵다. 물론 경제적 이득에 골몰하는 자본가와 뒷돈 챙기는 데 혈안이 된 관료들의 부패 커넥션도 무시할 수 없다. 자유롭고 민주적인 나라라는 비슷한 이미지에도 불구하고 독일과 프랑스가 원전에 대한 태도에서 극명하게 갈라지는 것은 평화주의를 지향하느냐 군사주의를 용납하느냐의 세계관의 차이가 두 나라 정치와 시민사회의 근간에 깔려 있다고 보아야 한다. 물론 여기에는 제2차 세계대전 이후 다른 조건에서 다른 역사를 살아온 두 나라의 상이한 경험이 반영되어 있을 것이다.

요즘 들어 매일 실감하는 바와 같이 후쿠시마 이후 2년이 지나는 동안 동북아시아는 날로 더 위험한 지역으로 변해가고 있는 것 같다. 동북아가 지구상 최고의 원전밀집지역이라는 것은 그 위험의 구체적 증거라 하겠지만, 그러나 이것이 단지 이 지역 국가들의 원전정책에만 관련된 사안은 아니다. 더 큰 눈으로 보자면 1900년 전후 청일전쟁·러일전쟁을 통해 표현되었던 것과 같은 거대한 역사전환이 지금 시대현실의 지층 아래서 역의 방향으로 진행되고 있는데, 관련 당사자들은 변화된 현실이 부여한 새로운 역할을 받아들이는 데 부적응의 장애를 일으키고 있는 것이 아닌가 여겨지는 것이다. 그 대표사례는 동아시아 각처에서 내연內燃하는 영토분쟁일 것이다.

물론 우리에게는 당면의 위험이 북한 핵이다. 제3차 핵실험에 대한 유엔 제재결의에 대항하여 북한은 잇달아 강경한 발언들을 쏟아내고 있고, 오늘부터 시행되는 키 리졸브 훈련을 앞두고도 노동신문은 육·해·공 모든 장병들이 "최후의 돌격명령만 기다리고 있다"며 더욱 공세의 수위를 높이고 있다. 하지만 남쪽 방송에서 거두절미하고 전해주는 북한 아나운서들의 난폭한 목소리를 듣고 가슴이 무너지는 느낌을 갖는 것은 누구보다 남북화해를 소망해온 남한의 일반 국민들일 텐데, 그 점을 북한 당국자는 짐작이나 할지 의심스럽다. 더구나 '제2의 조선전쟁'이란 발상은 꿈에서도 해선 안될 금기 중의 금기 아닌가.

이런 가운데 지난 7일 미 상원 외교위원회 청문회에서 미국의 대북정책 전·현직 대표들은 '한반도의 검증 가능한 비핵화'를 달성하기 위해서는 북한과 대화를 해야 하고 다른 해결책은 없다고 입을 모았다. 존 케리 국무장관도 협상 테이블에 앉는 것을 선호한다고 말했다. 실로 처량한 노릇이다. 지난 5년 동안 남북관계를 파탄낸 결과 우리의 안전을

또다시 남에게 의탁하는 신세가 되었기 때문이다. 한반도 비핵화뿐만
아니라 동북아 전체의 비핵·탈원전을 위한 근본적이고 총체적인 평화
구상이 절실한 시점이다.

(2013. 3. 11)

교수라는 직업

　수업시간이 다된 것 같은데 아무리 두리번거려도 내가 찾는 강의실은 보이지 않는다. 이번 시간 강의과목이 뭔지도 머리에 떠오르지 않고, 강의준비도 전혀 되어 있지 않다는 게 느껴진다. 지금 내가 엉뚱한 곳에 와서 헤매고 있는 건 아닌가. 이거 큰일 났구나! 당황해서 정신을 차려 보면 한바탕 꿈이다. 절로 나오는 쓴웃음에 잠이 달아난다.

　사람마다 자기 나름으로 악몽의 레퍼토리가 있을 텐데, 정년퇴직 뒤부터 내 악몽의 무대는 학교인 수가 많다. 재직하는 동안에는 모르고 지냈지만, 실은 내 무의식은 은연중 직업의 중압에 눌려 있었던 모양이다. 그러다가 퇴직을 하고나자 압박감이 약화되면서 그게 꿈으로 영상화되는지 모를 일이다.

　고백하거니와 나는 교수라는 직업에 대해 별로 충성심을 갖고 있지 않았다. 아니, 본래 그랬다기보다 점점 충성도가 떨어졌다고 말하는 편이 정확할 것이다. 그러니까 1990년대 중반 '세계화'란 구호와 더불어 구조조정 바람이 대학에 몰아치기 시작한 뒤부터 차츰 강의실에 들어가는 것이 소가 도수장으로 끌려가듯 힘들게 느껴졌고, 수업을 마치고 나오면 늘 "이게 아닌데" 하는 자책감이 밀려왔다. 교수라는 직업에 대해 가지고 있던 정체성의 자명함이 나의 내부에서 근본부터 흔들리게 되었다고 할까. 학생들 앞에서 강의하는 내용과 집에 돌아와 내가 원하는 대로 하는 공부 사이의 점증하는 괴리 때문에 일종의 이중생활을 하는 기분이 들었다. 멀리 충북대 철학과 윤구병 교수나 가까이 영남대 영문과 김종철 교수처럼 잘 아는 분들이 더 보람 있는 일을 위해 교직을 떠난다고 할 때마다 그것이 나에게는 양심의 위기로 다가왔다.

돌이켜보면 시장의 논리가 노골적으로 대학을 지배하기 전까지 대학의 고위 행정직과 교수진은 대체로 점잖은 학자들로 충원되는 것으로 믿어져왔다. 대학교 총장 자리는 흔히 "학식과 덕망을 갖춘"이라는 상투적 수사로 묘사되기 일쑤였다. 적어도 인문학 분야의 교수들은 선비정신이라는 말에서 자부심의 근거를 찾았고, '어용'의 비난을 듣는 교수들조차 비판적 지식인의 자의식에서 자유롭지 않았다. 물론 이런 설명이 한국 교수사회의 실제에 그대로 부합하는 것은 아니다. 6·25전쟁 후의 곤궁했던 시기에, 그리고 오랜 군사독재 시대에 아마 많은 교수들은 양심에도 어긋나고 학문과도 거리가 먼 속물적인 방식으로 팍팍한 삶을 꾸려갔을 것이다. 내가 학생시절에 목격한 교수상은 대체로 그런 것이었다. 그래도 어쨌든 그들의 가슴속 이상은 지조 있는 선비였고 내세운 명분은 학자의 가난이었다.

요즘 세태에 어울리지 않는 이런 감상을 늘어놓는 까닭은 지난 3월 25일 박근혜 정부 공정거래위원장으로 내정되었던 후보자가 결국 사퇴하면서 '사퇴의 변'으로 "본업인 학교로 돌아가 학자로서 국가와 국민을 위해 할 수 있는 일을 하려고 한다"고 발표한 기사를 읽었기 때문이다. 솔직히 말하면 그 기사를 읽는 순간 나는 내 마음 한구석에 남아 있던 구시대적 자존심의 마지막 한 자락이 시궁창에 던져지는 것 같은 비참함을 맛보았다. 수십억 원대의 해외비자금 운용혐의가 드러나 공직 부적합자로 판명된 분이 "학자로서 국가와 국민을 위해" 본업인 학교로 돌아간다고 당당히 말할 수 있다는 데 대해 나처럼 강의시간 늦을까봐 전전긍긍했던 사람의 상식은 도저히 납득하지 못했기 때문이다. 아마 그 기사를 읽은 대부분의 전·현직 교수들은 자기들 '본업'의 위상에 대해 심한 회의와 혼란을 경험했을 것이다. "국가와 국민을 위해"라는 소리만 없어도 나는 그럭저럭 참고 입을 다물었을 것이다.

최근 내 주변에서는 정년을 10년 가까이 앞두고 퇴직을 신청하는 교수들이 생기고 있다. 그 가운데 내가 만난 한 중년 교수는 '퇴직의 변'으로 "하고 싶은 공부를 맘껏 하고 싶어서"라고 말했다. 오늘날 한국 대학사회가 어떤 곳인지 아는 사람은 이 말이 단순한 반어가 아님을 몸으로 실감할 것이다. 이제 대학은 더 이상 공부하는 사람을 위한 공간이 아니게 되었다. 더 기가 막히는 것은 교수 될 꿈을 안고 10년, 20년 강사생활로 전전하다가 끝내 희망을 잃고 스스로 목숨을 끊는 예비학자들 소식이 들려올 때이다. 국가와 국민을 위해 대학으로 돌아간다는 사람과 공부를 위해 대학을 떠난다는 사람 사이의 이 기막힌 양극화가 해소되지 않는 한 우리는 결코 정의로운 사회에 살고 있는 것이 아니다.

(2013. 4. 1)

테러는 미친 짓이다,
하지만……

    거리마다 활짝 핀 봄꽃들을 보며 걷고 난 다음 집에 들어오자마자 테러 뉴스로 가득 찬 신문을 펼치게 되는 것은 괴로운 일이다. 아니, 단순히 괴롭다기보다 뭐라고 꼭 집어 말하기 어려운 혼돈에 사로잡힌다. 어느 쪽이 내가 서 있는 현실인지 확실성이 사라지는 걸 느낀다. 감각의 화면에 떠오른 상반된 두 대상을 하나의 틀로 통합하는 인식작용에 착오가 발생하고 있다고나 할까.

    문득 박완서 선생의 자전적 장편소설 『그 산이 정말 거기 있었을까』한 대목이 떠오른다. 6·25전쟁으로 한창 피난을 다니는 동안 주인공은 밤에는 걷고 낮에는 으슥한 데서 시간을 보내는 고난의 나날을 이어간다. 국도 연변 마을은 모조리 불타고 부서져 쑥대밭이 되어 있는데, 어느 날 그는 마을 장독대 옆을 지나다가 바짝 마른 나뭇가지에서 꽃망울이 부푸는 것을 보았다. 목련나무였다. 모든 것이 폐허로 돌아간 듯한 상황과는 너무도 대조적인 생명의 활동이었다. 주인공 입에서는 저도 모르게 "얘가 미쳤나봐" 하는 비명이 새어나온다.

누가 미쳤다는 것인가. 박완서의 통찰이 빛나는 것은 비명에 대해 설명하는 부분이다. 그는 나무를 "얘"라고 의인화한 게 아니라 거꾸로 나무의 눈으로 세상을 바라본 거라고 말한다. 그러니까 비명은 "내가 나무가 되어 긴긴 겨울잠에서 눈뜨면서 바라본, 너무나 참혹한 인간이 저지른 미친 짓에 대한 경악의 소리였다"는 것이다. 계절이 바뀌고 꽃망울이 부푸는 자연의 질서에 대비될 때 인간의 폭력행위는 명분이 무엇이든 광란임이 분명했던 것이다.

보스톤 마라톤대회를 피로 물들인 테러도 변명의 여지없는 범죄이다. 그것은 모든 테러가 그렇듯 광기의 발로이고 맹목의 소산이다. 그러나 지금 전 세계 주류언론에서 하고 있듯이 범인 형제의 사생활을 들추고 그들의 행동을 괴물화하는 데만 골몰하는 것은 사건의 전체적 맥락을 왜곡하고 은폐하는 결과에 이를 수도 있다. 따라서 진상에 접근하기 위해 우선 필요한 것은 그들 자신의 발언을 들어보는 것이다. 그런데 형은 죽었으므로 말이 있을 수 없고, 아우도 중상이므로 입을 열기 전에 온갖 추측보도의 홍수에 휩쓸릴 것이다. 이미 그들 차르나예프 형제는 사법적 판단이 착수되기도 전에 어떤 일방적 관점에 의해 절반쯤 악마화되어 있다. 그런 점에서 우리는 보스톤 테러 자체보다 테러 배후에 있는 구조적 불의에 시선을 돌릴 필요가 있다.

보도에 따르면 차르나예프 형제는 러시아 국적의 체첸계로서 10여 년 전 미국으로 건너와 영주권을 얻었다고 한다. 형은 복싱선수이고 아우는 의학 전공의 모범생으로, 형제의 기질이 좀 다르기는 하지만 주위의 평판은 비교적 호의적인 것으로 알려지고 있다. 요컨대 그들은 미국 사회에 그 나름으로 무난히 적응해가던 평범한 이주민 청년들이었다.

그런데 어쩌다가 그런 청년들이 끔찍한 테러리스트로 변신하게 되었는가. 이 비밀을 푸는 것이 바로 테러를 근절하고 미국이 더 건강한 사회로 가는 길일 것이다.

돌이켜보면 9·11테러 이후 미국이 했어야 할 가장 요긴한 작업은 상식적인 말로 진지한 자기반성이었다. 그런데 실제로 미국이 한 일은 이슬람 국가들에 대한 무력침공이었다. 부시 행정부의 국방장관 도널드 럼즈펠드는 2011년 이라크에 대량살상무기가 없다는 사실을 알았다면 침공하지 않았을 것이라고 말했지만, 그것은 누워 있던 소도 웃을 새빨간 거짓말이다. 미국인 평화운동가 더글러스 러미스는 며칠전 이라크전쟁 10주년 기자회견에서 "만약 이라크에 정말 대량살상무기가 있었다면 미국 정부는 군대를 투입하지 않았을 것"이라고 주장했는데, 내 생각에는 그 말이 더 진실에 가깝다. 미국은 테러의 배후로 후세인 정권을 지목했지만, 후세인과 알카에다 간에는 아무런 연관도 없음이 객관적으로 드러나 있었다. 어찌 됐든 미국 침공 이후 이라크에서는, 확실한 통계는 불가능하지만, 수십만 명의 민간인이 죽고 200만 가까운 난민과 500만 내외의 고아가 생겨났으며, 한마디로 나라 전체가 산산조각 박살이 났다. 9·11테러가 비록 끔찍하다고 하지만, 어찌 이라크가 당한 이 국가적 참사에 비할 수 있겠는가.

강자의 폭압이 지속되는 세계에서 약자들의 저항은 그치지 않을 것이다. 보스톤 테러의 근원에 있는 것은 체첸 민족주의도 이슬람 극단주의도 아니다. 범죄적 세계질서에 대한 거부의 정서야말로 그 뿌리임을 알아야 한다. 다만 안타까운 점은 정의에 대한 열망이 테러와 같은 자기부정의 형태로 나타나는 것인데, 순진한 소린지 모르지만 꽃의 마음으로, 나무의 눈으로 세상을 보는 것이 유일한 해결의 출발점이다.

(2013. 4. 21)

희망이 외롭다

    이 제목은 지난 연말 간행된 김승희 시인의 시집에서 빌려온 것이다. 표제작 「희망이 외롭다」를 비롯한 많은 작품에는 먼 불빛에 의지하여 캄캄한 벌판길을 더듬어 나가는 자의 처연한 심사가 생생하게 묘사되어 있다. 오래전 만해 스님은 "남들은 자유를 사랑한다지마는 나는 복종을 좋아하여요"라고 노래한 바 있다. 그것이 식민지시대의 부자유에 대한 절실한 반어였음을 기억하는 우리에게 오늘 김승희 시인은 "남들은 절망이 외롭다고 말하지만/ 나는 희망이 더 외로운 것 같아"라고 말을 꺼낸다. 이 시가 깊은 울림을 발하는 것은 절망적 현실 속에서 수행한 치열한 고뇌가 행간에 스며들어 있기 때문이다. 세계 파멸의 순간에도 언어에 대한 신앙을 버리지 못하는 것이 시인의 숙명이라면 희망은 차라리 '종신형'이라고 시는 말한다. 그러나 시의 언어가 암울하게 울릴수록 새벽의 예감으로 다가오는 것은 종종 누군가의 형벌을 통해서만 다른 누군가의 구원 가능성이 열리기 때문이다.

    하지만 내가 지금 얘기하려는 '외로운 희망'은 김승희 시인의 그것만 큰 깊은 차원까지 못 가는 것이다. 알다시피 우리는 지난 몇 달 동안 저마다 큰 불안에 떨며 지냈다. 잊고 지낸 전쟁의 공포를 그처럼 구체적으로 실감한 적이 없었다. 적어도, 6·25 때 미군기의 폭격장면을 두 눈으로 가까이서 목격한 나는 그랬다. 남쪽 방송에 거두절미 옮겨졌기 때문인지 모르지만, 북한 아나운서들의 공격적인 어조와 호전적인 언사는 무슨 사단이 금방 터질 것 같은 급박함을 느끼게 했다. 무엇보다 납득되지 않는 것은 북한 당국자들의 거친 말투였다. 자신들의 '최고 존엄'에 대해서는 추호도 무례함을 용납하지 않으면서 상대방에 대해 막말 욕설을 퍼붓는 것은 도리에 어긋나는 일이다. 그런 점에서 북한 최고지도자의 이름 뒤에 '주석' '위원장' 같은 호칭을 빼놓지 않음으로써 남측 당국은 '지는 게 이기는 거'라는 옛말의 옳음을 입증했다고 생각한다.

물론 문제는 남북이 주고받는 언어의 허장성세가 아니라 그 이면에서 요동치는 실체적 위험들이다. 억지력 대 억지력, 전쟁연습 대 전쟁연습의 양보 없는 대결이 지속되는 가운데 안타깝게도 유일하게 남아 있던 평화의 담보마저 기약 없이 폐쇄되고 말았다. 이런 상황에서 박근혜 대통령의 방미가 이루어졌으므로, 그가 미국에서 위기타개의 이니셔티브를 행사하기 바란 것은 모든 한반도 주민들의 한결같은 염원이었다. 이명박 정부가 망가뜨린 남북관계를 박 대통령이 복원할지 모른다고 기대한 것은 실상 근거 없는 것이 아니었다. 물론 그는 선거과정에서 기존 남북합의의 이행 여부에 대해 확답을 피했다. 하지만 통일부장관이 취임사에서 "남북이 과거에 합의한 약속은 존중되고 준수되어야 한다"면서 6·15공동선언과 10·4선언 등을 거론한 것이 대통령의 동의 없이 나올 수는 없었을 것이다.

그러나 적어도 표면상 모든 기대는 무산되었다. 내가 보기에 한미 양국 대통령이 발표한 합의의 핵심은 2009년 오바마-이명박 사이에 채택된 〈한미동맹 공동비전〉을 〈한미동맹 60주년 기념선언〉의 이름으로 재확인한 것이다. 그런데 두 문건을 꿰뚫고 있는 핵심 중의 핵심은 한반도에서 "자유민주주의와 시장경제 원칙에 입각한 평화통일"을 지향한다는 내용이다. 까놓고 말하면 이것은 조선민주주의인민공화국을 대한민국 체제 안에 유혈사태 없이 통합하겠다는 의사를 공표한 것으로, 1972년 7·4공동성명 이래 남북이 가까스로 이룩한 공존의 원칙을 폐기한 것이라 하지 않을 수 없다.

　오늘의 북한이 국호에 걸맞는 나라, 즉 민주주의 국가도 인민공화국도 아니라는 데 나는 주저 없이 동의하겠다. 그에 비하면 대한민국은 국가보안법의 존재에도 불구하고 국호에 상당히 근접한 나라임이 분명하다. 따라서 한반도의 통일이 순수한 이론적 문제로 제기되었다면 나는 흡수통일에 반대하지 않겠다. 그러나 1950년 이래 현실은 전쟁의 지뢰밭을 통과하지 않고서는 통일에 이르는 길이 없음을 보여주고 있다. 다시 말하면 현재의 조건에서 평화와 통일은 거의 양립 불가이다. 그러면 어떻게 해야 하는가. 〈한미동맹 공동비전〉과 〈한미동맹 60주년 기념선언〉의 해당조항을 철회하고 6·15공동선언의 합의정신으로 돌아가 평화공존과 남북연합을 받아들이는 것만이 유일하게 가능한 '외로운 희망'이라고 나는 생각한다.

(2013. 5. 13)

「총독의 소리」가 말하는
역설

 "충용한 제국 신민 여러분. 제국이 재기하여 반도에 다시 영광을 누리릴 그날을 기다리면서 은인자중 맡은 바 고난의 항쟁을 이어가고 있는 모든 제국 군인과 경찰과 밀정과 낭인 여러분." 이것은 『광장』의 작가 최인훈의 연작소설 「총독의 소리」 서두이다. 낯선 용어들이 말해주듯 작품의 설정이 아주 이색적이다. 일본제국이 패전한 뒤 조선총독은 순순히 본국으로 돌아가지 않고 이 땅에 남아 20여 년째 식민지회복을 위해 지하활동을 벌인다는 가공적 설정으로서, 작가는 조선총독이 지하 요원들에게 보내는 비밀방송의 형식을 빌려 한반도의 뒤틀린 현실을 신랄하게 풍자하는 것이다.

 「총독의 소리」가 처음 발표된 것이 1967년이므로 한일협정 반대운동의 여진이 아직 사그러들지 않았을 때였다. 그 점을 상기하면서 '총독의 방송연설' 앞부분을 조금 살펴보자. 패전 당시 일본 군부는 미군이 본토에 상륙하는 즉시 학살과 파괴를 자행할 것으로 믿었고, 한반도에서 철수할 때도 격렬한 보복이 있으리라 겁을 먹었다. 독일군이 불과

4,5년의 점령 후 프랑스에서 물러날 때 현지인들의 '잔악한 습격'을 받았으니, 40년의 통치 끝에 쫓겨나는 일본인에게는 오죽하랴 싶었다는 것이다. 그러나 우려했던 일은 벌어지지 않았다. 반도인은 자기들을 "웃으며 보내주었고" "피해 입은 내지인은 거의 없었다." 후일을 기약하며 이 땅에 남기로 결심한 것도 조선인의 온정에서 희망을 보았기 때문이라고 소설 속의 총독은 말한다.

이것은 물론 황당무계한 소설적 가상이다. 실제로는 8·15 직후 도처에서 '건국준비위원회' 지휘 하에 주민자치조직이 결성되었고, 일부 흥분한 지방 군중들은 중앙 지휘부의 질서유지 호소에도 아랑곳 않고 경찰서를 습격하기도 했다. 식민지 해방의 환희와 독립국가 건설의 열망이 온 나라에 끓어 넘치고 있었던 것이다. 그러나 이것은 상황의 드러난 일면이었다.

당시의 자료들을 모은 『'삐라'로 듣는 해방 직후의 목소리』(소명출판, 2011)라는 책에 보면 '조선헌병대 사령부' 명의의 「내선관민內鮮官民에 고함」이라는 일본어 포고문이 실려 있다. 포고문 제2항은 "조선이 독립한다 해도 조선총독부와 조선군이 내지로 철수하기까지는 법률과 행정 모두 현재대로다"라고 되어 있다. 미군과 소련군이 들어와 인수인계가 이루어질 때까지는 행정과 사법의 모든 권한이 일본에 있음을 선포한 것이다.

실제로 1945년 9월 8일 남한에 진주하여 군정을 선포한 미군 사령부는 중국에 있던 대한민국임시정부를 인정하지 않은 것은 물론이고 국내의 자생적인 치안조직도 해산시켰다. 반면에 그들은 일제의 식민지 통치기구를 거의 그대로 계승하였다. 9월 29일자 미군정 포고문을 통해 그때서야 일본인에서 조선인으로 경찰관이 교체되고 있음을 알 수 있는데, 조선인 경찰관 중에는 독립지사들을 고문한 악질분자도 다수 섞여 있었다. 해방 직후 숨었다가 미군정을 믿고 다시 나타난 것이었다. 식민지체제의 모세혈관을 구성했던 조선인 행정관료들도 대부분 원래의 직책으로 복귀했다. 이로써 오늘까지 지속되는 한국 기득권구조의 기초가 마련된 것이었다.

그로부터 20년이 흘러 한일협정이 타결되었고, 그로부터 다시 50년 가까운 세월이 지났다. 그렇다면 「총독의 소리」에 역설적으로 묘사된 일제잔재는 얼마나 청산되었는가. 미군의 초토작전에 대한 공포심으로 떨던 일본에서는 이제 위안부를 모욕하는 망언까지 나오는가 하면 전쟁을 합리화하고 평화헌법을 개정하려는 시도가 공공연히 행해지고 있다. 반면에 식민지였던 이 나라에서는 일제의 식민지경영이 근대화의 토대이고 동력이었다고 미화하는 학자들이 생겨나더니, 이제는 식민지체제의 청산노력을 반미용공의 시각에서 왜곡하고 음해하는 역사서술조차 중등학교 교과서에 등장할 모양이다. 이래서야 나라의 독립을 위해 일생을 바친 지하의 선열들을 무슨 낯으로 대하겠나, 참으로 탄식할 노릇이다. 친일 기득권세력과 그 후예들의 독점체제에 대한 저항의 과정이 민주주의의 실현과정이고 또 그것이야말로 대한민국 정체성의 형성과정임을 잊어선 안된다. 그러므로 민주주의에 헌신할 결의를 가진 사람만이 "김일성체제는 우리 제국의 국체를 작은 규모에서 본뜨고 있는 상징적 천황제"라는 소설 속 총독의 북한비판—동시에 작가 최인훈의 선구적인 북한비판—에 동조할 권리를 가질 수 있다고 나는 믿는다.

(2013.6.3)

'조지 W 오바마'

  2008년 11월 미국 대선에서 버락 오바마가 당선된 것은 신선하고 감동적이었다. 오바마가 무명의 지역정치인에서 대통령으로 성장하기까지 8년 동안 미국을 지배한 것은 극단의 보수주의이자 비이성적 애국주의였기 때문이다. 미국 바깥의 사람들에게도 그의 당선은 미국 일방주의로부터 벗어날 기회가 왔음을 의미했다. 텔레비전 화면으로 중계된 시카고의 오바마 당선축하 행사에서 나는 오랜만에 민주주의의 축제를 보는 듯한 감동을 느꼈다. 흥분에 들뜬 군중들 뒤편에 서서 눈시울을 적시던 제시 잭슨 목사의 감격 어린 표정은 지금도 잊을 수 없다. 정권교체란 언제나 환희와 기대를 동반하기 마련이지만, 이 경우는 더 특별한 것이었다. 잭슨 목사의 말대로 오바마의 당선은 마틴 루서 킹 이래 40여 년에 걸친 흑인집단의 고난과 투쟁의 결실이었던 것이다.

  하지만 딱 거기까지였다. 그의 취임사부터가 공허한 미사여구의 나열일 뿐, 믿음이 덜 가는 내용이었다. "가난한 나라의 국민들에게 우리는 당신들의 농장을 번성케 하고 깨끗한 물을 흐르게 하며 굶주린 몸과

허기진 마음에 양분을 제공하기 위해 당신들과 나란히 일을 하겠다는 약속을 드립니다. 또한 우리처럼 비교적 부유한 나라의 국민들에게 우리는 더 이상 우리 국경 밖의 고통에 대한 무관심을 보이지 않을 것이며……" 이런 그의 취임사가 듣기 좋은 말임에는 틀림없지만, 자국 내의 빈부격차가 얼마나 극심한지 알고 있는 대통령 당선자라면 '국경 안의 고통'을 해소할 방안부터 제시하는 것이 순서였을 것이다.

물론 오바마의 국내정치를 평가하기 위해 우리가 나설 필요는 없다. 하버드대 의대 교수로 재직했던 정신의학자 제임스 길리건은 1900년부터 2007년까지의 미국의 살인과 자살 통계를 분석한 끝에 두 가지 흥미로운 사실을 발견했다고 한다. (『왜 어떤 정치인은 다른 정치인보다 해로운가』, 2012) 하나는 살인율과 자살률이 늘 동반상승 또는 동반하락한다는 것이고, 다른 하나는 "살인과 자살이 공화당 집권기에는 늘어나고 민주당 집권기에는 줄어들며 그 규모와 일관성이 우연일 수가 없다"는 것이었다. 미국 국립보건통계원의 자료에 근거한 길리건의 분석에서 살인 또는 자살의 증감이 사회적으로 무엇을 의미하는지는 명백한데, 오바마 시대의 통계는 물론 아직 나오지 않았다.

사실 오바마의 취임사에서 우리의 관심이 가는 건 다음과 같은 말이다 : "우리는 오래된 우방들은 물론이고 과거의 적국들과도 함께 손을 맞잡아 핵 위험을 줄이고 지구 온난화의 망령을 쫓아내기 위해 쉬지 않고 노력할 것입니다." 핵 없는 세계에 관한 오바마의 선언이 그에게 노벨평화상을 안겨준 것은 가소롭기는 하지만 참을 수 없는 것은 아니다. 그러나 문제는 한 개인의 영예가 아니라 쑥대밭이 된 이라크와 아프가니스탄에 참된 평화를 가져오는 것이었다. 이런 기대에 비추어 오바마가 중동문제의 해결에 진정 어린 노력을 쏟을까 의문이 드는 것이다. 예컨대, 오사마 빈 라덴을 잔인하게 살해한 사건으로 미루어 나는 그에게 거는 기대를 접을 수밖에 없다고 생각한다. 9·11테러가 용서할 수 없는 범죄임은 두말할 나위도 없지만, 끔찍한 범죄의 주모자라 하더라도 정당한 절차를 거쳐 재판받은 권리마저 없는 것은 아니다. 그럼에도 오바마는 빈 라덴의 인권박탈을 재가했고 그의 사살에 환호했다.

물론 우리에게 중요한 것은 한반도 평화에 관한 오바마 정부의 정책이다. 알다시피 1기 오바마의 한국 쪽 파트너는 이명박 정부였는데, 지난 4년간 양자의 대북정책 기조는 이른바 '전략적 인내'라고 하는 것이었다. 정치에서의 '전략적 무능'이나 전쟁에서의 '전략적 패배'가 있을 수 없는 말장난인 것처럼 이것은 말하자면 수사학적 속임수일 뿐이라고 나는 생각한다. 오바마의 대북정책은 "과거의 적국들과도 함께 손을 맞잡아"라는 자신의 취임사를 상기하더라도 부시 1기의 노골적인 적대보다 더 위선적이고 무책임한 것이다. 한반도정책에서뿐만 아니라 세계전략 전반에 걸쳐서도 오바마 정부는 닉슨이나 레이건 정부와 같은 현실주의적 일관성을 결하고 있다. 말로는 중국의 해킹을 공격하면서 행동으로는 정보기관을 동원해 전 세계의 전화통화와 인터넷을 사찰하고 있었음이 폭로되었으니, 최근 인터넷신문 허핑턴 포스트가 부시와 오바마의 합성사진 밑에 '조지 W 오바마'라고 설명을 붙인 것은 실로 정곡을 찌른 풍자이다.

(2013. 6. 24)

적군묘지 가는
길

"무찌르자 오랑캐 몇 백만이냐/ 대한남아 가는데 초개로구나"

일선에서는 피투성이 전투가 계속되고 있었지만, 전장에서 멀리 떨어진 후방의 우리 초등학생들은 아침 조회시간이면 이런 노래를 부르며 운동장을 행진하곤 했다. 60년 넘는 세월이 흘러 이제 '초개'란 낱말은 거의 쓰이지 않는 사어가 됐고 '오랑캐' 역시 아주 낯선 말이 되었다. 생각해보면 이 군가에서 '오랑캐'는 6·25전쟁에 참전한 중국군 병사들을 가리킨다. 그들은 전선이 압록강 근처까지 올라갔던 1950년 10월부터 1953년 7월 정전이 성립될 때까지 전투에 참가하여 15만 가까운 전사자를 낸 것으로 기록되어 있다. 건국 1년밖에 안된 신생 중화인민공화국으로서는 건곤일척의 큰 모험이었다.

그 참전 중국군 세 사람이 백발노인이 되어 며칠 전 우리나라를 방문하고 속칭 '적군묘지'를 찾았다. "적군의 유해를 고이 모셔준 한국에 감사한다." "희생당한 전우들을 생각하니 마음이 아프다." "청춘을 바친 한반도에 평화가 정착되길 기원한다." 80대 노인이 된 그들의 말 마디

마디에선 진심이 느껴지고 묘표를 어루만지는 손길 또한 깊은 감회를 전한다. 임진각에 들른 그들은 역시 80대에 이른 한국군 참전용사들과 포옹을 나누는데, 그 광경을 텔레비전으로 보는 것만으로도 가슴 뭉클한 데가 있다. 구상具常 선생의 시 「적군묘지 앞에서」가 노래한 대로 "죽음은 이렇듯 미움보다도, 사랑보다도/ 더 너그러운 것"인지 모른다. 그러나 한중우호가 소리높이 강조될수록 이 우호분위기에 선뜻 동참하지 못하는 괴리감이 어쩔 수 없이 고개를 쳐든다. 한때 오랑캐라 불렸던 중국인과는 이렇게 얼싸안으면서 피를 나눈 동족끼리는 왜 여전히 매사에 뒤틀려 서로 으르렁거리는가. 남과 북 사이에는 죽음으로써도 넘지 못할 무슨 철벽이 가로놓여 있는가.

1984년부터 10년간 독일(서독) 대통령으로 재임했던 리하르트 폰 바이츠제커는 2009년 간행된 회고록에서 자신의 개인적 경험을 곁들여 독일 통일과정을 돌아보고 있다. (탁재택 옮김, 『우리는 이렇게 통일했다』, 2012) 회고록에 따르면 그는 1939년 9월 1일 독일군 병사의 일원으로 폴란드 국경선을 넘었다. 제2차 세계대전의 발발이었다. 불행히도 바로 이튿날 같은 대대 소속의 작은형 하인리히가 불과 수백 미터 떨어진 곳에서 전사했고, 그는 밤새 형의 시신을 지켜야 했다. 그는 이 충격이 자신의 일생에 결정적인 영향을 미쳤고 정계에 입문한 동기의 하나도 그 비극과 관련이 있다고 술회한다.

그런데 1973년 서독 국회 대표단의 첫 소련 방문에 바이츠제커도 동행하게 된다. 레닌그라드에서 이틀을 보내는 동안 대표단은 삐스까렙스꼬예 공동묘지를 방문한다. 거기에는 제2차 세계대전 중 사망한 47만 명의 유해가 묻혀 있었다. 그것은 나치스 독일이 저지른 거대한 야만의 일부였다. 그날 저녁에는 레닌그라드 정치국의 초청행사가 마련되었고, 바이츠제커에게는 초청에 대한 서독 대표단의 답례인사 차례가 주어졌다.

무슨 말을 해야 하나? 그는 젊은 시절 자신이 보병으로 참전하여 레닌그라드 공방전투에서 치열하게 백병전을 벌인 사실을 고백하고 "우리가 과거에 직접 경험한 것을 우리 후대에 다시 반복되지 않도록 하는 데 책임을 다하기 위해서 여기에 왔다"고 말한다. 잠시 침묵이 흐른 다음 소련측 인사들은 바이츠제커의 생각을 수용했고, 점점 더 솔직한 대화가 이어졌으며, 결국 그날의 행사는 놀랍도록 순조롭게 진행되었다. 모든 이념적 편견과 국가주의적 타산을 버리고 진실하게 적군묘지로 가는 것이 가장 성공적인 평화전략일 수 있음을 이렇게 입증한 것이었다.

1987년 여름 바이츠제커는 서독 대통령 자격으로 모스크바를 방문하여 고르바초프 서기장과 길게 대화를 나누었다. 회담 말미에 그는 고르바초프에게 동서독문제를 언제까지 방치할 거냐고 다그치듯 물었고, 고르바초프는 역사에 그 해답을 맡겨야 한다고 대답했다. 그러나 불과 2년 남짓 뒤 역사는 베를린장벽의 붕괴라는 답을 세계에 보여주었다. 다시 1년이 지나 러시아 군부대가 동독지역에서 철수할 때 바이츠제커는 통일독일 대통령의 자격으로 러시아군을 환송하며 독일 땅에 묻힌 수많은 러시아 전사자들을 잘 보살피겠다고 약속한다. 그리고 말한다. "당신들의 전사자들은 우리의 전사자들이다."

(2013.7.15)

제 4 부

정의로운 사람들의
소나타

　"동독 정부는 슈타지(국가안전부)에 10만 명의 직원과 20만 명의 정보원을 두고 국민들을 감시하면서 정권을 유지했다." 이런 자막과 함께 화면이 밝아지면 1984년 11월 어느 날 한 소시민이 슈타지 건물의 방 한간으로 잡혀와 심문을 받는 것으로 영화가 시작된다. 녹음기가 켜지고 자술서에 써낸 것을 말로 다시 되풀이하는 방식의 진술이 강요되는데, 까닭인즉 그의 이웃이 서독으로 탈출했기 때문이다. 한반도의 현실로 옮겨보면 탈북자 또는 반체제인사의 옆집에 사는 죄로 보위부 또는 안기부에 잡혀온 거였다. 여기까지 읽은 분들은 이게 어떤 영화인지 벌써 알았을 것이다. 플로리안 헨켈 폰 도너스마르크 감독의 첫 장편영화 「타인의 삶*The Lives of Others*」(2006)이다.

　이 장면에서 심문관으로 나온 비슬러 대위는 얼마후 유명한 극작가 드라이만을 감시하는 임무를 부여받는다. 그는 집안에 도청장치를 설치하고 드라이만의 은밀한 사생활까지 꼼꼼히 살피는데, 이런 과정을 통해 동독체제의 억압성과 타락한 관료제가 생생하게 그려진다. 그러나 이 영화가 관객을 사로잡는 것은 이미 붕괴한 국가 동독의 치부를 폭로했기 때문이 아니다. 그것은 독일인들에게는 직접적 경험이었기 때문에 영화를 통한 재경험의 필요가 없을 것이다. 영화의 핵심은 냉정한 정보요원 비슬러가 극작가 커플의 예술가생활을 세심하게 들여다보는 동안 점차 딴 인간으로 변모해가는 과정을 그려낸 데 있다. 그는 주어진 임무를 어기고 드라이만을 몰래 보호하는 일을 하다가 한직으로 쫓겨나고 거기서 동독의 종말을 맞는다. 극작가 드라이만은 '슈타지 문서관리청'에서의 자료열람을 통해 자신이 무사할 수 있었던 이유가 정보원의 보이지 않는 비호 때문이었음을 뒤늦게 발견하고 소설 『선한 사람의 소타타』를 써서 그 정보원에게 헌정한다.

이 슈타지 문서관리청은 흔히 '가우크 관청'이라 불리는데, 개인의 이름이 정부기구를 대표하게 된 것은 이 기구의 출범과 운영에 목사 출신 인권운동가 요아힘 가우크가 결정적인 역할을 했기 때문이다. 그는 1989년 동독 '가을혁명'의 절정기에 시민들을 이끌고 슈타지 본부와 지부들을 점거하여 슈타지 요원에 의한 자료파손을 막았고, 이듬해에는 과거청산을 위한 문서관리법을 관철하는 데 앞장섬으로써 슈타지가 수집한 방대한 자료들을 민주주의의 진전을 위한 도구로 만들었다. 아마 가우크의 노력이 없었다면 영화 「타인의 삶」은 구성을 달리해 딴 작품으로 변했을 것이다.

그 요아힘 가우크는 정당소속의 배경이 없음에도 작년 3월 독일 대통령으로 선출되었다. 하지만 최근 그의 이름을 뉴스에서 보고 내가 먼저 떠올린 것은 대통령이라는 지위가 아니라 슈타지 자료보존의 공로였다. 과연 그는 정보기관의 비밀자료를 공개하는 데 앞장섰던 사람답게 미국 국가안보국(NSA)의 개인정보 수집활동을 폭로한 에드워드 스노든에 관해 "누구든지 양심에 따라 정보를 공개하고 행동했다면 존중받을 자격이 있다"고 말했다. 기대에 어긋나지 않는 발언인데, 이것은 같은 사건을 두고 "정부기관의 민간인 전화통화와 개인정보 수집은 국가안보를 위해 필요하다"고 주장한 미국 오바마 대통령의 견해와는 상반된 관점이다. 오바마의 주장은 헬기의 이라크 민간인학살 영상이 포함된 미군의 수많은 전쟁범죄 정보를 위키리스크에 건넨 브래들리 매닝 일병의 재판공방과 맞물려 우리에게 미국의 국가정체성에 관한 심각한 재고를 요구한다.

물론 동독의 국가안전부와 미국의 국가안보국은 영화와 현실이 다른 것만큼이나 다를 것이다. 영화에서 국가안전부 직원이 도청장치를 설치하려고 몰래 집안으로 잠입하는 장면이 보여주듯 동독의 정보기구는 초보적인 수공업 수준이었던 반면, 미국의 국가안보국은 21세기 초 일류 첨단산업에 해당한다고 해야 할 것이다. 전자는 경직된 동독체제를 유지하기 위한 주민통제가 목적이었던 만큼 본질적으로 국내용이지만, 후자는 전 세계에서 하루 30억 개의 통화와 통신을 도·감청하는 글로벌 정보활동이다. 영화 속의 비슬러 대위나 현실의 매닝 일병이나 모두 자기 조직의 배반자라는 점에서는 같다고 할 수 있다. 하지만 그들이 속한 조직의 성격과 세계 속에서의 그 조직의 위상 차이로 인해 비슬러의 배반은 '인간성의 회복'이나 '인도주의의 구현'으로 미화되고 있음에 반해, 매닝과 스노든의 배반은 더 높은 차원의 가치관 실현을 위한 자기희생으로 이해되지 못하고 있다. 오랜 역사적 논쟁을 거친 다음, 사라진 정보요원 비슬러를 위해 작가 드라이만이 헌정소설 쓴 것을 본떠,

후일 누군가 스노든과 매닝을 위해 새로운 소설을 쓴다면 제목을 조금 바꿔 '정의로운 사람들의 소나타'라고 붙여야 할지 모른다.

(2013. 8. 5)

정치자금
뒤에 있는 것

광주의 핏빛 기억으로 나라가 온통 충혈되어 있던 한 시절이 있었다. 총칼로 권력을 탈취한 자의 위세가 하늘을 찌를 듯했고 산천초목도 가지를 움츠리는 것 같았다. 그로부터 적잖은 세월이 흐른 오늘 그 학살의 주역이 이번에는 한낱 초라한 경제사범이 되어 연일 언론을 어지럽히고 있다. 놀랍다면 한때 나라를 주름잡던 독재자가 검찰로부터 전방위적 추달을 당하고 있는데도 별다른 정치적 파장이 일지 않는다는 사실이다. 이승만·김구·박정희·김대중·노무현 등 지도자들은 사후 수년 또는 수십년 세월이 흘렀음에도 언제든 다시 논쟁의 중심으로 돌아올 수 있는 정치적 쟁점의 소유자이다. 이에 비해 전두환은 그런 의미의 평가가 종결되고, 다만 부정한 재산 숨기는 재주만 속속 드러나 오명을 더하고 있다.

그런데 얼마 전 CBS 라디오의 〈김현정의 뉴스쇼〉(2013.7.23)와 〈시사자키 정관용입니다〉(2013.8.13)에 잇달아 출연한 최환 변호사는 1995년 당시 자신이 서울지검장으로서 전두환 비자금 수사를 지휘했던 내용에 관해 중언한 바 있다. 최 변호사에 따르면 전두환은 기업가들한테 대략 9500억 원 정도를 거두어 민정당 창당자금, 새마을 지원금 등 이른바 통치자금으로 쓰고 남은 2205억 원을 사적으로 착복했다고 한다. 그때 추징금을 환수할 수 있었으나 외압으로 수사가 중단되었고, 1997년 1월 전두환 특별수사팀은 사실상 해체되었다는 것이다. 나 같은 문외한의 상식으로는 추징금 환수 자체 못지않게 중요한 것이 당시 외압의 실체가 어떤 것이었는지 밝히는 것이고, 그보다 더 중요한 것은 과거·현재를 불문하고 정치의 이면을 지배하는 검은 돈의 내막을 파헤치는 것이다. 그러나 오늘 대부분의 언론은 검찰이 흘리는 전두환 일가의 재산내역 보도에 만족하고 정작 그 전후의 심층적 맥락을 탐색하는 일에는 눈을 돌리지 않고 있다.

짐작하기 어렵지 않은 일이지만, 전두환이 정치자금 거두는 수법을 배운 것은 박정희에게서였을 것이다. 10·26 직후 청와대에 남은 돈 6억 원을 박근혜에게 전달한 것이 전두환이었다는 것도 널리 알려진 사실이다. 그렇다면 전두환 비자금 수사가 김영삼 정부에서 중단된 후 김대중·노무현·이명박 정부 15년을 무사히 지나 왜 박근혜 정부 들어 본격화되었는지 당연히 의문이 든다. 박근혜 자신이 그 점에 관해 이전 정부들의 직무태만을 개탄한 바 있었다. 하지만 이전 정부들이 직무에 게을렀다고 지적하는 데만 그치는 것은 오히려 의문을 부풀릴 뿐이다. 이 의문을 풀기 위해서는 다양한 논리와 추리가 동원될 수 있을 텐데, 가능한 추리 가운데 하나는 검찰이 부정한 재산을 토해내도록 전두환 일가를 압박하고 있는데도 다수 국민이 거기서 공적 정의의 구현을 실감하지 못한다는 데서 찾을 수 있다. 1980년대 내내 박근혜가 '사가私家에

위리안치된 공주' 같은 신세였던 것을 상기하면 전두환에 대한 유례없는 압박은 공주의 사적 한풀이와 관련된 것이 아닐까 추측하는 것이 무리가 아니다.

사실 누가 보든지 돈 문제에 관해서라면 전두환과 비교할 수 없는 전문가가 이명박이다. 2007년 대선과정에서 논란이 되었던 BBK사건부터 퇴임 직전의 내곡동 사저 문제까지 그는 대통령이라는 지위 때문에 충분히 조사 또는 수사되지 않은 허다한 의혹들의 주인공이다. 이명박 정부 말기에 국민 다수가 정권교체의 필연성을 수긍한 것은 무엇보다 정권의 도덕성에 대한 부정적 인식 때문이었다. 따라서 2012년 총선을 앞둔 시점에서 여당의 참패는 거의 기정사실처럼 받아들여졌던 것이다. 이런 위기의식 속에서 당시 한나라당 박근혜 비대위원장은 "생각과 사람과 이름까지 바꾸게 된다면 우리 당은 완전히 새로운 당으로 거듭날 수 있게 될 것"이라고 말했고, 결국 말한 대로 성공을 거두었다.

그러나 이 성공에는 이명박의 절묘한 기여가 개재되어 있음을 놓쳐서는 안된다. 그 점을 박근혜가 인지했느냐의 여부, 그리고 그것이 박근혜의 당선에 실제로 도움이 되었느냐의 여부는 별개의 문제이다. 짐작건대 이명박은 전임자들, 그 중에서도 노무현이 퇴임 후 당한 곤경에서 결정적인 교훈을 학습했을 것이다. 정보업무의 경험이 전무한 서울시 공무원 출신에게 국가정보의 총책을 맡긴 것부터가 임기 이후를 내다본 포석이고 국가안보보다 개인안보를 중시했다는 증거라고 할 수 있다. 그러므로 박근혜 정부에 걸어놓은 이명박의 간교한 구명고리를 벗겨내는 것이야말로 이 정부가 자신의 무죄를 입증하기 위해 오늘부터 시작되는 두 번째 6개월 동안 해야 할 일이라고 나는 믿는다.

(2013. 8. 26)

선우휘,
그리고 조선일보의 한때

선우휘는 문학소년 시절 내가 좋아한 작가의 한 사람이었다. 그의 출세작이자 동인문학상 수상작인 단편소설 「불꽃」(1957)에 감동하여 나는 그의 작품을 빠짐없이 찾아 읽는 애독자가 되었다. 하지만 오래지 않아 나는 그의 문학에 들어 있는 것이 문학소년을 매혹하는 이상주의나 휴머니즘 같은 요소만이 아님을 알아차렸다. 문학평론가가 되고 나서 내가 선우휘 소설의 긍정적 측면들 속에 뒤섞여 존재하는 이념적 허구성과 반동성의 배경을 검토하는 평문 「선우휘론」(1967)을 쓴 것은 개인적으로 나에게는 일종의 통과의례였다.

선우휘는 '전후문학'을 대표하는 소설가의 한 사람이지만, 언론인으로서도 굵직한 자취를 남겼다. 그는 조선일보사에 재직하는 25년 동안 논설위원·편집국장·주필 등 주요 보직을 두루 거치면서 오늘의 조선일보를 만드는 데 기여한 '공로자'였다. 그런데 그는 작가로서 그렇듯이 언론인으로서도 단순한 인물이 아니다. 그는 리영희를 비롯한 비판적 성향의 젊은 기자들을 못마땅하게 여겨, 그들과 대립적 입장에 서는 것을 마다하지 않았다. 그는 강연과 논설을 통해 거침없이 반공주의를 선전했고, 기회 있을 때마다 북한체제를 비판했다. 그러면서도 그는 나름대로 언론인의 정도를 지키고자 노력했고 때로는 권력에 맞설 줄도 알았다. 그와 각별히 친했던 고향후배 지명관 교수의 『한국으로부터의 통신』(2008)을 읽어보면 그가 일본에서 경험한 1970년대 한국 민주화운동의 처절한 일화들에 곁들여 선우휘의 독특한 개성이 상세히 묘사된다.

너무도 유명한 사건이지만, 1973년 8월 8일 일본에 머물던 김대중 전 신민당 대통령후보가 도쿄에서 납치되는 일이 벌어졌다. 다음날 신문들은 "김씨가 8일 오후 1시 조금 지나 한국말을 쓰는 5명의 청년들에 의해 호텔에서 사라졌으며" 현재 조사 중이라고 보도했다. 8월 10일자 동아일보는 "호텔방에서 북한 담배꽁초 2개 발견"이라는 제목의 기사로 은연중 납치 혐의를 북한에 두는 암시를 내보냈다. 그러나 며칠 뒤 김대중은 심하게 다친 모습으로 자기 집 앞에서 발견되었고, 범인들은 '구국대원'을 자칭하는 청년들로 보도되었다. 이럴 때면 으레 그렇게 하듯 한국 정부는 납치사건의 진상을 밝히는 데 전력을 다할 것이라고 발표했고, 역시 그럴 경우 으레 그렇듯 다수 국민들은 정부발표를 믿지 않았다.

어떻든 사건은 정부의 계획대로 진행되지 않았다. 8월 22일 한국 중앙정보부 기관원이 납치사건에 관련되어 있음을 한국정부 관계자가 인정했다는 내용이 일본 요미우리신문에 보도되었고, 이 때문에 요미우리신문 지국이 폐쇄되고 특파원 3명이 추방명령을 받는 사건이 발생한 것이다. 더구나 9월 5일에는 재일공관 김동운 일등서기관의 지문이 호텔에서 채취한 것과 일치한다는 일본경찰의 발표까지 나왔다. 한국 정보 기관의 납치사건 개입이 점점 분명해지고 있음에도 한국 신문에는 이런 사실이 일절 보도되지 않았다.

이때 한국 언론이 그래도 다 죽지 않았음을 보여주는 데 앞장선 것은 선우휘였다. 후일 조선일보는 자랑하듯 다음과 같이 그날의 상황을 묘사하고 있다. "9월 7일 새벽, 편집국에 선우휘 주필이 나타났다. '주필로서의 판단에 따라 책임지고 행동하겠다. 어떤 위협에도 누구의 간섭에도 굽히지 않겠다.' 비장한 어조로 야근자들에게 거사 계획을 알린 주필은 윤전기를 세우고 자신이 쓴 사설을 끼워 넣을 것을 지시했다. 「당국에 바라는 우리의 충정—결단은 빠르면 빠를수록 좋다」라는 제목의 사설이 지면에 옮겨지는 긴박한 순간이었다." 당국의 실토를 촉구하는 선우휘의 사설에도 불구하고 다른 신문들은 여전히 침묵하고 있었고, 당시 가장 비판적인 신문으로 행세하던 동아일보는 오히려 9월 22일자 사설에서 한국 기관원 관련설을 입에 올리는 일본 정치인과 언론에 강한 유감까지 표했다.

그로부터 꼭 40년이 지난 오늘 우리의 언론현실은 변한 것과 변하지 않은 것에 대한 우리의 감각을 혼란에 빠트린다. 언뜻 보면 몇몇 신문의 제호만 그대로 남아 있을 뿐, 다른 모든 것은 온통 변한 듯하다. 중앙정보부는 국가정보원으로 점잖게 이름이 바뀌었고, 하는 일도 '구국대원'을 사칭하며 정치인을 납치하는 것과 같은 거친 폭력이 아니라 몰래 인터넷 댓글을 다는 정도의 얌전한 '심리전'으로 유연화되었다. 그러나 다시 들여다보면 본질적으로 똑같은 성능을 가진 낡은 공작정치가 그대로 작동하고 있음을 어렵지 않게 간파할 수 있다. 굳이 달라졌다

고 한다면 조선일보에서 선우휘 같은 언론협객이 사라진 자리를 정치
판의 권력게임에 개입하는 간교한 언론기술자가 차지하게 된 것이라고
나 할까.

(2013. 9. 16)

참 나쁜, 더 나쁜, 가장 나쁜

　박근혜 대통령의 간결한 화법은 말 많은 세상에서 말의 적음이 오히려 더 강력할 수도 있다는 역설을 보여준다. 그의 다듬어진 문어체는 절제된 인격의 표현인 듯 고고한 인상을 주었고 때로는 비수처럼 예리한 정치적 효과를 발휘하기도 했다. 참여정부 말년 노무현 대통령을 향해 "참 나쁜 대통령"이라고 쏘아붙인 단도직입적 논평은 그 말이 나오게 된 배경이 희미해진 뒤에도 사람들 입에 남아 여전히 다양하게 활용되고 있다. 최근에는 민주당 김한길 대표가 복지공약 축소를 두고 그 말을 원原저작권자에게 반환한 바 있다. 하지만 누적사용의 효과체감 탓인지, 김 대표의 공격은 박근혜를 '참 나쁜 대통령'의 이미지로 엮는 데 성공한 것 같아 보이지 않는다.

　생각해보면 그때 박근혜 수사학이 일정하게 성공할 수 있었던 것은 그의 통찰력과 언어능력 때문이 아니었다. 노무현이라는 특정 카운터파트너의 존재가 이 경우 필수였다. 노무현처럼 좋아하는 사람과 싫어하는 사람이 극단적으로 갈라지는 예가 드물다는 것을 전제로 받아들이면서도, 나는 그를 철두철미 서민적인 감정과 민주적인 심성의 소유자로 판단한다. 그는 가슴에 담긴 생각과 밖으로 나타낸 발언 사이에 간극이 거의 없다고 믿어지는 그런 종류의 인간이었다. 도시적 세련과 거리가 먼 직설적인 언변과 타협할 줄 모르는 정의감은 그를 청문회 스타로 만들었다. 그러나 바로 그 때문에 그는 기득권세계에서 혐오와 기피의 대상이 되었다. 그는 정치가로 입신하고 나서도 한국사회의 지배계급으로부터 '이너서클'의 일원으로 대접받은 적이 없었고, 당선 후에도 대통령으로 인정하고 싶지 않는 보수층 일각의 배타적 정서 때문에 고통을 받았다. 내 생각엔 이것이 박근혜 수사학의 성공의 기반이고, 심지어 세상을 떠난 지 4년여가 지난 오늘도 정치적 모략의 희생이 되는 원인이다.

그 노무현이 퇴임 뒤 봉하마을로 내려가 밀짚모자를 쓴 채 자전거를 타고 논두렁길을 달리는 장면은 한국사회의 기준에서는 하나의 감동이고 신화이다. 갑자기 그 장면이 떠오른 것은 다른 한 사람의 퇴임 대통령 사진이 개천절 아침 신문을 장식했기 때문인데, 다름 아닌 이명박이다. 다들 보았겠지만, 이명박은 선글라스에 헬멧을 갖추어 쓰고 신나게 달리는 자기의 사진을 페이스북에 싣고 "북한강 자전거길에 나왔습니다. 탁 트인 한강을 끼고 달리니 정말 시원하고 좋습니다" 운운하는 글도 올렸다. 기가 막힌다고 할까, 억장이 무너진다고 할까, 나로서는 뭐라고 형용하기 어려운 뜨거운 기운이 명치끝에서 목구멍을 타고 올라오는 게 느껴지고, 눈앞에 황사가 일어 천지가 뿌옇게 사라지는 것도 같았다.

아, 이럴 수도 있구나. 이 사람은 신문도 읽지 않고 텔레비전 뉴스도

보지 않는구나. 남녘지방 강과 바다가 여름내 녹조로 덮여 지역민들이 애를 태웠고 양식어장이 폐허가 되다시피 망가져 어민들이 죽을상이었는데, 몇 달 전까지 국정의 최고책임자였던 사람이 그 어려움을 조롱하는 듯한 글과 사진을 올리고 "여러분도 한번 나와 보세요"라고 말해도 되는구나. 그러니 누가 설사 노무현을 '나쁜 대통령'이라 비난해도 나는 이명박을 '더 나쁜' 대통령으로 기억하지 않을 수 없다.

그 이명박으로부터 석연찮은 선거과정을 통해 정권을 이어받은 것이 박근혜이다. 야당과 시민사회는 국정원의 대선개입과 정치공작을 규탄하는 시국성명과 촛불집회를 넉 달 가까이 이어가고 있는데, 마지못해 입을 연 박 대통령은 선거에서 국정원의 도움을 받은 바 없고 정치공작은 모르는 일이라고 야멸차게 잘랐다. 국정원 직원들의 댓글이 민심의 추이에 실제로 어떤 영향을 끼쳤는지는 물론 확인할 수 없는 일이다. 나 같은 사람은 댓글의 저열함이 도리어 역효과를 냈을지 모른다는 순진한 억측도 한다. 하지만 문제는 국정원 정치개입이 누구에게 이로웠느냐가 아니라 개입사실 자체의 불법성이다. 채동원 검찰이 밝힌 것이 바로 그것 아닌가. 게다가 대선승리를 위해 온갖 달콤한 공약으로 사탕발림을 하다가 이제 대부분 헌신짝처럼 내팽개치고 있다. 진영 복지부 장관의 사퇴가 박근혜 공약의 행방에 대해 말하는 바가 그것 아닌가. 제발 '가장 나쁜' 대통령의 길로 향하지 않기만 바랄 뿐이다.

(2013. 10. 7)

정보기관은
왜 존재하는가

지난 20일(2013. 10. 20) 저녁 교육방송(EBS)의 제10회 국제다큐영화제 출품작의 하나로 방영된 드로르 모레 감독의 「게이트키퍼*The Gatekeep-ers*」를 본 것은 내겐 뜻밖의 소득이었다. 영화는 이스라엘 정보기관 '신베트^{Shin Bet}'의 퇴임 수장들 6명과의 인터뷰를 바탕에 깔고 사이사이에 관련된 기록사진과 동영상을 배합하여 사실성을 더했고, 이를 통해 마치 이스라엘과 팔레스타인이 목숨을 걸고 부딪쳐온 현장을 목격하는 듯한 긴박감과 생동감을 경험케 했다. 이스라엘 정보기구 '모사드'가 미국 중앙정보국(CIA)을 능가하는 대단한 조직이란 얘기는 진작부터 들었지만, 해외담당인 모사드와 쌍벽을 이루는 국내담당 신베트에 대해서는 나는 이번에 처음 알게 되었다.

잘 알려져 있듯이 유대인은 역사적으로 가혹한 박해와 끝없는 유랑의 운명에 시달려왔다. 오늘의 로마(집시)들처럼 그들은 수십 년 수백 년 동안 정들이고 살던 땅에서 어느날 갑자기 강제로 추방되는 일이 다반사였다. 「선라이즈 선셋」의 애절한 선율로도 유명한 영화 「지붕 위의

정보기관은 왜 존재하는가 305

바이올린」에 그려져 있듯이 20세기 초 제정 러시아에서도 수많은 유대인들은 하루아침에 그동안 살던 보금자리를 떠나야 했다. 초대 다비드 벤구리온부터 제7대 이츠하크 샤미르까지 일곱 사람의 총리 중 여섯 사람이 우크라이나, 벨로루스, 폴란드 등 옛 소련지역 출신 이민자라는 사실은 왜 그들이 이스라엘 국가의 운명을 언제나 풍전등화처럼 느꼈는지, 또 신베트가 왜 그처럼 무자비한 조직이 될 수밖에 없었는지 얼마간 납득하게 만든다.

그런 점에서 「게이트키퍼」는 철저히 이스라엘의 입장을 대변하는 작품이다. 신베트 책임자들은 테러공격의 예방을 위해 강압적 수사가 불가피했음을 주장하고, 때로는 용의자에 대한 역逆테러의 감행도 어쩔 수 없었다고 강변한다. 잘못된 정보나 기술적 오류로 인해 무고한 민간인을 폭격했을 때에도 그들은 이를 '부수적 피해'라는 부도덕한 용어로 덮고 넘어간다. 하지만 이 모든 범죄적 행태에도 불구하고 「게이트키퍼」에 따르면 신베트는 국가안보 이외의 다른 정치적 목적 또는 정파적 이해에 휘둘리지 않는 조직임이 분명하다.

뿐만 아니라 테러와 살육으로 점철된 수십 년 분쟁의 세월을 보낸 끝에 신베트 책임자들은 한결같이 팔레스타인과의 공존만이 이스라엘의 미래를 항구적으로 보장할 수 있다는 확신에 도달한다. 그들 중 한 사람은 말한다. "설사 적들이 무례하게 나오더라도 그들과 대화하는 길밖에 없습니다. 다른 대안은 없습니다." 이렇게 말한 그는 곧이어 다음과 같이 탄식한다. "우리는 점점 더 잔인해져 갑니다. 같은 동족에게도 그렇지만, 주로 점령지역 사람들에게 잔인해져 갑니다. 테러와의 전쟁이라는 핑계를 대면서 말이죠."

이스라엘과 한국 중에서 어느 나라의 안보가 더 큰 위험요소를 안고 있는지 판단하는 것은 전문가의 몫으로 남겨두자. 그러나 상식적으로 생각하면 이스라엘이 근본적으로 더 불안하다. 이스라엘은 국가의 성립 자체가 제국주의 시대의 불의한 유산이어서 그 역사적 부채를 늘 지고가야 하고, 아랍세계 안에 섬처럼 고립되어 사는 운명을 피할 수 없다. 누가 뭐라 해도 2천년 가까이 그 땅에 붙박여 살아온 팔레스타인 사람들의 생존권과 거기 기초한 그들의 도덕적 우위는 결코 무력으로 무너뜨릴 수 있는 것이 아니다. 하지만 그런 치명적 곤경에도 불구하고 이스라엘에서 모사드나 신베트 같은 정보기관이 안보를 이유로 자국 국민의 자유를 제한하고 선거에 개입하고 야당과 노조를 탄압한다는 말을 나는 들어보지 못했다.

한국의 안보가 낙관할 형편이 아니라는 것은 두말할 나위도 없다. 미국·중국·일본이 만들어내는 삼각파도를 헤쳐 가는 것은 그야말로 최고의 현명한 선택을 요구한다. 북핵문제의 해결도 당연히 난제이다. 하지만 신베트의 한 전직 책임자가 자신들의 미래를 암울하게 내다본 데 비하면 한국의 조건은 이스라엘처럼 절대적 위기 앞에 놓인 것이 아니다. 그런 여유가 있기 때문인지 한국 정보기관의 종사자들은 국가안보 불감증에 걸려 정치적 중립의 의무를 함부로 위반하고 있고, 그 책임자는 국가를 위해 일하는 것과 권력자 개인을 위해 일하는 것을 심각하게 혼동하고 있다. 스스로 자신들의 존재이유를 부정하는 짓에 앞장서고 있으니, 이 역설은 희극인가 비극인가.

(2013. 10. 28)

문학이 있어야 할
자리

시인 민영은 1934년생이니 올해 팔순이다. 아버지는 가난을 벗어나 보려고 고향 철원을 떠나 만주로 갔고, 그도 네 살 때 어머니를 따라 아버지가 있는 간도 화룡현으로 이주했다. 하지만 그곳에도 일제의 마수가 뻗쳐, "일본놈 순사한테 두들겨 맞고/ 말없이 흐느껴 울던 불쌍한 아버지"(『대설(大雪)의 시』부분)는 그곳에서 세상을 떠났다. 해방 이듬해 고향으로 돌아왔으나, 수난은 그걸로 끝난 게 아니었다. 얼마 뒤 전쟁이 났고, 그는 피난수도 부산에서 인쇄소 직공으로 고된 삶을 살아야 했다. 소년가장이 된 것이다. 그래도 다행인 것은 활자 만지는 일을 직업으로 갖게 된 것이었다. 선망하는 작가의 글을 원고로 읽으며 위안을 얻었고, 그 인연으로 사귄 문우들 틈에서 힘든 나날을 견디었다. 이윽고 1959년 스물다섯 나이에 그 자신이 시인으로 등단하기에 이르렀다.

올가을 출간된 시집 『새벽에 눈을 뜨면 가야 할 곳이 있다』에는 민영 시인의 이 스산한 인생역정이 곳곳에 밑그림처럼 아로새겨져 있다. 그러나 우리가 시집에서 감동을 받는 것은 단순히 쓰라린 역경의 토로 또는 역경의 극복서사 때문이 아니다. 세속의 불행 따위에 흔들리지 않는 한 예술가의 오연한 정신과 우리말에 대한 살아있는 감각이야말로 시집이 주는 감동의 근원이다. "시를 쓴다는 것이 예전이나 지금이나 그 힘든 작업에 비해 소득이 적은 예술이라는 것은 다 아는 사실이지만, 나는 이 제껏 불평한 적이 없다. 그것만이 내가 할 수 있는 유일한 노동, 유일한 기쁨이었기 때문이다."(「시인의 말」) 우리는 이 말에 내포된 시인의 자부심을 진정으로 믿을 수 있다. 아마 문학이 하는 가장 중요한 일은 노동이자 기쁨인 그러한 창조행위의 가능성을 통해 갖가지 형태의 권력욕망이 얼마나 치사하고 허망한 것인지 만인 앞에 드러내는 것일 게다.

오늘 문학이 어떤 자리에 어떤 모습으로 있어야 할지 생각하면서 민영 시인을 떠올린 또 다른 이유는 그가 지난 8일(2013.11.8) '문학나눔사업'의 존치를 주장하는 문인들의 성명발표에 앞장섰기 때문이다. 잘 모르는 분들을 위해 조금 설명한다면, 그동안 연간 40억 정도의 복권기금을 지원받아 시·소설·수필·아동도서·희곡·평론 등 여러 분야의 우수 문학 도서를 구입하여 전국의 어린이도서관, 마을문고, 복지시설 등에 보내온 것이 이 사업이다. 과거 유신시대에 만들어진 관변기구로서의 문예진흥원이 예술인의 자율성을 존중하는 문화예술위원회로 전환되던 시기에 이 사업이 생겨났다는 것도 그 성격을 이해하는 데 도움이 될 이다. 어떻든 '문학나눔사업'은 상업성이 낮은 순수문학 작품의 출판에 큰 도움을 주었고, 어느 출판인의 증언대로 "문학출판 시장의 최소한의 안전장치"(도서출판 산지니 대표 강수걸) 노릇을 일부 했던 것이 사실이다.

그런데 문화체육관광부는 내년부터 이 사업을 출판문화산업진흥원의 '우수 학술·교양도서 선정'사업에 통합하겠다고 발표했다. 문체부

의 설명인즉, 비슷한 성격의 사업을 합쳐야 더 효율적이고 지원금 총액
은 오히려 늘어나므로 문제될 게 없다는 것이다. 그러나 이 결정은 지
난 10월 30일 국제펜 한국본부와 한국작가회의 공동성명의 주장처럼
"문학이 한 나라의 문화에서 차지하는 역할과 비중에 대한 이해가 전혀
없는 탁상공론"일 뿐이다. 가령, 한국연구재단(NRF)에 속한 학술진흥
사업을 떼내어 출판문화산업진흥원의 '우수 학술도서 선정'사업에 통합
하겠다고 하면 누가 이를 수긍하겠는가.

앞서 성명발표 자리에서 민영 시인은 자신의 1년 원고료 수입이 1백
만 원 정도에 불과하다고 말했다. 55년째 한 가지 일에 종사해온 시인
의 1년 수입이 고작 그 정도임을 고백하는 그의 언성에는 그러나 떳떳
한 기운이 넘쳤다는 사실을 나는 전하고자 한다. 요컨대 문학인이 요
구하는 것은 몇 푼 돈이 아니다. 내년부터 해당사업을 주관하게 될 출
판문화산업진흥원의 전신이 '간행물윤리위원회'인 데서 드러나듯, 지원
금을 미끼로 문학을 다시 사실상의 검열과 이념적 통제 아래 두려는 게
아닌가, 그 저의를 우리는 의심하는 것이다. 만약 그렇다면 그것은 유
신의 망령을 불러들이는 또 하나의 사례일 것이다. 정말 그런 사태가 온
다면 기자회견 자리에서 민영 시인이 외쳤던 대로 문학인은 다시 붓을
꺾고 거리로 나갈 수밖에 없다. 39년 전 오늘 구속문인 석방과 유신헌
법 개정을 요구하는 '자유실천문인협의회 101인 선언'을 읽으며 광화문
네거리에 나섰던 것처럼.

(2013.11.18)

우리 자신을 위한
베팅

　며칠 전 어느 신문의 칼럼을 강상중 교수는 다음과 같은 문장으로 시작했다. "일본에서 출생해 재일 한국인 2세로 살아온 60여 년간 요즘처럼 일본의 변화에 형언하기 어려운 불안과 두려움 같은 것을 느껴본 적이 없다."(『경향신문』, 2013. 12. 2) 강 교수는 일본에서도 알아주는 지식인의 한 사람인데, 그가 이렇게 느꼈다면 이건 보통 일이 아니다. 그는 일본이라는 나라가 갖고 있는 평화와 풍요의 표층 이미지가 지워지고 감추어져 있던 진짜 얼굴에 마주친 듯한 섬뜩함이 엄습한다고 말한다. 그 두려움의 정체는 무엇인가. 강 교수는 과거에도 그런 경험을 한 적이 한번 있었다고 한다. 쇼와 천황의 장례식 광경을 보았을 때였다. "1989년 초, 돌연 백주 도쿄의 한복판에서 모든 것이 희미한 빛 속으로 사라지는" 것 같은 비현실적 오싹함을 그는 느꼈다고 한다.

　그의 두려움을 내가 100% 실감한다고 말할 수는 없다. 그래도 내 나름대로 짐작해 보면 크게 두 가지 이유가 떠오른다. 하나는 그가 일본 태생임에도 일본사회의 타자로 살고 있다는 존재조건에 관계될 것이다. 평범한 이웃으로 잘 지내던 동네사람이 관동대지진 같은 불의의 재앙이 닥치면 어느 순간 학살자로 돌변할 수도 있다는 1923년 9월의 악몽을 재일동포들의 무의식은 아직 완전히 털어내지 못하고 있는 것이다. 다른 하나는 일본사회가 누려온 장기적 평화와 번영에 관계될 것이다. 그가 태어난 1950년 이후 일본에서는 6·25 같은 전란뿐 아니라 5·16쿠데타나 광주학살 같은 공포의 경험이 우리 한국인의 경우와 달리 외신 속의 얘기일 뿐이다. 그렇다면 그의 불안은 개인적인 것인가 사회적인 것인가.

쾌 오래전 강상중 교수는 일본 중의원 헌법조사회에 출석하여 다음과 같이 증언한 적이 있다. "일본이 미일관계를 반석처럼 탄탄하게 유지하면서 어떻게 인근 아시아 여러 나라 가운데 참으로 이웃이라고 부를 수 있는 동반자관계를 구축해갈 것인지가 21세기 일본의 진로에서 가장 큰 주제가 아닐까 생각한다."(강상중 지음, 『동북아시아 공동의 집을 향하여』, 2002) 이 증언이 있고 나서 불과 반년 뒤에 9·11테러가 발생함으로써 일본 전후체제의 절대적 보호자 미국은 유일패권에 어딘지 금이 가는 듯했고, 반면에 중국은 '도광양회'를 지나 '대국굴기'의 단계로 올라서는 것 같아 보였다. 이런 역사적 변화에 현명하게 대처하는 것은 일본에나 한국에나 당연히 국가적 중대사이다. 일본 의회가 자위대의 지위문제와 미일동맹에서의 집단자위권 문제를 헌법의 핵심 사안으로 보고 헌법조사회를 설치한 것은 당연한 일이었다. 의회 차원에서 일본 나름의 대응책을 연구한 것이다.

강상중 교수의 발상은 몇 년 뒤 민주당이 집권함으로써 정부정책으로 채택될 기회를 맞았다. 미일동맹을 굳건히 유지하되 아시아 이웃나라들과 평화의 지역공동체를 모색해 나가자는 구상을 테라시마는 '친미입아親美入亞'라는 슬로건으로 요약했는데, 그는 그것이 "미국이 아시아에서 고립당하지 않도록 배려하면서 다른 한편으로는 일본이 아시아로부터 신뢰를 얻는 일"이라고 설명하고, 이런 방향전환이 바로 '민주당 정권 탄생의 의미'라고 주장했다. (테라시마 지쯔로오 지음, 『세계를 아는 힘』, 2012)

일본으로서 '친미'와 '입아'를 동시에 추구하는 것이 현실적으로 가능할지 어떨지는 차치하고, 이것은 미국으로서는 결코 용납할 수 없는 방향전환이었다. 일본이 '동맹국' 미국과 '잠재적 적국' 중국 사이에서 균형자 노릇을 자처한다는 것은 미국에게는 심각한 배신으로 간주되었던 것이다. 결국 민주당 정권은 눈에 보이지 않는 힘에 맥없이 비틀거리다가 3년 남짓 만에 몰락했는데, 그 과정을 통해 입증된 것은 일본국가의 진로모색에 있어 여전히 미국이 부동의 거부권을 쥐고 있다는 사실이었다. 그런 점에서 강상중 교수의 불안의 근원에 있는 아베 정권의 오늘, 즉 일본국가의 군사주의화는 미국의 작품이라는 것이 내 생각이다.

엊그제 미국 바이든 부통령은 우리 한국에도 비슷한 지시사항을 주고 갔다. 미국 반대쪽에 베팅하지 말라는 주문이 표현방식은 농담에 가깝지만 내용은 협박에 다름 아니다. 하지만 그의 말을 언짢게 생각할 일은 아니다. 한 나라의 공직자가 자신의 국가이익을 위해 발언하는 것은 너무도 당연한 권리이자 의무이기 때문이다. 문제는 한국이든 일본이든 남이 하라는 대로 할 것이 아니라 각자 자신의 국가운명을 중심에 놓고 최선의 베팅을 해야 한다는 것이다. 그것이 오늘 우리가 진정으로 고민할 내용이다.

(2013. 12. 9)

두 개의 국민으로
나뉘어

어느덧 한 해가 저문다. 작년 이맘때 적잖은 국민들이 박근혜의 대통령 당선에 실망하여 어떤 사람은 방 안에 처박히고 어떤 사람은 산으로 향했지만, 그래도 내게는 2013년을 맞는 기분이 그리 암담하지 않았다. 그 이전 5년 동안이 워낙 끔찍했기에 그보다 더 나빠질 수는 없으리라는 막연한 확신이 있었던 것이다. 한나라당의 필패가 기정사실처럼 받아들여지던 한때의 분위기는 허망하게 깨졌어도, 집권당이 비상대책위원회를 꾸려 당명까지 바꾼 게 뭘 뜻하는지 모를 사람은 없었기 때문이다. 게다가 박근혜의 선거공약은 이른바 좌파와 우파, 진보와 보수 간에 어느 정도 균형을 추구할 듯이 보이기도 했다. 따라서 같은 당 출신으로 대통령이 바뀌는데도 거의 정권교체 같은 분위기를 풍겼던 것이 사실이다.

하지만 박근혜 자신이 언젠가 했던 말 그대로 "나도 속았고 국민도 속았다"는 걸 실감하는 데는 시간이 오래 걸리지 않았다. 1년 내내 나라를 시끄럽게 한 국정원 등 국가기관의 선거개입문제는 전 정권에서 발생한 일이므로 박 대통령으로서는 취임 초기에 엄정한 수사를 검찰에 지시하면 되는 사안이었다. 그럼에도 그의 정부는 온갖 비열한 수단을 동원해 사태를 반대방향으로 끌고 갔고, 그럼으로써 박근혜 자신이 선거부정에 관련이 있거나 최소한 그 덕으로 당선을 거머쥐었다는 의혹을 자초했다.

형식적 측면에서 이처럼 정권의 정당성에 의문이 제기되는 가운데 내용적 측면에서도 박근혜 정부는 선거공약의 핵심적 부분들을 차례로 내던졌다. 누구나 알고 있듯이 '경제민주화'는 이제 말 자체가 정부의 시야를 떠났고 각종 복지정책들도 껍데기만 남은 꼴이 되었다. 남북관계 역시 정체상태에 빠져, '신뢰 프로세스'의 행방에 대해 궁금해하는 것조차 쑥스러운 일이 되었다. 그러므로 집권 첫해를 이렇게 소득 없이 보낸 대통령에게, 그가 진정 무엇 하러 대통령이 되려고 했는지 묻는 것은 국민의 당연한 권리일 것이다. 그리고 결과적으로 대통령이 된다는 목적만을 위해 수단방법을 가리지 않은 마키아벨리스트라 비난해도 그로서는 할 말이 없을 것이다. 당면의 최대현안인 철도노조 파업사태도 이런 상호불신의 연장선 위에 있는 것이라 생각해볼 수 있다.

그러나 문제는 박 대통령이 자신의 생각과 행동에 대한 성찰적 자의식을 별로 가지고 있지 않은 것 같다는 데 있다. 오히려 그는 자신의 이미지에 관한 고정관념의 철옹성에 갇혀, 실제로는 쓰면 뱉고 달면 삼키는 타산적 정치행태를 거듭해왔음에도 불구하고 심리적으로 자신을 강인한 원칙주의자라고 확신하는 게 아닌지 의문이 든다. 아마 박근혜 대통령의 놀라운 성공요인이자 그의 정치적 탁월성은 다수 국민들에게도 자신의 그런 도착된 확신을 주입시킬 수 있었던 것, 즉 자신을 소신과 원칙의 정치인으로 포장할 수 있었던 것일 게다.

가령, 박 대통령은 정부와 노조의 대치가 고비를 향해 치닫고 있던 지난 23일(2013.12.23) 청와대 수석비서관회의에서 "어려운 때일수록 원칙을 지키고 모든 문제를 국민 중심으로 풀어가야 한다고 생각한다"고 했다. 말인즉 그른 것이 아니다. 하지만 자신에게 원칙인 것을 다른 사람은 편협한 독선주의로 볼 수도 있다는 데 대한 고려는 찾아볼 수 없다. 예컨대, 27일 밤 9시 jtbc 뉴스시간에 환노위(환경노동위원회) 여당 간사 김성태 의원은 손석희 앵커와의 전화 인터뷰에서 "노사 중재가 불발로 끝났지만 중재 노력은 계속돼야 한다. 야밤에 면허 발급은 중단되어야 한다"라고 대답했는데, 미처 그의 대답이 끝나기도 전에 '수서발 KTX 면허 발급'이라는 자막이 화면에 떴던 것이다. 대통령이 말하는 '원칙'의 작동범위가 국민 일반에게는 물론이고 국회 분과위원회의 여당 간사에게도 미치지 못하는 제한된 것임이 생생하게 입증되는 순간이었다.

지금 우리나라에서는 기득권체제의 안과 밖을 가르는 경계선이 사회의 모든 층위에서 국가를 '두 개의 국민'으로 분할하고 있다. 그리고 두 진영 간에는 매일같이 공공연하게 또는 잠재적 형태로 목숨을 건 생존전쟁이 벌어지고 있다. 오늘 우리의 비극은 정부가 중립적인 조정자의 역할을 버리고 기득권층의 집행기구로 전락한 데 있다. 또 이런 말로 한 해를 마감하는 것이 가슴에 쓰리다.

(2013.12.30)

'우리 문제'로서의
일본

　　1960~1970년대에 젊은시절을 보낸 나의 세대에게 큰 영향을 끼친
사학자의 한 분은 이기백(1924~2004) 선생이다. 그의 『국사신론』(1961)
은 최남선·이병도 등의 낡은 역사서술에 싫증난 우리 시야를 활짝 틔
워준 참신하고 획기적인 저서였다. 이 저서의 서론 부분은 「식민주의적
한국사관 비판」이란 제목의 독립된 논문으로 그의 사론집 『민족과 역
사』(1971)에 수록되어 있는데, 제목에서 짐작되듯이 그리고 자타가 공
인하듯이 그의 역사연구는 과거 식민주의 사관의 잔재를 털어내고 주
체적인 민족사학을 수립하는 데 바쳐져 있었다. 최근 나는 40여 년 만
에 『민족과 역사』를 새로 들춰보면서 그의 역사관이 나 자신의 사고의
형성에 중요한 바탕이 되었다는 것을 거듭 실감했다.

　　물론 식민주의 사관의 극복을 위해 노력한 사학자는 그 혼자만이
아니다. 해방 후 국사학 제1세대라고 하는 천관우·김철준·이우성을
비롯하여 더 선배인 홍이섭, 후배인 김용섭·강만길 등 많은 학자들이,
전공분야가 다르고 방법론에 차이가 있었지만, 넓은 의미에서 민족사

학이라는 공동의 목표를 향해 수십 년 연구에 매진했고 많은 후진을 양성했다. 그런데 가슴 아픈 것은 그들이 그토록 넘어서고자 애썼던 식민주의 사관이 무엇이었는지에 관해 오늘 다시 물어야 한다는 현실이다.

일제 관변학자들의 한국사 연구는 이미 19세기 말에 시작되었다고 한다. 사학 전공자들에게는 상식에 불과한 이 얘기가 나 같은 일반인들에게는 놀랍게 들린다. 하지만 생각해보면 놀라운 일이 아니다. 일본으로서는 침략을 위해서나 식민지통치를 위해서나 조선의 역사와 사회에 대한 조사·연구가 필요할 수밖에 없었다. 하야시林泰輔라는 일본인 학자의 『조선사』(1892)와 『조선통사』(1912)가 근대학문의 방법론에 입각한 최초의 한국사라는 것은 부끄럽지만 정시해야 할 우리 역사학의 실상이다. 중요한 것은 하야시를 비롯한 관변학자들의 역사연구가 명시적으로든 묵시적으로든 결국 일본의 한국침략을 이론적으로 합리화하는 데 기여하는 것이었고, 그것이 이른바 식민지사관의 뿌리였다는 점이다.

알다시피 일본의 군사적 팽창주의는 제2차세계대전의 패배로 철퇴를 맞았다. 일본은 유사 이래 처음으로 외국군대에 점령되었고 주권행사에 제약을 받았다. 민주주의 평화체제로 나라의 틀이 바뀐 것은 점령국 미국의 강제결과였다. 하지만 잊지 말아야 할 것은 동아시아에 군림했던 영광의 기억마저 일본인의 뇌리에서 지워진 것은 아니라는 점이다. 특히 한일관계를 바라보는 그들의 심중에는 식민지 지배자의 우월감이 깊숙이 남아 있어서, 망언의 형태로 끊임없이 표출되어 왔다. 패전의 상처가 채 가시지 않은 1953년에 벌써 한일회담 일본측 대표 구보다 간이치로ㅅ

保田貫一郎는 "일본이 조선에 철도나 항만을 만들고 농지를 조성하여 발전에 공헌했다"는, 오늘날의 용어로 '식민지 근대화론'에 해당하는 언설을 폈고, 1965년에는 총리 사토 에이사쿠佐藤榮作가 "독도는 예로부터 일본 영토라는 데 의심이 없다"고 발언했다. 그로부터 50년, 60년이 지난 오늘의 아베 정권 하에서 보다시피 그런 망언들은 날로 강도를 더해가고 있다.

한일관계에서 문제의 핵심은 일본 정부가 소위 한일합병조약의 강압성·불법성을 사실상 인정하지 않고 있다는 데 있다. 그들의 입장에서 조선총독부는 합법적 통치기관이었고 3·1운동 같은 총독정치에 대한 저항이 오히려 불법이었다. 이 점에서 일본을 대하는 미국과 한국의 시각에는 근본적인 차이가 있다. 미국으로서는 1941년 태평양전쟁 발발부터 1945년 종전까지만 일본이 적국이자 전범국가인 반면에 우리로서는 적어도 1905년 을사늑약부터 40년간 일본이 용서 못할 침략국가인 것이다. 따지고 보면 19세기 후반부터 백여 년에 걸친 세계사의 무대에서 영국·프랑스·독일·미국·러시아 같은 나라들의 행태와 일본의 그것 사이에 본질적인 차이가 있었다고 볼 수는 없다.

문제는 우리 국민들 다수의 무의식 속에 옛 지배자의 관점 즉 식민지 사관이 여전히 잠재되어 있다는 것이다. 일상생활에서도 우리는 폭력의 피해자가 가해자의 공격적 심성을 내면화하는 수가 많은 것을 목격한다. 이 경우 내면에 들어있는 폭력성을 근원적으로 극복할 수 있다면 그것은 가해자·피해자 모두에게 새 삶의 길을 열어주는 구원이 될 것이다. 그런 점에서 한국과 일본의 민중들은 공동의 과제를 갖고 있다고 할 수 있다. 일본이 진정으로 자주적이고 평화적인 민주국가가 되도록 돕는 것은 우리 자신의 민주주의를 올바로 살리는 것과 분리될 수 없는 하나의 과업임을 인식할 필요가 있다.

(2014. 2. 10)

한 걸음 더 들어간
뉴스가 되자면

언제부턴가 집에 있을 때면 놓치지 않고 꼭 챙겨보는 텔레비전 프로그램이 생겼다. 손석희 앵커가 진행하는 저녁 9시 뉴스다. 그 프로에서 제일 마음에 드는 건 "자 그럼, 한 걸음 더 들어가 볼까요?" 하고 손석희 씨가 말을 건넬 때다. 드물지만 어떤 땐 "두 걸음 더 들어가 보겠다"고도 한다. 그런 말을 들으면 내 몸 어딘가에 남아 있던 젊은 기운에 시동이 걸리는 소리가 들리고, 그의 안내로 뉴스의 심층을 행해 발걸음을 옮기다 보면 세상은 점점 더 뚜렷하게 본연의 모습을 드러낸다고 여겨진다. 매일 저녁 뉴스 텍스트에 대한 비평적 독해연습을 하는 셈인데, 손석희씨의 진행이 더 돋보이는 건 그동안 피상적 내지 편파적 보도에 질려 꽤 오래 뉴스 프로그램을 끄고 지내다시피 했기 때문인지도 모르겠다.

하지만 당연히 불만스러운 점도 적지 않다. 우선 그에게 배당된 45분의 시간은 하루 뉴스를 소화하기엔 턱없이 모자란다는 느낌이다. 그 결과 대충 건드리기만 하고 지나가는 것도 적지 않고, 특히 해외소식의 경우엔 빠지는 것들이 너무 많다. 그러다보니 국제정세와의 연관 속에서 한국현실이 움직이고 있다는 총체적 감각으로부터 멀어지기 쉽다. 보도진행을 배후에서 돕는 제작진과 화면에 등장해 사건을 전하는 앵커나 리포터들 간의 팀웍이 필수적일 텐데, 그런 팀웍에서 체계적으로 형성된 신뢰성보다 손석희 개인의 진지함과 순발력이 프로를 끌고 간다는 느낌이 강한 것도 문제다. 긴급한 사건의 경우 심층적 분석을 기대하는 것은 무리지만, 여러 날에 걸쳐 사건의 경과를 따라가는 보도의 경우에는 마땅히 사건 자체뿐만 아니라 사건과 연관된 다양한 맥락이 짚어지고 숨겨진 의미가 부각되어야 한다. 그런데 그런 면이 아직은 미흡하다.

예를 들어, 북한에 억류되어 있다가 지난달 27일 북측 방송의 기자회견을 통해 남쪽에 공개된 선교사 김정욱 사건을 살펴보자. 이 경우 한국계 미국인 케네스 배 사건처럼 가끔 보던 사건이 또 일어났구나 생각할 수도 있다. 그래서인지 신문도 방송도 단순한 사실보도에 그치고 더 이상 후속뉴스가 없다. 그러나 이 사건은 한두 걸음만 안으로 더 들어가면 우리 시대의 핵심적 문제를 건드릴 뉴스의 광맥에 닿아 있음을 직감할 수 있다. 내 생각에 그 사건은 최소한 세 개의 광맥에 연결되어 있다.

첫째 한국 기독교(개신교)의 선교방식에 관련된 문제다. '예수천국 불신지옥'을 외치는 소리가 많이 줄기는 했지만, 내가 사는 동네에서는 여전히 전철역 입구나 뒷동산 산책길에서 그와 비슷한 접근공세에 마주친다. 우리나라는 종교자유가 보장된 다원적 사회이므로 그런 선교방식을 찬성할 수는 없어도 용인할 수는 있다. 하지만 이란이나 아프가니스탄 같은 이슬람국가에서라면 그런 선교는 체제에 대한 위협으로 간주될 수도 있다. 그런데 북한은 이슬람국가보다 더 철저하게 이른바 백

두혈통의 신성성과 유일성이 강조되는 사회이므로 남쪽에서 생각하는 '순수한 종교활동'이 거기서는 나라의 기반을 흔드는 '반국가적 범죄'로 취급될 수도 있다. 선교사 김정욱씨도 그 점을 몰랐을 리 없을 것이다.

둘째 국정원과의 관련성이다. 기자회견에 나온 김씨는 국정원 직원을 만나 돈을 받았다고 주장했고 국정원 관계자는 그런 사실을 부인하고 있으므로 일반인들로서는 실체적 진실을 알 수가 없다. 하지만 근년에 벌어진 일련의 사태는 국정원이 정도正道를 벗어난 짓으로 곳곳에 섣부른 흔적을 남겨 놓았음을 입증하고 있다. 지나친 기대인지 몰라도 한 나라의 정보기관은 높은 도덕성과 최고의 판단력을 갖춘 정예 두뇌집단이어야 한다. 그런데 지금 한국의 국정원은 ADHD(주의력결핍 과잉행동장애)를 앓고 있는 어린이처럼 종잡기 어려운데다 부당한 자기과시에 힘을 낭비하고 있다. 그러면서도 서울시 행정공무원으로 일하던 사람이 자기들 조직의 수장 자리에 앉아도 그것이 수치임을 깨닫지 못한다. 이래서는 국정원에 미래가 없다. 전문가조직으로서의 명예와 자존심을 회복해야 한다.

마지막으로 이 사건은 남북관계의 작은 시금석이 될 수 있다. 무엇보다 북한이 기자회견의 형식을 통해 남쪽에 보낸 신호의 의미가 무엇인지 잘 읽어야 한다. 이산가족 상봉행사가 끝나고 한·미 합동군사훈련이 시작되는 시점을 택했다는 것도 우연은 아닐 것이다. 모든 당사자에게, 누구보다 우리 대한민국 국민에게 용기와 지혜가 필요함을 절감한다.

(2014. 3. 3)

이상(주의)의 패배

　작년 『극장국가 북한』의 공저자로 화제에 올랐던 권헌익 교수의 새 책 『또 하나의 냉전』을 뒤적이다가 가슴 뜨거워지는 대목을 만났다. 권 교수는 냉전의 다층성이라는 자신의 주제를 설명하기 위해 영국의 저명한 역사가 이 피 톰슨Edward Palmer Thompson, 1924~1993의 팸플릿 「냉전을 넘어서」(1982)에서 화두를 가져오는데, 톰슨에 따르면 그의 형은 제2차 세계대전 때 영국군 장교로 불가리아 전선에서 빨치산 활동을 돕다가 파시스트에게 체포되어 처형되었다. 죽기 전해인 1943년 형은 톰슨에게 이런 편지를 보냈다고 한다. "유럽을 조국이라고 부를 수만 있다면, 크라쿠프나 뮌헨이나 로마나 마드리드를 모두 고국의 도시라 부를 수 있다면 얼마나 좋겠니. 유럽합중국United States of Europe을 위해서는 영국에 대한 조국애를 초월하는 애국심을 느낄 수 있단다."

　톰슨의 형 프랭크 톰슨이 참전한 것은 단지 자기 나라에 대한 애국심 때문이 아니었다. 그가 절실하게 원한 것은 국경을 넘어선 인류적 가치의 구현이었다. 유럽 여러 민족들이 모두 자유롭게 힘과 재능을 발휘하여 협동과 창의를 이룩한다면 얼마나 멋진 유럽이 만들어질까, 이런 생각만으로도 눈시울이 붉어진다고 그는 체포 직전의 다른 편지에 적으면서, 자기가 유럽을 말하는 것은 잘 아는 대륙이 유럽뿐이기 때문이라고 덧붙였다. 목숨을 건 작전의 수행 중에도 독일이나 이태리 같은 적국의 도시 이름에서 '고국의 도시'를 느낄 수 있었던 프랭크의 고결한 감수성은 틀림없이 아우 톰슨에게 평생 동안 학문과 실천을 이끄는 나침반이 되었을 것이다.

하지만 프랭크 톰슨의 젊은 감수성이 이상주의의 한계를 넘어서지 못했던 것도 인정할 수밖에 없는 사실일 것이다. 프랭크가 목숨을 바쳤던 발칸반도에서, 그리고 유럽과 지구 여러 곳에서 그 후 전개된 무자비한 현실은 그의 꿈이 얼마나 순진했던가를 비추는 거울이라고 보아야 한다. 예컨대 그리스에서 벌어진 일이 그렇다. 이곳에서는 제2차 세계대전 중 나치스 점령군과 그리스 독립운동세력 사이에 치열한 접전이 벌어졌지만, 독립운동 내부에서도 우익 공화주의자와 좌파 공산주의자 사이에 유혈갈등이 일어났다. 이미 내전의 씨앗이 뿌려지고 있었던 셈이다. 종전 후에는 더욱 잔혹한 살육전이 벌어졌는데, 그것이 내전(1946~1949)이었다.

영국과 미국은 내전을 통해 좌파세력을 철저히 소탕하고자 한 반면에, 스탈린의 소련은 얄타회담에서 그리스를 서구 영향권에 두기로 합의한 데다 그리스 독립운동의 주력부대인 공산주의자들이 티토 노선을 선호했기 때문에 학살을 방임했다. 오히려 스탈린은 내전 초기 그리스 좌파에게 경거망동을 삼가라고 말할 정도였다. 이 시기 그리스 전 국토에서 자행된 악몽의 기억들은 앙겔로풀로스의 영화와 테오도라키스의 음악 및 수많은 예술가들의 작품에 스며들어 오늘도 우리의 양심을 향해 묻는다. 왜 이상은 현실에 패배하고 마는가.

알다시피 그리스 내전이 유럽 냉전의 신호탄이었다면 뒤이어 발발한 한국전쟁은 동아시아 냉전의 출발점이 되었다. 그러나 이 문맥에서 '냉전'이란 단어를 사용하는 것은 적어도 그리스인과 한국인에게는, 아니 베트남인에게도 역사적 진실에 대한 착오를 유도하는 언어의 오용일 수 있다. 혹독한 전쟁으로 수백만 사상자가 발생한 사태를 '냉전'이라 부를 수는 없기 때문이다.

하지만 따지고 보면 그 단어가 이 나라들에만 적합하지 않은 것은 아니다. 1952년 이란에서, 1965년 인도네시아에서, 1973년 칠레에서도 미국의 개입이 없었다면 일어나지 않았을 비극으로 무수한 사람들이 죽고 다치고 실종되었다. 이에 질세라 1953년 동베를린 노동자의 폭동이, 1956년 헝가리 봉기가, 그리고 1968년 체코슬로바키아의 '인간의 얼굴을 한 사회주의' 실험이 소련 탱크에 무자비하게 짓밟혔다. 그렇기에 권헌익 교수가 제안하듯 주류국가들 간의 불안한 평화체제를 글로벌한 관점에서 '냉전'으로 명명하되 경계선 안과 밖에서 발생한 비非냉전적 유혈충돌들의 의미를 제대로 읽어내야 한다.

이렇게 역사를 잠시만 돌아보더라도 오늘 크림자치공화국의 러시아 귀속은 도덕적 정당성 여부의 문제가 아니라 이상주의의 폐허 위에서 이루어지는 악마들 간의 거래에 불과함을 알 수 있다. 물론 그것이 세계사의 물줄기가 크게 용트림하면서 튀어오른 하나의 물방울인지도 모르지만.

(2014. 3. 24)

상처꽃, 모란꽃, 남매꽃

1969년 5월 초 혜화동 내 하숙집으로 생면부지의 두 사람이 찾아왔다. 잠깐 같이 가자는 거였는데, 거절할 분위기가 아니었다. 따라간 곳은 중구청 맞은편의 허름한 2층 건물로, 알고 보니 중정(중앙정보부) 분실이었다. 어느 방으로 들어가자 의자에 앉기도 전에 불문곡직 몽둥이가 날아왔다. 겁박을 하고 나서 그들이 다그쳐 묻는 것은 별게 아니었다. 대학동기 한 사람의 있는 곳을 대라는 것이었다. 하지만 아무리 치고 얼러도 여러 달 만난 적이 없는 친구의 소재를 댈 수는 없는 노릇이었다. 결국 그들은 나를 대기실 같은 방으로 내보냈다. 거기에는 벌써 그 친구의 고교 동창들 여러 명이 잡혀와 매타작을 당하고 뻗어 있었다. 그 중에는 그의 고교동창이자 내 대학동기인 소설가 이청준도 섞여 있었다.

풀려나고 나서 열흘쯤 뒤에야 사건의 전모가 세상에 알려졌다. 신문마다 1면 머리기사로 '유럽·일본을 통한 북괴 간첩단 사건'이라는 중정 발표가 대대적으로 보도되었던 것이다. (1969. 5. 14) 김형욱 중정 부장의 기자회견, 관련자 60명, 현직 국회의원 김규남 포함, 동베를린 거쳐 평양 왕래, 공작금 갖고 반미·민중봉기 획책 등등 무시무시한 내용이 관련자 사진 및 조직도표와 함께 온통 지면을 도배했다. 내 친구는 낌새를 채고 도망쳤다가 두 주일 만에 붙잡혔는데, 그 동안 친척·친구들이 잡혀가 닦달을 당한 것이었다. 이 사건으로 영국 케임브리지대 교수였던 국제법학자 박노수와 국회의원 김규남은 '7·4남북공동성명' 발표 두어 주일 뒤에 사형이 집행되었고, 내 친구들은 7년형, 5년형을 받아 감옥살이를 했다. 그로부터 오랜 세월이 지난 작년 가을 "서울고법 형사2부는 박 교수와 김 의원에 대한 재심에서 무죄를 선고했다."(『한겨레』, 2013. 10. 8)

지난 주말 혜화로 눈빛극장에서 연극 「상처꽃―울릉도 1974」를 보는 동안 나는 어쩔 수 없이 수십 년 시차를 넘나들어야 했다. 옛 하숙집과 눈빛극장은 걸어서 5분밖에 안 되는 가까운 거리에 있지만, 내 무의식의 시간 속에서는 무려 45년의 세월을 사이에 두고 떨어져 있기 때문이었다. 연극의 소재는 1969년 내 곁을 스치고 지나갔던 사건과 너무나 흡사했다. 1974년 3월 발표된 이른바 '울릉도 간첩단' 사건이 그것이었다. 1969년 박노수·김규남의 경우에도 아무 관계없는 두 사건을 합쳐 '유럽·일본을 통한 간첩단 사건'이라고 부풀렸듯이 이번 울릉도 사건의 경우에도 전혀 상관없는 두 사건을 합쳐 '최대 규모'의 간첩단이라고 발표했는데, 이렇게 한 까닭을 한홍구 성공회대 교수는 "당시가 유신에 대한 대학생들의 저항이 부글부글 끓어오르려 하고 있었기 때문"(『한겨레』, 2014. 3. 21)이라고 설명한다. 이 사건에서도 3명은 사형에 처해지고 20여명은 10년 이상 옥살이를 했다. 이들 역시 2012년부터 재심을 통해 차례로 무죄를 선고받고 있다.

그런데 연극 「상처꽃」은 사건의 진실을 파고드는 법정 드라마가 아니라, 영문 모르고 끌려가 가혹한 고문 끝에 간첩으로 조작되어 인생을 망가뜨린 분들의 맺힌 한을 드러내고 상처를 치유하는 심리극이다. 형식적인 면에서는 서사극과 마당극의 결합으로서, 그림·노래·율동·만담을 다양하게 활용하여 어두운 소재를 밝은 빛 속에 감싸고 있다. 그런 점에서 본다면 「상처꽃」은 광주의 연극인 박효선(1954~1998)이 연출했던 「모란꽃」(1993)과 대조적이면서도 동일한 문제의식을 지향하고 있다. 「모란꽃」 역시 서사극의 형식으로 광주항쟁 때 시위의 선두에 섰던 여성이 계엄군에 잡혀가 '남파간첩 모란꽃'이라고 자백하도록 수사관에게 강압당하고 석방 뒤에도 인생이 망가지는 과정을 심리치유의 차원에서 그린 수작이었다.

하지만 문제는 오늘이다. 과거의 인권유린 조작사건들이 재심을 통해 속속 뒤집히고 있음에도 불구하고 현실에서는 새로운 한과 상처가 만들어지고 있기 때문이다. 폭력과 고문 같은 야만적 수단을 쓰는 대신 문서조작이라는 좀더 교묘한 방식을 사용하는 것이 피의자로서는 그래도 견딜 만한 것이고, 따라서 그만큼 개선된 것이라 할 것인가. 나는 물론 유우성이라는 사람의 실체적 진실에 관해 아는 것이 없다. 내 느낌에 그는 코리안 드림을 안고 이 땅에 왔고 서울시청 공무원이 됨으로써 꿈을 이루었다고 믿었던 것 같다. 그 성공이 그에게 약간의 과욕과 착각을 부추겼을지는 모른다. 설사 그렇다 하더라도 국가권력이 그들 동포 남매를 그처럼 집요하게 괴롭혀도 되는지 의문이다. 그들 가슴에 쌓이는 한을 후일 언젠가 무대 위에서 '남매꽃'이라는 제목의 연극으로 재현할 날이 오지 않을까.

(2014. 4. 14)

스스로 다스리는
국민

　세월호 참사 한 달이 가까워온다. 온 국민이 비통에 잠겨 새 뉴스가 전해질 때마다 더 큰 슬픔과 분노에 떨고 있다. 대체 어떻게 이런 일이 있을 수 있나. 믿을 수도 믿지 않을 수도 없는 재난 앞에 몇 번이고 같은 탄식을 되풀이하게 된다.

　지난 한 달 우리가 경험한 것 중의 하나는 우리가 살고 있는 이 나라의 겉껍질이 매일 한 겹씩 벗겨지는 것을 보는 일이었다. 벗겨지는 순간도 아프지만, 그보다 더 견디기 힘든 것은 대한민국이라는 나라의 속살이 가감 없이 드러나는 것을 목격하는 고통이었다. 그동안 우리는 이 나라의 껍질만은 번듯하다고 여겨왔다. 언필칭 산업화와 민주화에 동시에 성공한 나라라는 것을 좌파·우파, 보수·진보를 떠나 누구나 은연중 자랑삼아 왔다. 하긴 뭐, 그게 아주 허풍인 건 아니다. 나처럼 6·25 전후 농촌의 궁핍 속에서 소년기를 보내고 20·30대 한창 나이를 박정희 18년에 몰수당한 세대에게는 오늘 이 정도 힘든 건 힘든 것도 아니라는 약간의 자기중심적 교만조차 있다. 도심의 화려함과 화면 속의 풍요가 누구의 것인지 따지기도 전에 시각적 반복에 의해 무심중 우리를 세뇌시켰기 때문인지 모른다.

그런데 세월호 참사는 사건발생의 뿌리에서부터 사고수습이 지체되는 이 시점에 이르기까지의 전 과정을 통해 나라의 몸통을 구성하는 주요 부위들이 거의 예외 없이 부정과 비리, 편법과 무책임, 거짓과 속임수로 오염되어 있음을 만천하에 보여주고 있다. 공공의 행정과 사익의 추구가 뒤얽힌 그 여러 단계 중 어느 한 군데에서만이라도 제대로 점검하고 올바로 대처하는 기능이 작동했다면 저 꽃다운 목숨들의 기막힌 희생은 막을 수 있지 않았을까. 생각할수록 억장이 무너질 일이다. 세월호 참사의 원인과 경과, 대응과 후유증을 근본적이고 종합적으로 조사·처리·연구하는 국가 차원의 중립적 위원회가 만들어져야 하리라 본다.

물론 장기적으로 더 중요한 과업은 이런 참사가 일어날 소지를 원천적으로 제거하는 것이다. 나라의 기본이 한 차원 업그레이드되어야 한다는 말인데, 누구나 느끼는 지당한 말씀이기에 정치가마다 급해지면 입에 올리는 상투적 처방이기도 하다. 박근혜 대통령만 하더라도 '국가개조'라는 화두를 꺼낸 바 있다. 어떤 분은 그 말에서 이광수의 '민족개조'가 연상된다 했고, 또 다른 분은 일본 우익의 용어라는 점을 지적했다. 나는 오히려 50여 년 전 박근혜 대통령의 아버지 박정희의 '국가재건'을 떠올린다.

하지만 물론 문제는 용어가 아니다. 용어 자체에 담긴 본연의 취지가 나쁜 것은 아닐 게다. 그러나 실제의 현실 속에서는 그 말들이 정치적 책략을 함축한 기만적 수사로 이용되었음을 간과해선 안 된다. 가령 박정희의 '국가재건'은 이전 정권, 즉 장면 정권이 나라를 망쳤다는 전제를 암시하는 것이고, 그런 점에서 5·16쿠데타의 정당성을 홍보하는 선전의 언어였다. 장면 정부가 박정희의 쿠데타를 제압할 만큼 유능하지 못했던 것은 사실이나 그럼에도 민주주의의 최소한의 규칙을 지키려 애썼던 정부였음을 우리는 기억하고 있다.

박근혜의 경우는 어떤가. '잘못된 적폐' '잘못된 관행'을 탓함으로써 그는 책임을 과거에 떠넘기는 아버지의 수법을 이어받고 있다. 사실 그가 말하는 '국가개조'는 지난번 대선 때의 구호인 '시대교체'의 연장선 위에 있는 것이고, 어떤 점에선 재야의 '2013년체제론'과도 일맥상통하는 개념이라고 할 수 있다. 그러나 다들 아는 바와 같이 그는 집권에 성공하자마자 경제민주화와 복지에 관한 공약을 헌신짝처럼 내던지고 이명박 시대의 친기업정책으로 돌아갔다. 세월호 참사의 근본원인 중 하나가 효율과 이윤만 추구하는 탐욕적 자본주의에서 유래한 것이라면, 박근혜 정부의 이른바 국정철학에 가장 큰 책임이 돌아간다는 것은 두말할 나위도 없다.

우리가 박근혜 정부의 자발적 정책전환을 기대할 수 있을까. 없다면 어떻게 해야 하나. 내 생각에 유일한 대안은 국민들이 직접 나서서 정부에 압박을 가하는 것이다. 본래 민주주의란 인민이 스스로 자신들의 삶의 문제를 토론하고 결정하는 원리를 제도화한 것인데, 다만 오늘날에는 형편상 대표를 뽑아서 그렇게 할 뿐이다. 그래서 대의민주주의라고 하는 것 아닌가. 따라서 대표가 말을 안 들으면 그때는 갈아치우는 게 당연한 권리다. 나라의 주인인 국민 스스로가 다스리고 스스로를 다스리는 것이 민주주의의 불변의 원칙이다. 세월호 참사의 넋을 진정으로 위로하는 길은 참된 민주의 실현을 통해서일 뿐임을 강조하지 않을 수 없다.

(2014. 5. 12)